情人节爆炸案

新世纪作家文丛 第三辑

阿乙 著

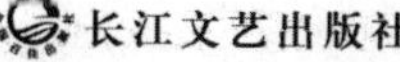

长江文艺出版社

图书在版编目（CIP）数据

情人节爆炸案 / 阿乙著. -- 武汉 ：长江文艺出版社，2017.12（2021.10 重印）
（新世纪作家文丛. 第三辑）
ISBN 978-7-5354-5287-0

Ⅰ. ①情… Ⅱ. ①阿… Ⅲ. ①中篇小说－小说集－中国－当代②短篇小说－小说集－中国－当代 Ⅳ. ①I247.7

中国版本图书馆 CIP 数据核字(2017)第 234555 号

责任编辑：田敦国　　责任校对：毛　娟
封面设计：颜　森　　责任印制：邱　莉　胡丽平

出版：长江出版传媒 | 长江文艺出版社
地址：武汉市雄楚大街 268 号　　邮编：430070
发行：长江文艺出版社
电话：027—87679360
http://www.cjlap.com
印刷：三河市百盛印装有限公司

开本：880 毫米×1280 毫米　1/32　　印张：9
版次：2017 年 12 月第 1 版　　2021 年 10 月第 2 次印刷
字数：179 千字

定价：38.00 元

《新世纪作家文丛》编委会

“新世纪作家文丛”总序

白　烨

摆在读者诸君面前的，是长江文艺出版社接续着“跨世纪文丛”，新推出的“新世纪作家文丛”。

在20世纪的1992年至2002年间，长江文艺出版社聘请资深文学评论家陈骏涛，主编了“跨世纪文丛”，先后推出了7辑，出版了67种当代作家的作品精选集。因为编选精当、连续出书，也因为是一个在特殊时期的特殊文学行动，“跨世纪文丛”遂成为世纪之交当代文坛引人注目的重要事件。当时，主编陈骏涛在《“跨世纪文丛”缘起》中说道：“‘跨世纪文丛’正是在新旧世纪之交诞生的。她将融汇20世纪文学，特别是80年代以来中国文学变异的新成果，继往开来，为开创21世纪中国文学的新格局，贡献出自己一份绵薄之力，她将昭示着新世纪文学的曙光！”这在当时看来实属豪言壮语的话,实际上都由后来的文学事实基本印证了。“跨世纪文丛”出满67本,已是21世纪初的头两年。《中华读书报》曾经在一篇文章中这样写道:“在新世纪的钟声即将敲响的时候,它暂时为自己画上了一个圆满的句号。这套文丛创始于7年以前的1992年,其时正值纯文学图书处于低迷时期,为了给纯文学寻求市场、为纯文学的发展探路,陈骏涛与出版家联手创办了这套旨在扶持纯文学的丛书。丛书汇聚了国内众多名家和新秀的文学创作成果,王蒙、贾平凹、莫言、梁晓声、韩少功、刘震云、余华、方方、池莉、周梅森等59位作家均曾以自己的名篇新作先后加入了文丛。几年来,这套丛书坚持高品位、高档次,又充分考虑到读者的阅读需求和阅读期待,为纯文学图书闯出了一个品牌。”这样的一个说法,客观允当,符合实际。

也正是自1992年起,在邓小平南方谈话精神的强劲指引下,国家与社会的改革开放,加大了力度,加快了步伐,社会生活真正开始以经济建设为中心,经济建设以市场秩序的确立为重心。社会生活的这种历史性演变,对于未曾接受过市场洗礼的当代文学来说,构成了极大的冲击与严峻的挑战。提高与普及的不同路向,严肃与通俗的不同取向,常常以二元对立的方式相互博弈。正是在这种日趋复杂的社会文化背景之下,以严肃文学的中青年作家为主要阵容,以他们的代表性作品为基本内容的“跨世纪文丛”,就显得极为特别,格外地引人关注。究其原因,这既在于“跨世纪文丛”不仅以高规格、大规模的系列作品选本,向人们展示了当代作家坚守严肃文学理想和坚持严肃文学写作的丰硕收获，还在于“跨世纪文丛”以走近读者、贴近市场的方式，给严肃文学注入了生气、增添了活力，使得正在方兴未艾的文学图书市场没有失去应有的平衡，也给坚守严肃文学和喜欢严肃文学的人们增强了一定的自信。

大约是在20世纪90年代中期，在“跨世纪文丛”出满5辑之际，我曾以《“跨世纪文丛”：九十年代一大文学奇观》为题，撰写了一篇书评文章。我在文章中指出：“跨世纪文丛”是张扬纯文学写作的引人举措，而且“有点也有面地反映了80年代以来文学发展演进的现状与走向。在纯文学日益被俗文化淹没的年代，这样一套高规格、大规模的文学选本不仅脱颖而出，而且坚持不懈地批量出书，确乎是90年代的一大文学景观”。我在文章的末尾还这样期望道：“热切地希望‘跨世纪文丛’坚持不懈地走下去，并把自己所营造的90年代的文学景观带入21世纪。”

好像是冥冥之中的一种缘分，我当年所抱以期望的事情，现在正好落在了我的身上。

因为种种原因，“跨世纪文丛”在文学进入新世纪之后，未能继续编辑和出版，因而渐渐地淡出了读者视野与图书市场。约在2014年岁末，在新世纪文学即将进入第十五个年头之际，长江文艺出版社决意重新启动这套大型文学丛书，并希望由我来接替因年龄和身体的原因很难承担繁重的主编事务的陈骏涛先生。无论是出于对于当代文学事业的热爱，还是出于对于长江文艺出版社的敬重，抑或是与亦师亦友的陈骏涛先生的情意，我都盛情难却，不能推辞。于是，只好挑起这付沉甸甸的重担，把陈骏涛先生和长江文艺出版社共同开创的这份重要的编辑事业继续下去。

2015年1月7日，在北京春节图书订货会期间，长江文艺出版社借着举办《中国年度文学作品精选丛书》出版20周年座谈会，正式宣布启动大型重点出版项目——“新世纪作家文丛”。由此开始，我也进入了该套文丛的选题策划和作者遴选的准备工作。当时的“新浪·文化”就此报道说：“面对新的文化格局、新的文学现象，出版人仍然应该‘有自己的事情要做’。‘跨世纪’有跨世纪的机缘，新世纪同样有着它的使命召唤。在一片喧扰之中，一大批严肃的理想主义文学者，仍然怀揣着圣洁的执著，身负着难以想象的重压蹒跚而行，出版人当然没有理由旁而观之。这正是《新世纪作家文丛》的缘起。”

经与长江文艺出版社的社长刘学明、总编尹志勇、项目负责人康志刚几位多次沟通和商议，我们大致达成了以下一些基本共识：一、新的丛书系列以“新世纪作家文丛”命名，即以此表示所选对象——作家作品的时代属性，又以此显现新的丛书与“跨世纪文丛”的内在勾连与历史渊源；二、计划在5年时间左右，推出50—60位当代实力派作家的作品精选集，每辑以8—10位作家的作品集为宜；在编选方式上，参照“跨世纪文丛”的原有体例，作品主要遴选代表作，并在作品之外酌收评论文章、创作要目等，以增强作品集的学术含量，以给读者、研究者提供读解作家作品的更多资讯。

事实上，文学在进入新世纪之后，在社会与文化的诸种因素与元素的合力推导之下，越来越表现出一种史无前例的分化与泛化，创作形态也呈现出前所少有的多元与多样。文学与文坛，较前明显地发生了结构性的巨大变异，我曾在多篇文章中把这种新的文学结构称之为“三分天下”，即以文学期刊为阵地的传统型文学（严肃文学）；以市场运作为手段的大众化文学（通俗文学）；以网络科技为平台的新媒体文学（网络文学）。在这样一个有如经济新常态的文学新生态中，严肃文学的生存与发展，传统文学的坚守与拓进，就显得十分重要并具有非同寻常的意义。因为这一文学板块的运作情形，不只表明了严肃文学的存活状况，而且标志着严肃文学应有的艺术高度，这也在一定程度上影响和引领着整体文学的基本走向。而就在与各种通俗性的、类型化的不同观念与取向的同场竞技中，严肃文学不断突破重围，一直与时俱进；一些作家进而脱颖而出，一些作品更加彰显出来，而且同 90 年代时期相比，在民族性与世界性、本土性与现代性等方面，都更具新世纪的时代特点和新时代的审美风貌。即以最为显见的重要文学奖项来说，莫言获取 2012 年度诺贝尔文学奖的殊荣自不待说；近几届的茅盾文学奖、鲁迅文学奖，不少出自“60 后”和“70 后”的作家频频获奖、不断问鼎，获奖作者的年轻化使得文学奖项更显青春，文学新人们也由此显示出他们蓬勃的创造力与强劲的竞争力。这一切，都给我们的“新世纪作家文丛”的持续运作，提供了丰富不竭的资讯参照，搭建了活跃不羁的文学舞台。

我们期望，藉由这套“新世纪作家文丛”，经由众多实力派作家姹紫嫣红的创作成果，能对新世纪文学做一个以点带面的巡礼，也经由这样的多方协力的精心淘选，对新世纪文学以来的作家作品给以一定程度的“经典化”，并让这些有蕴含、有品质的作家作品，走向更多的读者，进入文学的生活，由此也对当代文学事业的繁荣与发展，乃至对社会主义精神文明建设，奉上我们的一份心力，作出自己的一份贡献。

我们将为此而不懈努力，也为此而热切期盼！

2015 年 8 月 8 日于北京朝内

目　录 ____ Contents

情史失踪者

——来自朋友的一个浅薄的梦

我从梦中完全醒了过来，一位陌生人站在黑暗中。因为穿着深颜色的皮鞋、长裤及高领毛衣，他的身躯融化进黑暗中（此时，光明就像大军在紧闭的绛紫色窗帘外浩浩汤汤地经过）。而那张梨色的形同老尸的脸犹如一盏点亮的光线暗淡的许愿灯，悬浮在我眼前，挺吓人的。他向后退却，就好像不是他不事声张地站在这里吓坏了我，而是我的苏醒吓坏了他。他试图掩盖什么，却什么也掩盖不了，或者说，也没什么具体的东西需要去掩盖。后来我从他那总是盯着一个人看形若痴呆的眼神觉察到，他要掩饰的正是对我的长久注视。他是在我睡觉时潜进来的，一直看着我睡（在睡眠中我咂嘴，像一条毛毛虫那样蠕动与翻转身体，有时还拿爪子在胯裆抠痒）。他一边看着我一边比较他自己，然后不服气地想:这个人何德何能啊,他也不瞧瞧他自己。

醒来时,房间里多出一人,而且还是名男性,我却不害怕,或者说害怕也只是程序性地害怕,这让我对自己感到不可思议。随着我们僵持的时间越长(他将右手半举在左胸前,呈半握拳状;左手抚摸着腹部;他的八字胡与络腮胡联结在一起;头发卷曲然而卷曲得不太自然就像是被他姨公硬生生扯成这样的;毛线衣显得松垮肥大,肩膀又过于瘦削,因此整个人看起来像是一株被遗弃的黑色圣诞树;他的脸显得小,额头小,眼睛小,鼻子小,嘴唇小,下巴颏儿小,眉骨倒是挺高,就像是立着的一处高坎,从陡峭的眉骨下到深陷的眼窝那儿可能还需要纵身一跃呢;在他身上散发着一股自以为是的悲伤感、正义感,一举一动都有很强的仪式性,他这会儿正半歪着头,眼带一丝哀求,一动不动地看着我)。我心里就越出现一个念头,这个念头要我,一名被害人,去同情已来到面前的擅闯民宅的强盗。我估摸着他年龄比我还要大,应有 40 岁。这是个来自时间深处、像是重复过多次甚至有点喋喋不休的念头:对他好点。我越是这么强调,越是控制不住自己。在他从背后抽出那把刃长 19 厘米、柄长 12 厘米、宽度最宽只有 3 厘米的妄称是不锈钢刀的裁纸刀后,我粗鲁地夺过它。这真是一把滑稽的刀啊,将将能切动西瓜,铅笔都削不了。正因为它丝毫起不了恐吓的作用,我只用单手去夺它。不过当它在纠缠中割坏他长着不少毛细血管的透明耳朵并使耳郭那里冒出一滴饱满的血时,我还是为它所拥有的破坏力感到吃惊。他摸摸,搓捻搓捻,懊恼地看着指尖黏糊糊的血迹,说:“有纸吗?”于是我扯出一张又一张一共四张抽纸给他。

他叫马丁。跟着他来的那伙人就没那么好说话了，在听见楼上的动静后，他们冲上来，以饱满的激情——我们常在一些极端民族主义者那里见到这股激情——踹开我所侨寓的这间屋子的房门。插销给踹脱了。你妈的给脸不要脸是吧，他们连出数掌，将我推向墙边。马丁厌烦地走到他们和我之间，埋怨他们。可以想见，起初他们是想一起上来的，被阻止了。马丁说："让我一个人先上去试试。"而这可能还是她的意思。不要得罪他，她凄凄切切，病病恹恹地躺着，声音微弱地向她的表哥马丁交代。

他们不是出于恶意，而仅只是认为这样做效率更高，才将我架起来。我感觉自己就像是在云端飞翔了一会儿，然后被塞进一辆黑色的没洗过的奇瑞轿车里。车内满是烟蒂被残茶浸泡过的气息。他们烦躁地放了一会儿 Lady Gaga、刀郎与庞龙的歌，尽显京郊农民本色。途中，我突然抓了一下马丁的上臂，说："你还是单身吧。"

"你怎么知道的？"他显得诧异。

"你脸上有一股像秋霜一样严峻的东西。"我说。

我就没说我注意到他总是拿鼻子去嗅自己惯用的那根食指。在侦查学里，犯罪的人总是控制不住想回到作案现场，以排查是否仍留有证据。仰仗手淫的人也如此，在潜意识里担忧指间还残留有精液那就像是生石灰或鱼腥的味道。

他的母亲叫丁弟英，舅舅叫丁本领，表妹叫丁洁妮。若不是他这次前来绑架，我可能要永远忘记丁洁妮的名字了。

我是在当时还健在的钱柜 KTV 套间认识她的，或者说是她在这里认识我的。当时我与身边一位丰腴的女孩相谈甚欢(不知为什么一想到白嫩丰腴的女人我就心头发紧,喘不上气来),直到我违背祖训("紧闭嘴,慢发言。"我的父亲这样屡次交代),轻易置评当时流行的某位明星(我认为双栖是一个人在躲避自己在两方面的无能),挨到对方的一顿狠戗。我望着茶几上像塔楼一样林立的喜力酒瓶,懊恼极了。这次打击给我留下严重的心理阴影,以至于有三周时间我都不敢怎么议论别人,我哪知道到处都是这歌星的粉丝呢。我以如厕为名义,离开钱柜。有人为这次周末常有的聚会留下一帧照片,当时我处在右二,右三是胖姑,而丁洁妮处在右六,也可说是左一,那是个沙发转角的地方。她双手抱头,仰着脸,静听在房间内冲来撞去的歌声以及梳着大奔头的我对邻座的恭维。那时我表现得像一名雄辩家,像一头狮子。几十天后,我对胖姑娘没演说完的东西,滔滔不绝地对丁洁妮说完了,说得是那么痛快和意犹未尽。我想起一位卖力的球员,在得到教练的明确指示后,上场将几乎能碰见的对手都铲翻了,铲完大嘴一咧,齿上还滴痰。当时我和丁洁妮坐在一把海蓝色遮阳伞下,她南我北,雨急切地来了一阵,打落在伞布上的声响让人想起歌剧院经久不歇的掌声。《新京报》最后一版预测这是场"廿年不遇的大雨"。然而一会儿它就变小了,毛毛细雨在意外出现的日照里斜飘着。其间,一架飞机从平地起飞,在上升的过程中,都能看见它收起机轮就像鹞鹰缩回双爪并将之贴紧于腹部。我静静地看了一会儿森白的机腹,接着讲了下去:不敢相信这样的事实就在眼前发生,哇嗷。她一直饶有兴致地听着,简直入迷了,尽管我看出这其中还是掺入了一些礼节性的坚持的。

是她找到她的朋友,她的朋友找到我的朋友要到我的联系方式的,我们在 QQ 里聊了会儿天，商定来这儿喝上一杯。我喝的是冰镇伏特加，她喝的是袋泡茶。我在顾盼自雄的演说途中，顺带审视了她的样貌。如何说呢？她比胖妞要漂亮不少，却缺乏致命一击的东西。或者说，她有很多可称作美的地方，这些美却无一例外都打了折扣，不能往里细究。比如牙齿紧密，上头却有一层用什么牙膏也洗不脱的黄渍，如果笑得开放点，还会露出大块的法鲁红色牙龈。鼻子虽笔挺，也不是什么鹰钩鼻，鼻前孔处却又平又翘，像是用搪胶材料塑成的一捏就会吱吱叫的玩具鼻子。无脱发征象，然则头发少而薄，好似就那么一小绺。身材比例好，一身瘦骨，但同时你也别奢望她有什么乳房。她穿什么我忘记了。我不知疲倦地讲着，直到缩起鼻子，像狗一样四处嗅起来。就像是雨水冲垮泥沙，从而使被掩埋的死鼠露了出来。这股子臭味越来越强烈，后来我们离开这里很久，我都回到自己家了，这股味道还是没消散掉。

在送她的途中，本着一种势必要将事情按一二三四五的程序做完的态度我拉起她的手，虽说我确信自己并不爱她。她委婉地拒绝，直到，几乎是她自己下定了决心，又许可我握住它了。没什么感觉，手很小，有一种克服不了的陌生感，像是握住松鼠湿润的红色小肉掌。在一条两侧长满梧桐、沥青因雨浇而变得漆黑和分明的宽阔街道，在下午将尽的时分，我们分道扬镳，一名从使馆区走出来的老年男人摘下丝织白手套，优雅地伸出胳膊，让她挽住，一起走了。那是她父王，背挺得像一名将军。

她的皮肤说不上黑也说不上黄，总之不显白。我总觉得这是帝京水土的问题，在南城那些老年人的脸上我常看见与实物酷肖的尘土、沟壑与节瘤，这简直是对他们所处的恶劣环境的拟态。

我们便不再怎么联系。

多天后的一个晚上，我做完所有的事，靠在椅子上，对着电脑发呆，一发数小时。就像躺在一叶舴艋内，任其在音乐的海水里漂荡，直到她在 QQ 上登录。她闪了几下，像是街道上有间铺子开了门。我百无聊赖地走上岸来，发现自己死活记不起她的本名来。记不起同时又无法忍受这种失忆的痛苦，因此就有了对话框内一行无礼的字：

你是——

丁洁妮。她答道。

我们无话。我将双腿搁在工作台上，视若无睹，望着那打开就再没合上的对话窗，左上角是她头像。此时是子夜一点，好似整个城市睡熟了，上帝留下我一人值守，也许还有几辆封闭的盗狗车在高架桥上狂奔吧。有一阵口琴声自音响内吹响，我心间忽然充盈着对目前这个女人的爱，想表达出来。也许歌声结束这种感觉就不存在了不是吗，得抓紧时间。我很难形容那晚上的自己，也很难形容现在的自己，有时我会为自己过于无耻下流而感到恶心。我顺理成章地忘掉对方，然后又恬不知耻地向被遗忘的对方索要那已由其收回的爱情。我不慌不忙，像心理素质奇好的骗子，在伎俩全然败露后，还能拿着道具逼问对方："可它就是便宜不是吗？它就是便宜！"有一回，有一名女子突然向我声讨，说男人没一个可信的就连我也是，我等她发泄完，弄清是我和一位哥们儿的闲谈（在那里我说出了对她的真实看法），被这哥们儿泄露给了她。我一边给变节者发愤怒的短信，一边认真地看着她，说：只因我感受不到就像我爱你那样的你爱我的热度你知道吗，我感受不到；我渴求的是滚烫的情感，而你给我的连热水都算不上。她求我别这样说，可我还是要说：我们多多少少都是恐怖分子你知道吗,在爱情里。

别说了别说了,我相信你。她说。

有时我以这样的理由——难保对方就不是逢场作戏——来宽慰自己绝不道德的行为,或者说提前安慰可能失败的自己。

我忘记自己前一次因何逃开对方,我觉得那个逃离的我是个傻×。我记起眼前这位丁姓姑娘一切的好,我质问自己为什么要放弃这样一位脸蛋又小身材又好同时可爱得就像是一只灵鸟的姑娘。一时间我根本没办法能管理自己那汹涌而至的爱了,我开始以一个爱情追求者的身份,以一名恭顺而饥渴的廷臣的身份,郑重地向她讨要那张照片。这种行为让我想起自己在20岁前坚韧地请求一名女孩脱下她的裤子。哪张?她问。旋即又表示拒绝。就像她才觉察出这种骚扰的无聊。在这方面我经验并不匮乏。趁着是在网上,我尽情地撒泼打滚,又是哀求又是礼赞,什么肉麻的称呼都使上,终于使她将那张一个人站立在奥运会结束后的湖景东路的原照传了过来。那时残奥会都结束了。她一只手拿金色稻草编织的纹理粗糙的草帽压住腰带,一只手拎着高跟鞋鞋跟,光溜着长腿,站在橘色的夜灯下,扭身回首,看着镜头。能通过飞舞的发丝、被吹得一干二净的街面感受到照片里的风。只有在这时,一个人才会拥有城市。只有当大家都放弃了对这里的占有,都打烊了,她才拥有了这条街道,和那些鬼魂一起。

我们又是约在白昼见面。她穿着淡青色的打底裤(不知怎么让人想起尸斑,有些缺乏自信的女人总是在一些奇怪的颜色上做出赌气的尝试)、白色百花衬衫(印花和翻领都不错),背华伦天奴的包,戴Ssur黑底白字小帽子,着黑色耐克鞋。外套是一件牌子叫“事竟成”的蓝色中年男士加厚夹克，应该是她那将军父亲穿的。她这样罩一件御寒的衣服，像是演员在冬天演夏日的戏，这会儿还没叫到自己，且休息着呢。或是大病初愈，弱不胜衣。她看起来是如此怕冷，脸上却又淌满汗。汗水在化好的妆上犁开一道道槽，新的汗又将这槽泥冲垮，因此满脸黏糊，像是鱼儿临死前在这上面吐了很多泡，或是鸟儿拉了很多屎，又或是钢笔尖刺入蛋清，蓝黑墨水在里边已有些洇开，浑浊的拖泥带水的汗汁沿着下巴尖滴下来。她一边包紧自己的牙龈笑着，一边用仓促折好的“心灵手巧的小玩意儿”，一把小纸扇，扇着风。嗯……我眼睛骨碌碌地转，望着她，嘴上支应着，这个……有时实在说不出什么来，我就保持一种看似诚挚的微笑，一边端起咖啡杯将嘴凑向它，一边貌似感兴趣地抬眼看她，听她说话。此时我心中已洞明，当初为何会金蝉脱壳，跑个没影了。脱离实际的想象是个坏东西，是毫无原则的滥情主义者，它总是教唆主人做对他自己不利的事情，近距离观察才是忠诚而理性的仆人，总是本着负责任的态度告诉你底线在哪里，提防你犯错。为了尊重这名老仆的意见，我在归来后，删除了她的联系方式，甚至加了黑名单。想想还弃用了这一 QQ。虽说她看起来就不是纠缠不休的人，我也没什么把柄落（我喜欢帝京人将它读成 là）在对方手里。事情就此终结。她就像一头看似庞大的抹香鲸，孤独地死在我记忆的脑海里，被腐食者及多毛类和甲壳类小型生物进食 4~24 个月，悄然分解。我一生中要忘记很多这样的人，经过我的，我经过的。几百个，成千个，上万个。不喜欢就是不喜欢，你劝自己也没办法喜欢。

马丁对发生在其表妹身上的悲剧的简明扼要的讲述，让我想起 M.

普鲁斯特在《追忆逝水年华》里所写的一句话:法兰克公主被杀的当夜,原来由金链吊在现在后殿那个地方的一盏水晶灯忽然脱钩落下,灯罩没有破碎,火焰也没有熄灭,只是砸进了石头,灯的分量居然使顽石塌陷。2012 年 8 月 8 日,一颗直径 700 毫米的花岗岩石球从天而降,有如急坠的陨石,将北五环一处人行道的地面砸碎,甚至使地皮起了一层涟漪。《京华时报》《新京报》《法制晚报》《北京晚报》及稍后的北京电视台"法治进行时"节目对此事均有报道。很难界定这起坠石事件与丁洁妮卧床一事之间的关系,实际上它也成为法律的难题。

它当然不是什么谶纬,不是什么芝麻灰色的圆球的坠降预示着她将遭受一场祸害,而是它直接就祸害到她。然而又不是这起码有 500 公斤重的石球直接将她砸得脑浆迸裂、脊椎粉碎性骨折或者索性将她拍成一张肉饼(这些形容都是她那激动的表哥说的)。它仅仅只是在距离她六七米开外的地方什么也没伤着(除开那块大理石地面)地落下,这是个在诉讼上毫无说服力的距离。如果仅仅以此就支持前去讨要说法的丁洁妮的父亲,那么整个北五环的人民都可以据此来讨要损失。然而它带给目睹者丁洁妮的精神损伤又是如此巨大:她感觉双手的指尖像摸到光溜溜的球面,甚至感触到其阴凉,然后她就被弹出去,像水珠溅开那样,弹了出去。她坐倒在地,有几天说不出话来,并且失禁。

从肉体上说,她毫发无损,然而精神之船却一劳永逸地被击沉在水底。她情形日渐艰难,终至于奄奄一息。她的父亲,数次向事故责任方提出索赔,他强调的是,无论如何,一个石球从楼上滚下来都应该算作是安全生产责任事故。人家承认了这点,却声明这样的安全事故和令爱令人遗憾的病情不存在什么因果关系,道歉可以,要说赔偿,一个子儿也甭想。丁父盛怒难平，索性到纪委举告(他拍摄下对方办公桌上有一包撕开待用的黄鹤楼 1916 香烟)，谁知还把人家告下课了。“闺女啊，他不看好自己的职工，他的职工不看好楼上的球，导致你这样，现在，他被免职了，永不录用，你要早早地好起来。”他柔情似水地说，然而并不管用。

“她看起来不行了，”马丁一边缠着头巾(他打车里扯出一块长 3 米的黄褐色抹布，里三层外三层，斜着从头上缠起来，遮住耳郭上的伤口。要不要紧？要是要紧的话我就揍死他，车上那帮年轻人恶狠狠地问他。这有什么要紧的。他说)一边说：“因此，我们找到你，你能理解么？”

“我理解。”我说。

“你理解就好。”

他没有说得太明白的意思，下车后，由他舅妈也就是丁洁妮的娘补全了。“你就是小牛啊，”她迎上前，端详着我，一边摸了我的左腕一下，“早应该请你来的，(今天)请的方式不对。”

“没有，没有。”我说。

此后一路的交谈，她都恭敬地陪侍一旁，像卫队长那样谨守身份。我差不多也这样。有时，她会忍受不住好奇的滋扰，用余光窥测我。她的眉毛掉光了，光光的磨得像鹅卵石一样的额头，隐约保留两条高耸的眉路。她将发髻梳成羊角状，额骨边上，一边一个。向后梳理得干净的头发上搭着一块让人丧气的类似洗碗布那样的白色头巾，它垂挂在双耳旁，直达肩部，这使她看起来有点像斯芬克斯。她是穿着深红色的睡袍出来迎接我们的。这地儿尘土飞扬，不知怎么让我想起自己出生的乡镇，有着鸡埘、尚在调和中的水泥(铁铲还插在里边)、难以忍受的暮色、穿大人衣服的小孩和那些需要他们不时吸回去的鼻涕。院落或平房有很多是红砖砌的,到处是破损的水泥台阶,野草从罅隙处像旗帜一样孤傲而愚鲁地生长。不过这里毕竟是京畿宝地,和我那南方的老家不可同日而语。让我诧异的是,在她脸上呈现的一直是一股置身事外的冷漠,就像赴死的不是她的女儿,而只是邻居家的谁,她只不过是本着人道主义精神过来搭把手。也许还可以这么说,任何事都改变不了她对自己的钟爱。正是这种自珍自爱,自我赏识,使她对世界采取了听之任之的态度。她使躯壳之外的事物与她保持足够的距离。途中她随意问了一声马丁:怎么缠上布条?未等回应,她又向我继续介绍丁洁妮的病情。他回答说:"自从得了头痛病以后……"她一耳两用,接口道:"要真缠的话,你最好是用开司米头巾。"接着她又对我稍微一笑,说,他怪里怪气的,我们且不理他。说实在的,我很喜欢和她相处,因为换作别的老娘,我不知道她会不会掐住我的脖子对着我怒吼。这种冷漠可能还有一种解释,就是她还有别的后人。后来我从马丁处探知到她果有一子在巴黎第十一大学念书,她没有将洁妮患病的消息告诉他。这是可以理解的事啊,我长叹一声,情有可原。

"以后也不告诉他吗?"我问。

"不知道。"马丁说。

丁洁妮罹患怪病后,先后在友谊医院、安定医院就治,后转院至协和,最后从协和东院迁到西院,眼见着将病号服越穿越大。而自打本年入秋后,她就一次床也没起过。总是侧躺着,失神地望着外边。有时怕她得席疮,给她翻身才翻,她又艰难地自己翻回来。有时在她眼前晃动手掌,她也不眨下眼,直到她自己觉得困乏了,才眨那么一下,用时比一次呼吸还长。"说起来,我洁妮命怎么这么苦啊,"大概是觉得身为一女之母，多少得有些表示，因此这位母亲抽出纸巾，擦起眼睑来，尔后小心叠好什么也没打湿的纸巾，将它放回右侧的小口袋，“我问有得治么，医生说怎么说呢，有，只是走这个科室出去的，也没一个治愈的，只能说是治，不能说治好。你看现在，她吃了大量的激素，因为吃激素又吃了大量的钙片，常常抽筋，身体都吃变形了。该瘦的地方胖得不行，该胖的地方瘦骨嶙峋，就是一张皮搭在骨头上。骨头挑着皮，真恶心。”

“阿姨您别难过。”我忽然充满想哭的欲望。我毫无察觉地抓住她的手，引它来摸我的脸，“您瞧，我也这样，吃激素就是这样，满月脸。还有水牛背、向心性肥胖。您瞧我的肚子，已经起来了，就像孕妇。我的腿还是像竹竿那样瘦，肚子却像是孕妇怀了六七个月的胎。”。她抽回自己的手，冷漠地看了一眼我的肚腹。“你说我的命怎么这么苦哦。”她补充道。然后继续讲述丁洁妮越来越糟糕的病情，就像是要用丁洁妮的病情来和我的病情赛跑。因为实在找不到有据可查的可对症配制的药方，每天就是为着预防感染而吊一些药水，医院决定让丁洁妮出院。出院后丁洁妮像意识到自己被放弃，身体坏得快了，终至于到了大咳不止的地步，有时眼见着死去了。“后来我们想起来什么，说起来就像是一拍脑袋，啊，恍然大悟一样，就过去问，洁妮啊，你有什么想说的就说吧，我们去办。现在想起来她是多么害羞啊，都这时候了，她还是拖延了三天才告诉我们，她心里有这么一个男人，这男人就是你，小牛。”这冷静的母亲说。

我对洁妮的这股子浓情，随着我穿过她家那早年刷了白漆因而现在愈加斑驳的院墙而顷刻消散（我想尽快走进她最后退守或者说被遗弃的卧房，坐在那注定已变灰的床单边，拉起她骨瘦如柴的硬邦邦的手，久久地望着她，告诉她，您所经受的一切我都清楚，天父也清楚。我还要展示不久前我也做过的手术，虽则只是微创手术。我将讲述手术结束后提着引流桶(就像提着两到三加仑的石榴汁)在医院走廊走来走去的事情。引流管走腋下某处插进身体，不时有污血或脓水自胸腔内流出来，滑进那让人欲哭无泪的封闭塑料桶。人啊就这样悲哀地提着半桶子鲜红的积液，去如厕，进食，还有睡眠(医生总是交代不要翻身)。还有就是解除麻醉，人醒来后总是问同样一个问题，问过还问，因为记忆力还没恢复到正常水平。“现在，这里只剩下三两处可耻的口子，像是生锈的镰刀。”我噙着泪水，紧紧拉着她那失去力量的手，指点我身体右侧所遗留的伤痕，“而且您看，因为服药，我已经胖得不行了，我注定是要消失在这肥胖所决定的平庸中了。”接着我听见另一个自己，嚯地站起来，当着她的面，无情地讥讽我：“朋友，难道您现在就很伟大么？”院内这会儿聚集着许多本地农夫，正抬着一个烦躁的人。话说他们抬着他就像蚁群搬运巨虫，虫向左倾，他们疾趋向左，向右，又齐奔向右，人人之间竞相提醒，一时喧哗不已。“畜生！畜生！”我听见那因为阻拦而被抬到空中的男人举起一柄漆黑的足有几十斤重的斩肉斧对着我喊。我知道重量是因为它在他顶上晃来晃去，几次要坠落下来。我头脑一片空白。他就像得了疯病，或者狂犬症，正大口吐着唾沫朝我砍来。然而随着我尝试让自己两腿不要发抖，并且好好在这院子里站上几秒，我就感到不那么害怕了。潮信虽凶，但只要我站在安全距离以外(我甚至可以用手去撩那浪尖)，它就不能奈我若何。同理，强弩之末，势不能穿鲁缟。眼下这伙着蓝色工服的农夫的任务就是尽职尽责地将这条疯狗关进笼子。我还想到加西亚·马尔克斯掌控得最好的那篇小说《一桩事先张扬的凶杀案》,“凶手千方百计找人阻止他们行凶，得到的却是所有人的漠视、旁观”。那真是一个巨大的讽刺啊,孪生兄弟最终为了让自己看起来像一个说话算数的人,不得不打起精神,将圣地亚哥·纳萨尔,当地一名颇有家业的年轻人,给办了。我还想到法庭上一些受害者的亲友,试图冲破法警的包围去殴打被告,然而没有法警的话他们也绝不会动手。我觉得我要是猛喊一声,“这地上是谁掉了一张一千块钱。”那些一早就赶来服役的解劝者,定会撇开防护对象,跑地上去寻找了。届时,这愤怒的父亲可就真不知道该怎么办了。兴许还会跺脚骂他们。一想到这儿,我就禁不住为自己,也为他,这叫丁本领的老男人感到悲哀。您就演吧,我冷冷地看着他。不久,我见他果然节节败退,像发动机那样无奈地熄火,只不过还要让皮带空转几圈。

——“她就是让你死,你也得死。”

——“她说什么你都得答应。”

——“肏你妈的。”

这些话都是他说给我听的,也可以说是说给他们听的。我尽力表现得震怖慑服,然后随着这股子恐惧消失,我备感头晕。我闻到这伙人身上洋溢着一股呛人的味道。而随着一位热情的中间人牵引我过去请罪,我又意识到,这令人恐怖的味道其实只滥觞于丁本领一人。就像走进一间堆满尿素的仓库,我开始哭泣。当我的睫毛不受控制地扑闪时,我依稀记起某部黑白电影里有一只被系住腿的乌鸦,在受到惊吓以后,疯狂而徒劳地扑打着翅膀。不一会儿,我就感觉浑身上下覆盖了一层灰泥,就像雪夜过后仍滞留路边的小客车，车身特别是车窗蒙上了一层黄色的泥团。这世上一切的蒙尘者啊,我在心里悲叹着。

我想起朋友们在聚会上肆无忌惮地座谈体味（包括深怀这门绝技的人）:

——遇到一个人,那味儿,辣眼。

——呛得人眼睛睁不开(有人补充:艾青说,为什么我的眼里常含泪水)。

——有一种气绝而亡的感觉。

——一股味儿扑面而来,拿橙子皮放鼻子边捂住都没用,我当场从教堂里逃出去。

——感觉一股尘土朝我卷来。

——呕吐,眩晕,窒息。

——地上死了一层蠛蠓。

——是一股馊掉的炒河粉味。

——是出租车那特有的上万人留下的汗味。

——感觉呼吸道被灌进糨糊。

——熏得我直咳嗽。

——是一大堆促销的洋葱头的味道。

——是孜然味。

——是韭菜那发冲的味道。

——是硝酸盐分解的味道。

——是马尔克斯写过的,“一股催人泪下的氨水味儿”。

这些味儿毫无疑问,都不如丁本领的来得带劲。我感觉鼻子就像被狠狠揍了一拳,我面前此人,抵得过四十吨化肥。对不起,我声泪俱下,朝他再三鞠躬，叔。而他呢，仍僵硬地待在自己扮演的角色里，像老戏里演的那样，愤怒地甩袖，哼，转身走了。关于他身板的硬朗、在潜意识中对这种硬朗自鸣得意以及这种自鸣得意所带给他人的恶心我觉得有必要补述一下：他总是骨碌碌转动黄色的像猫一样的瞳仁，斜睨着病弱的乡党（以下的眼袋大得跟卵袋一样）；长着一头刺猬般浓密、粗硬、无懈可击的棘刺。颜色也差不多，褐色与白色间杂，这种生命力旺盛同时让人不舒服的颜色让人联想到花托内挤在一起的葵瓜子；总是哈着嘴，有节奏地，像盛暑的狗那样，吐露着因潮湿而莹润的粉红色舌尖。走向正房时，他提起一件晾着的真丝面料制服。丁本领抖抖衣服，掸几掸，像是提笼架鸟者那样美美地叹息了好一会儿，才朝卧室去了。他再度出来时，双手在系腰带，白色制服已熠熠生辉地穿在身上，这回还佩戴上带镶边与流苏的金黄色剑形肩章。我想起第一次遥遥见到时他正摘下手上的丝织手套，现在也戴上了，我对他的身份一下子有了把握。曾经在生病前，我去过亮马桥那边的使馆区，参加过一次大使官邸午宴。落座后我感觉被一股凝重的气氛给箍在那儿，我很不喜欢这种场合。它的一整套无法省却的礼仪要求，让人无法安心地投入到进食这一美事当中。比如“在吃水果时，常上洗手钵，所盛的水，常撒花瓣一枚，系供洗手用，但记住，只用来洗手指尖，切勿将整个手伸进去。因此，刚吃完水果的手，不宜用餐巾擦手，应先洗手指，再用纸巾擦干”。我装作不饿，盯着火苗忽闪忽闪的大理石壁炉，里头的木材烧得毕剥作响。一位像今天老丁这样打扮的中国男子，50多岁，刽子手一样，背着一只手恭敬地侍立在身后。不时地，他用甜蜜的肢体语言请示我是否来点白的，我以为这是一种程序上的好意提醒，一饮而尽，他稳重地给我又添了半杯。我连干数杯，直到他给我又来了点红的。据说仅仅只是在客人走来前将座椅拉到一个合适的位置，他们就训练了200小时。我不知道他在耐心地给我倒酒时心下藏掖了多少耻笑。最后，仅仅是为了防止自己在此地一句话也没说，我问："老兄，您是哪儿人？"

"山东。"他鞠了一躬，竭尽全力地回答。

也许凭丁本领身上的体味，他上不了这厅堂。但也难说，西方人在劳动者权益保护方面毕竟领先我们很多年。一名高级侍者，我盯着这自豪的可能文化水平不高（正因为如此他们对本职工作极为看重和忠诚）的男人的身影，这样判定他。

走过庭院支起的樱花树，我才知道今日同时来了两位老者。一男一女，加起来快有140岁，他们正相依为命地坐在一张没上过漆的圆形餐桌边。男的偏瘫，身体的一半几近死了。左眼就像一粒玻璃球陷在耷拉的眼皮里，转不太动。他的右眼倒是健康而活泼，这会儿正不停地朝上睁着，像是眼睛内飞入了小小虫子。辣啊。为了掩饰这酸胀的感觉，他不得不频繁地打哈欠。而女的，他的妻子，则在扑簌扑簌地流泪，就像刚刚从妯娌处听到什么伤心事。

"爷，姨，你们怎么在这里？"我问。

他们像不认识我一样，遥遥地看了我一眼，然后就认真地应酬去了。他们的普通话训练全部来自于新闻主播。在丁本领穿着那件白光闪耀的制服进来后，我的父母拼着命掀起自己的身体，恭迎一旁。兴许在他们心中，丁是来自军队的某位要员呢。空军的，或者至少是三军仪仗队的。"火工！可能就是某个使馆里的火工！甚至是殡仪馆的工作人员也说不定！”我欲提醒他们，却发现自己怎么也喊不出声来，我和父母相距不足一米啊。我只能像个无法争辩的哑巴，痛苦地摇着头。父亲一直在洗耳恭听什么，有时会抬起眼睛，毫无感情地瞅我一下。

在他们吞吞吐吐，像骗子一样似乎是不怀好意地介绍一些情况时，我的父亲，突然像一名哲学家那样敏锐地抓住事物的本质与核心，果断地插话：“她是北京户口吗？”

“是。”他们都说。

“你们这里也是北京户口？”父亲问。

这会儿轮到我觉得他荒唐可笑了：难道京郊的户口就不是北京户口，你想什么呢。不过，在得到确切答复之后，父亲就变得极为爽快起来。Cheers! 我听见这只有高小文化的小镇退休工人频频举杯提议。我真没办法跟他解释什么（这时，我第一次看见他理我了，他饶有深意地看着我，仿佛在说：你傻呀，身在福中不知福）。然后他夹起一块猪蹄，妄图塞进歪斜的嘴里。他一咬，它就滑向一边。最终它咚的一声掉在面前的盘内。“以先不晓得吃，因此身体吃亏上当，现如今呢，见什么吃什么，有么事吃么事。”听见他这样频繁地以 60%是方言 40%是普通话的调和语言和他们交流，我感到羞惭极了。我的母亲在一旁什么也不说，只是冷静地看着每一盘菜，细心将它们与南方的菜系比较着。有时她会征询地看我一眼：这是么事东西？这东西也能吃？不一会儿，庭院里塞满劝吃劝喝的喧哗，这股喧哗就像插满刀叉棍棒的云层悬停在我们头顶。有一个人端起盆子猛然吞吸当中的余汤，竟使我的心脏出现失重。有人说：不干不净，吃起来不得毛病。马丁，那像佛国王子一般优雅的人，正和他的舅妈坐在一起，他们不动食箸，因为不能远远坐开，只好高高坐直，肩膀也耸着，就像这样多少能避开他们一样。

整整吃了一下午。

最终丁本领站起来，提议大家一起举杯。他的腋下湿湿一团，背部也湿透了。餐桌上惟留残羹冷炙，飘荡出一股猪潲那样又酸又臭的销魂气息。众人有如《西游记》里来赴宴的妖怪、幽灵，个个酒足饭饱，满面红光，打着饱嗝儿，绵延一会儿，就要回洞去。他们有的拢起一只手护住嘴，用柳枝剔牙，有的则将整个拳头塞进嘴里去挑拣，有的用舌尖在齿间反复抡，有的掰开回形针，将牙床刺出血来。实在是没法再满足了，有的人竟因此抽泣起来。随后，他们抬起手臂，有的还出手搀扶，让我那行动不便的父亲先行。我的父亲呢，一边哆嗦着腿，紧张地看着即将落脚的地面，一边分出精力与人打招呼：好，好，还讲这个礼，凝（您）还讲这个礼。我看见丁本领，那犹如船长的老年男人，此时正孤独地站着，一只手扶着桌面，茫然地望向远方，泪花几次要滚出来而终究未遂。所有嫁掉女儿的人都会遭遇这么一刻：总算将一件事办完，同时心灵空空荡荡。要过好一阵子，他才从烟盒里取出一根烟，捉着它在硬盒上来回地撴，直到将烟丝撴得没办法再结实了，才掏出 zippo 点着，悠长地吞上一口。尔后他逐个去抚摸自己在庭院里精心培植的诸如铁梗海棠、四季桂花、六月雪、红豆杉、霸王鞭（在北方极为罕见）、铁树、腊梅等 30 余种植物。

事情的最后结局是：

客人们搬来简易板凳，三三两两坐下，也有的倚在游廊的柱子上蹭痒，喝着泡开的银针，殷切地看着我走向夕阳照耀下的阁楼。我记得阁楼上盖着一层薄而漆黑、积着雨水的油毡布。通往阁楼的楼梯，木板上布满毛刺,是随便钉起来的。我的姑娘、追求者、失而复得的情感奴仆、强加在我身上的未婚妻,或者说一个注定还是要遭受我残忍审视的可怜虫,就偃卧在里边,承受着死亡的煎熬。死亡他老人家,正像街边的老人,沉稳地摇转她那像爆米花机一样的身体,让她身体的每个部位均匀受热。兴许她在哼唧,兴许连哼唧之力也没了。我踩上楼梯,听见吱吱嘎嘎的声响。这响声在两个世界都响了起来。这是一种奇妙的很难传递的感受,就像一个人听见自己打鼾因而醒来,我迟疑在那里。“继续走啊,莫回呀头。”我听见我的父亲喊过来,而众亲戚(那些一下添加到我身上的亲戚,那些表哥、堂哥、姑父、姑妈、叔叔、伯伯、舅舅、舅妈、外公、姥姥、姨父、姨妈等等)则有节奏地打起拍子来。

这时,我从梦中完全醒了过来。

北范

最终，父亲带领全家人从横港镇迁移至县城，按照他的说法是乡镇教学质量不行。有一天，他看见镇中数名教师扛着大竹子，骑车从柏油路一一驰过，便说："上课时间出来贩竹子，这不是误人子弟吗？"我因此转学县二中。

我在全家搬迁的路上望见一同升入初中的同学范如意。他全神贯注于书本，所看管的小牛游荡至公路，挡住货车。司机按响喇叭，他抬起湿漉漉的头，麻木而平静地看我们，然后牵走牛，继续背诵。他是不能被惊醒的痴人，据说一天只睡两小时，理由是"死后自会长眠"。他无论走路、吃饭、如厕，都手持一本书背诵，因此得了神经衰弱，头晕、头痛、健忘，像漏斗，背好一篇，忘掉两篇，因此又焦躁地从头背起，形成恶性循环。初三第一年他距分数线只差几分，第二年摸底考便只排全班中游。镇上人说起来都摇头叹息。范如意可是全县第一个实现跳级的人，初一读罢半年便跳入初三，当时学校举行仪式，请来副县长及市县两级教委主任。那领导们点到哪篇，范如意便背诵哪篇，有时题目还只点出一个字，他已抢先背出一段。他闭着眼，嘴唇像运行欢快的机器开开合合，将汉字一股脑排出，而我们一共九百名学生端坐在下边，他背一页，我们便翻一页，操场内响起一片整齐的哗响。当时赶来看热闹的有一两千人，黄土场踩满鞋印，及至仪式结束，还有一辆解放车载着十来人驶来，在他们鼓噪下，范如意又背诵圆周率，一直背到一千余位。

“了不得，”地区教委主任站起来和副县长握手，说，“尽一切财力物力，重点保护，重点培养。”人们只当范如意应付几年，便做稳大学生，谁料不到一年便考砸了。“可能是太紧张”，老师、家长，包括他自己都这么看，但第二年专门为他测试三次，还是不行，放进班里一起考，也早已泯然众人。

一九九一年，我从县二中初中升入高中，过去镇中同学写信来，说范如意落榜，总分不足两百。据称他看到成绩，悲愤莫名，去找老师，老师也是悲伤莫名，一时僵直了。这悲伤很难形容，就像一个慈悲的师傅明知徒弟永无所成，或者一个慈悲的医生明知病人死期不远，他无法解释，只能抚摸对方。范如意掸开他的手，恶狠狠地说：“你说我还有没有希望？明说。”

“没有。”

范如意好像挨了一棍，说“好”，转身就走。本是向东一里路便能走到的家，往西错走两三里才折返，老师骑着自行车跟了很久。及至进屋，他哭也哭不出，嚎也嚎不成，在床前猛然一挺，倒向床铺。那父母便猛掐人中。老师说："告诉他，他一定是有才的，只是读书这条路暂时走不通。"后来范如意便做了农民，有时在路边卖些瓜果、饮料，就像沉渣掉进太空，没了音讯。

二○○一年，我已是县公安局办公室一名秘书，因为横港派出所要创省人民满意派出所，我被派去写材料。故地重游，不禁觉得时光骗人，过去以为高大的叔叔其实只有一米六，而那些幼时同学面孔酱黑，已然像中年人。只有范如意肤质森白、皮包骨头，看起来像披了一身死人皮。"他看人时眼睛就像棍子打了别人一下。"同是过去同学，如今在派出所当联防队员的聂新荣说。据说从某天起，范如意便白天睡觉，夜晚去山顶，独自对太空静思，然后挂一身露水归来。

"他还是不食人间烟火？"我说。

"嗐，哪有人不食的？"聂新荣便讲了他一件事。

一九九八年秋，镇政府分来一位外地中专生，十七八岁模样，刚长好，娇嫩欲滴，太阳照下就像照进一堆软雪，稍一喘气便让人想到底下那对软乎乎的乳房。兼之举止行云流水，双目顾盼生辉，便像戏本说的，"使人见了最易销魂，老实的也要风流起来，悭吝的也会散漫起来"。已婚未婚的都入魔，挤在宿舍门口，一会儿宣誓一会儿起哄，不久都落得无趣。据说有十八种苛刻条件，男人要破，缺一不可。那范如意却是一席话便将坚壁攻破。那话如何说，聂新荣却是说不来，我便去远景村找范如意。

那是一间破旧的屋，青砖黑瓦，门楣上贴着惨白的"囍"字，别家都装了铝合金窗，他们家还是玻璃，漏风处钉了薄膜。我进去时他正在瓦数很低的灯泡下编篾筐，见着我，痴愣住，好一会儿才站起来，说“稀客稀客”，跑到灶间提了开水瓶来，就着温水倒了一杯糖水。“可别就走，我正愁着，这么多事没一个人可说。”他说。

我说：“稍等，我去上个厕所。”

我穿越灶间去寻时，发现他女人又干又瘦，邋里邋遢，被一条粗绳拴住一条腿，正坐地上抛接小石子，玩一种游戏。她望见我，眼睛放光，欢喜地笑起来，鼻孔下出了一挂鼻涕。我后来问，范如意指着脑袋说：“这里有问题，又发病了。”

“你怎么找她做老婆？”

“找的时候不犯病，快一年了才这样，推不脱，当时还觉得漂亮。”然后他便不耐烦此，转移话题，“你说我当初傻不傻？只知道背。语文、政治背背也就罢了，数理化也背。我背些公式也就罢了，连试卷也背。我背得辛苦，第一步怎么解，第二步怎样，都背清楚了，心想试题都在心里，考哪一题从脑子里挑出来就是，却是不知道，凡考过的题目断然是不会再考的，我把自己背废了。

“后来我才醒悟过来，可醒悟时已经晚了。我早应该知道背诵是死胡同，思考才是真功夫，才是通往真理、解决问题的捷径。可惜我被自己的记忆力欺骗了，让那屎一样浩瀚的知识填满了脑袋，连高中都考不上，成了一个对社会没用的人。”

“也不能这么说，考学只是检验一个人的方式之一，它绝不是唯一。”

“你这么说，我很高兴。我也是想天无绝人之路，只要方法正确，世间未有不通之理。”他却是要洋洋洒洒下去，我打断道，“镇政府那小韩是怎么回事，听说你一席话就改变了她。”

“嗬！”他一拍脑袋，好像记起这事，先自乐了几番，便讲了那事：

那时他在村里兼做会计，一日忽然从镇里开来吉普车，是小韩陪领导下来检查。他当时便中了蛊，小韩走到哪跟到哪，却是不敢说话。待吃罢，她走到门口欣赏田野，他犹豫再三，还是走上前，像圣父那样庄重地说：“人生贵在及时行乐。”

“怎么讲？”她说。

他一时惭愧，待要逃遁，见对方没恶意，便继续搭讪：“你知道人最远能望到多远吗？”

“一两里，十里八里？重要吗？”

“你可以看下天空。”

她抬头望。

“那白云距离我们应该有一千六百公里，”他说。这时她眼里有种东西意外地光明了，仿若洞察到奇迹，他接着说，“你还能看到，月亮距我们三十八万四千公里，太阳是一亿五千万公里，而北极星则有三百二十四光年，光年你懂么？”

“不懂。”

“光年是人类发明得最好的词之一，它说的是时间，指的却是距离。光在一年中所走的距离称为一个光年，而光速为每秒三十万公里，约相当于一秒钟从地球走到月球，你想想一年有多少秒，要走多少距离？而北极星要乘以三百二十四年，这就是你肉眼所能看到的。”

“这么远？”

“是啊。古诗说手可摘星辰，怎么摘？我们看见的星星，其实只是它发出的光。目前人类探知的最遥远的星，距地球一百多亿光年。而在一百多亿年前，宇宙才开始大爆炸，我们现在所见的，只是这颗星诞生时所发出的光。一些我们看见的星星，可能已经化为齑粉，已不存在，但是它发出的光仍在到来地球的途中。就像一个人死了，他的声音还走在通往我们耳朵的路上，多么可怕啊！”

接着他说：“你有没有想过空间？你觉得空间有止境吗？”

“应该有。”

“不可能有。比如这间村舍，它是有止境的，它七十多平方米，但你不会相信它是整个世界。在房屋之外还有草地和田野呢。地球也是有限的，但地球不是全部，地球外有大气层。银河系也不是，银河系之外还有宇宙。宇宙之外呢，还有更大的宇宙。你很难想到一个尽头，只要有一个物体存在，那包围它的就绝不是虚无，而应该是更大的物。

“我们也从不是天地的主人，说到底我们不过是无穷大世界里一颗微不足道的尘埃。我们的产生只是无数种偶然叠加的后果，这些偶然意外地带来我们，同理，也会必然地带走我们。就像它们曾经带走恐龙那样。我们和恐龙一样，连起码的地震和海啸都预测不了。你看，在地球上空，在我们所面对的无限大的空间里，既有大量遵规守纪、和我们和平共处的物体，也有很多乖戾而不讲道理的物体。在四十多亿年的时间里，它们像是不懂事的孩子，呼啸着飞来飞去，时刻威胁着地球——它们已经多次和地球擦肩而过，甚至就直接撞上，你所知道的众多陨石，就来自那未知世界。陨石算小的，如果是小行星或彗核撞过来，我们人类就要遭殃，就像恐龙曾经遭遇过的那样。它们什么时候撞，撞哪个部位，完全取决于它们毫无理性的运行。作为地球主人的我们，对此无能为力。

“而下一个接替我们主人地位的也许是老鼠，也许是一种变异的新物种，也许连地球本身也消失了，它变成无数微小而无用的石块，游散在空中。我时常忧虑于那毁灭我们的物体就要来了。我每天待在山顶看，碰到天气特别好，便会无比恐惧，我看到那遮蔽的云彩全部消失，漫天都是赤裸裸的凶手。我从来没想到在我们孤独的家园之外，会挤着这么多蠢蠢欲动、恬不知耻的物体。它们中的随便哪一个，身形哪怕增大一毫米，我都会痉挛，这意味着它正以极快的速度，风驰电掣，朝我们奔来。我常说：但愿这只是幻觉。实际也都是幻觉，我们所见的，其实都还算平安，我害怕的是那些一时看不见的，它们像隐身人一样悄然奔来已久，而我们对此毫无察觉！也许明早一觉醒来，在我们的视野上空，在那几十公里的地方，就会有一颗直径几千公里的脏雪球悬着。不是没有可能！我们没有永恒，从来没有。我们的命运就像毛主席说的，扫帚不到，灰尘照例不会自己跑掉。扫帚到了，我们肯定灰飞烟灭。”

说着，他将出了些汗的小韩带到土坷垃旁，蹲下身揭开石头，一群蚂蚁四散逃窜。不过在意识到没有进一步的危险后，它们又跑回去，重新组成高效社会，有条不紊地运动起来。“你看，它们现在安详自在，过于自信，”他抬腿将它们踏为齑粉，一点血迹不留，“一秒钟之后，它们便灭绝了。它们什么时候灭绝，灭绝多少，完全取决于我，它们预测不了，也计算不了。而我们在无穷宇宙里的位置，和一只蚂蚁没有任何区别。我们和蚂蚁的质量，同无限的宇宙相比，都接近于零。我们的智慧也不比蚂蚁高多少。”

这十七八岁的姑娘脑子简单，像冰凌僵立着，一时被汹涌而下的知识震慑住。

“这本是古已有之的认识，人生重在及时行乐。”范如意强调道。

“那么，她跟你了？”我焦灼地望了眼灶间。

“怎么可能？手都没摸到。她当晚便和县城来的有钱人睡了，而且我觉得她更可能相信的只是千禧年世界末日的传说，她的智慧也就到那一步。我是替别人做了嫁衣。”

“你岂不是很遗憾？”

“是有点，但从某种意义上说，我已经得到她。”

“怎么讲？”

“因为存在这种概率。”

“什么概率？”

“就是无穷大所提供出来的概率。这样讲起来会很复杂。我打个比方，如果只有一万平方公里，那么一个村落是特殊的；但如果是一百万平方公里，那么就会出现一个和它类似的村落，它们所依靠的山的高度，所面对的河的宽度，所占有的稻田的面积，所居住的人口的数目就会差不多；而如果是处在一万万平方公里，那么很可能会出现两个几乎完全相同的村庄，每家每户的财产是多少，生多少儿子，儿子们长什么样，都可能相同；而假如空间是无限的，那么就会出现至少两个完全一样、纤毫不差的村庄。当我们认识到空间没有边界时，就应该认识到它会提供物体相同的概率。在无穷大的空间，绝非存在一个地球，而是存在无数地球；在无数地球中，又存在无数发展过程完全一致的地球；在这些相同的地球里，同样存在着无数发展过程完全一致的人类；在这些相同的人类里，又存在无数相同的我。你不要觉得玄乎，只要想想无穷大三个字，便知道一切都存在可能性。而这无数个相同的我，又会分裂出无数个不同的我。就像小径分岔。有的走上东边的路，有的走上西边，最终得到的结果完全不同。在这个地球上，我和小韩缘悭一面，而在别的地球，她倒向我的怀抱。

“但这只是自慰。因为这种相同，就像在宽阔海洋里存在两棵完全一样的水草，它们遥遥相处，彼此孤独，对整个世界来说无足轻重。我们不能占有所有的我，不能占有所有的机遇，我们每做出一个选择，都意味着被迫杀灭其他可能性。无穷大对我们而言没有任何意义。这也就是我们为什么犹豫而痛苦的原因。我们注定只能选择一种，而这种选择所带来的，注定不幸。无论出现什么结果，都注定不幸。因为——”

这时他显得分外凄惶：“因为总是有更好的。从相对的角度来说，我们所选择的永远是更坏的。我们可以看到比我们选择的还要坏的，但也只是五十步笑百步。我们每一步选择所收获的都是苦果，我们永远活在遗憾中，活着没有意义。”

“知足常乐不就好了？”我说。

“不。”

“你无视它，它便奈何不了你，你总是想它，当然悲哀。”

“不，你完全不懂。你从未像我这样经受侮辱与伤害，从未刻骨铭心，从未痛苦，甚至连一滴泪也不曾流过。你还不知道这属于人类的痛苦，而我代表的正是人类。你浑浑噩噩，不像我早已看破，洞察一切，每日只想幻化为石头，躺在山顶，既不选择人，也不让人选择，既不选择世界，也不让世界选择。不过，你迟早是会明白的，只要你想到一个字，死，你就会明白。选择除开丑陋，而且毫无意义。活着就是感受伤害，除此之外别无其他。那浩瀚的宇宙、蔓延的星云、无尽的可能性，和我们都没有关系，我们只占弱水一瓢，饮尽便化为枯骨。我们死时，地球上的人还在载歌载舞，那散落在多重宇宙里的无数个我也在载歌载舞。我们成为永恒的沉默的一部分，再无翻身之时，就像我们的任何祖先那样。”

他争过此理，又长叹道：“我们都是有限的。”接下去他说，“我曾在山顶等待来自外太空的信号，就像封闭自足的土著在海边等待异族的船只一样。我想既然我们已屡次向外太空发射信号，那么外星人也一定会向我们发射。”

“你依靠什么接收信号？”

“收音机。”

“收音机？”

“是啊，收音机。”

“那收到过没有？”

他摇摇头，说：“条件简陋，基本是不自量力。而且后来我也觉得，即使目前的人类穷尽智慧，建立最发达的接收设备，也不见得能接收到。信号是微弱的，稍纵即逝，当它平安到达目的地时，可能是两万年以后。没有人会一年四季来监测这种信号，它可能很快经过麻木的人，永远地跑掉。而且，即使他们接收到，也可能迷糊。就是我们人类自己，现在也很难辨识最初的文字，物是人非，何况在遥远的未来？和外星人比，我们的智力可能非常优越，也可能非常低劣。我们和他们是鸡同鸭讲，纯属做无用功。

“一度我也觉得时间旅行是存在的。我盼望着回到过去，这样便可以对过去的自己进行修改。但后来我发现这是一个悖论，一个由 A 生长成的人，我们叫他 A+，他回到过去修改 A，使 A 变成 B，以后在未来出现的一定是一个叫 B+ 的人。那么这个 A+ 如何存在？又比如电影中那个著名的例子，一个人回到过去，阻止父亲与母亲相爱，他们一旦不能相爱，就不能生育出他，那么他如何存在？而且，假如有时间逆行这种可能性，那么为什么我们在今天连一个未来的人也没看见？为什么在历史上没有相关记载？你可能说，人类的科技还没发展到那一步，发展到时一定会有人回来，但这说服不了我。我们每个人的生命都是有限的，仅此一次，如果未来存在回来的可能性，我们一定能经历这种奇迹。我们就要死了，就像明朝人清朝人一样死了，什么也没看见。然后他们科技发展到可以回来了，他们回来了，你又活过来，迎接他？你觉得可能吗？所以说，你若见着，早就见着。你若未见，便意味着时间旅行不存在。”

“乱了，乱了。”

“不乱。根据爱因斯坦的学说，当人类以接近或超过光速的速度运动时，时间会放慢或静止。比如某个人搭乘接近光速的飞船去某个质量巨大的黑洞附近旅行一年，当他回到地球时，可能已经过去一百年。那么他确实进入了未来，他的孙子将比他还要衰老。但这绝不是时间旅行，这种行为跟养生术没有区别。比如医生将一个人弄进实验室，依靠各种先进仪器使他沉睡，人体器官的消耗与衰竭均以最小的代价完成，那么有一天他醒来时，人们会发现自己都已衰老，而他尚且年轻，这就是一种保养。我认为的时间旅行是：存在两个自己。如果一个人去往未来能看见另一个自己，那么我承认这是时间旅行，但是那坐飞船归来的人是唯一的，在未来的世界没有一个对应的自己。”

“可能是这样。”

“就是这样,因为时间根本不存在。”

“怎么讲?”

“你不觉得时间只是人类发明的一个词汇吗?它和原子、中子不一样,不是具体存在的物质,而只是一种抽象的现象,是人类从空无中提炼出来的。人类提炼出来后,将其物质化,包括小时、分钟、秒这些概念都是物质化的表达,我们以为这是天意,是在人类之前就已有的存在。但是就是时间划分的标准,在早期的西方和东方都存在巨大区别,秒只是到近代才出现的统一标准,在过去我们中国的古人会说戴宗一百米跑了多少秒吗?空间是存在的,你可以从东边去西边,再从西边回到东边,空间你看得见摸得着,因此你可以顺意旅行。而时间是不存在的,是空虚、空无。你真不好形容这东西,我跟你说吧,它就像是一截快速燃烧、快速熄灭的箭头,它永远只有现在这一刻。现在这一刻是我们可以感知、把握的,而过去只要过去便马上变成永远的黑洞,未来也如此,未来在我们还没有经历之前,也一定是永远的深渊,深不见底,空空荡荡,什么也不存在。我想时间就像卡拉 OK 下方出现的字幕,有一道短促的光会跟着旋律游动,它提醒你该唱哪个字。这道光就是现在,它经过的全部变成黑暗,没有到达的也是黑暗。记住,只有现在是有光的,是你能感知的。你说我们人类怎么进行时间旅行?倘若我们掌握了返回过去的技术,我们会回到过去的什么时候?那飞船它将以何为着陆点?在那无数已经燃烧干净、已变成废渣一般的黑暗的空无的过去中,你以何为你的目标?你是以分钟为单位,还是以秒单位?在秒之下还有纳米秒的概念,在纳米秒之下还有更小的计量单位。你将从何处着陆?你知道芝诺的悖论吗?”

“不知道。”

“说的是事情如果要到达目的地，那么必先走过这段距离的1/2、1/4、1/8、1/16……这在空间上看是错误的，但在时间上看并非没有道理。我们将要回到过去的时间是无法衡量、无法标准化也无法定位的。就是现在，这我们唯一能感知的时间，本身也是无法定位的。我们说回到过去多么轻巧，但是过去不是一座山，说去就去。我觉得根本便没有时间这种物体。”

“不懂。”

“时间是不可逆的。如果从时间的单一角度考虑，我们分分秒秒都在死亡。刚在的你我已经死亡。甚至还在跟你说话的很多个我已经死亡了。你要记得时间是单薄的一道提醒光，它极其短促，来过即逝，永无再回。我们之所以觉得它辽阔，完全是受了空间的骗。时间永远只是一个顿促。”

接下来他忽然站起来，眼神直勾勾地看着我，说：“有一次，我做了一个梦。我不知道为何从队伍中掉下去，落后你们人类一秒。也就是说，我落后现在一秒。那可能是我做过的最恐怖的梦了，我看见刚才全部还在的你们全部不见了，在我视野之内的几十公里几百万公里内你们都不见了，你们刚刚还在的笑容和话语全部消遁，留给我的只有无穷无尽的既像是黑又像是灰的虚空。我就待在这虚空的苍穹，这虚空的无穷大里，徒劳地飞，徒劳地摆动双手——没有万有引力，看起来也没有任何物质。我因此焦躁不堪，时时要被这焦躁弄哭，我被你们完完全全地抛弃了。在我的视野内幻化出无数的管道，那些管道每个都至少有上百公里长，我得一个个地爬进去试探，在里边游动，看你们是不是在管道的那头。我经常游到一小半便撤退出来,因为我觉得毫无希望,你们不可能在那头。而在我转过身时,我又觉得假如你们在那里,我便永远地错过了,我也将永远地陷入进迷宫,就像一个在沙漠中迷路并最终失去方向的人那样。我想除开死,没有什么能终结这苦刑了,但是就是死我也不知道如何去死。最终,在这永恒的梦中,我瞎掉了。而经过经年的折磨,正在我全身地疲倦时,我猛然听到一阵回声。那是你们在山谷里的歌唱,你们的歌唱通过大山,产生回音,让迟到你们一秒的我听见了。我瞬间热泪盈眶,疯狂地向那里扎去,我朝着你们疯狂地喊:我在这里,我在这里。可是你们永远听不见,我可以听见你们,但是你们永远听不见我,我完全是在徒劳。因此,我在哭泣中醒来。"

这时他完全沉浸在那种惊惧中,张牙舞爪地,像是小孩撞见鬼。我站起来说:"我得走了,那边所长要找我,我怕是也待得太久了。"

他直愣愣看着我,很久了才说:"这样啊。"然后又说,"那些领导,算个鸟啊。"我知道他说出这样的话不是狂妄,也不是因为自卑,而是切切实实地从心里涌出了冷漠。

敌意录

我们后来又起获了被告人一批笔记，特整理如下，可视此为上述遗书的补充。

死亡 I

有一件事对自己来说极其重要，对别人却可有可无，这便是死亡。可能所有事情都如此，只是死亡让这种人和人之间的关系变得更决绝。葬礼总是隆重，有着繁琐的程序，但我觉得这只是一项针对自己的义务。因为我操办前人的葬礼，后人也会收拾我的遗骨。这是不可断裂的传统，就像生育。埋得深点，或者火化掉，是避免瘟疫祸及自身。

谦卑的人应该认识到这点，像垂死的大象走向遥远、寂静的象冢，在那里悄无声息地死。但是更多人会产生奢望，有一部叫《大腕》的电影讲述活人操办了一场自己的葬礼，让自己活着的眼睛看见死后得到的哀荣。在农村的老人都会去围观葬礼，倒不见得是为着兔死狐悲，而是幻想一下自己也将享受的热闹场景，他们像抚摸出嫁的轿子那样抚摸着将盛载自己远行的棺材。有一夜我梦见自己死亡，那些看得清面容的亲人、同学甚至是很多不认识的人（特别是女人）都过来扯我不能动弹的尸身，失声痛哭。但在梦的尽头，房间只剩我和阴沉的光线，他们拉上石门，再未归来。

意大利作家迪诺·布扎蒂在一篇小说里写过，被宣布死亡的作家躲在坟茔，竖耳倾听，万一有人唤他呢。但是没有，因此他孤独地拉上棺材盖。

这就像我们关机很多天，以为将有无数条未接来电或者短信，但手机空无一物。又或者像我们正向人热烈倾诉，抬头时发现他已睡着——死亡对你来说极其重要，甚至是唯一之事，对别人来说却只是诸多麻烦之一。他能来参加葬礼，不是说你的死亡比他的感冒重要，而是他的葬礼比他的感冒重要，他不期望自己的葬礼冷冷清清，因此克服困难赶来。

期待别人发自内心地哭泣，就像期待绑架过来的少女发出高潮的呻吟。认识到这个孤独，我们就会变得谦卑。或者说认识到我们对待别人的态度，我们也会变得通达。我参加过祖母和父亲的葬礼，作为至亲，我一度陷入如何哭的技术僵局当中。我应该哭泣，否则会被议论为不孝，但泪腺出了问题，我无法像妇女们那样让泪水招之即来挥之即去——在阿兰·德波顿的《爱情笔记》里，一个男人感受到女人的挛缩，前七下是真的，后七下是故意的。女人总是会干这些事情——而我不会表演。在重重压力之下，我想及军训时教官说的："你们只要撑大眼睛朝一个地方看，一会儿泪腺就会受不了。"我扑在尸身旁边，将头埋进臂窝，撑大眼球，几分钟后，眼睛果然湿润。我没有哭，但是眼泪出来了，为着逼真，我还在抬头前僵硬地耸动几下肩膀。

加缪小说《局外人》的第一句话是："今天，妈妈死了。也许是在昨天，我不知道。"这是坦诚的一句话。我已经忘记祖母和父亲死亡的日期，就是哪一年死的我一下也说不上来。葬礼进行得极其漫长，棺木落葬时，四野寂静，只剩铲子浇土的声音。那一刻作为人类，我们都感到悲伤。但是仅过半小时，当我们下山来到小镇，生活的阳光便将我们包围，我们各找各娘，各回各家，去了网吧、餐馆、麻将室或者澡堂。大街上放着来自东北的浪荡歌曲，一群艳俗女人扭动腰肢，将遮蔽得很好又很少的下部挺向台下求贤若渴的眼睛。我那可怜的爸可能还在墓地享受着他的哀荣吧。

我记得一个雨后的场面。我路过小巷，四周充满浓烈的火药味道，道路盖了一层像是地毯的鞭炮渣，一家门楣上贴着绿色对联（横批"音容宛在"），厅堂正中有位老人穿干净的长袍，坐在藤椅上。在他脑门上用酒泡盖着一张黄表纸，就像我们怕衣服被刮走，在上边压了一块石头。风吹来时，黄表纸飘起，露出他空洞的嘴唇和一颗尖石般的牙齿。他将被请进棺木，但是之前要进行请安的程序。那些已请过安的亲戚们就坐在他斜背后的八仙桌边，将一只脚踩在长条凳上，声势浩大地打麻将，他们就像用铲子炒花生那样用双手炒着麻将。不久起了争执，脾气暴躁的那位抓起一把麻将牌掷到桌上，有几只蹦蹦跳跳，弹到死者身上。这场面可能很极端，但无非是在量上极端一点，质上并未超出常人的态度，哭倒是显得虚伪。

我曾在纪录片里看见最庞大的人群为一人哭泣，他们男女老少(甚至包括不懂事的小孩)，遍布在农场、工厂、桥梁、铁路旁边，仰着脸庞，失声痛哭。这是真实的哭，意味着整个世界失去主心骨。多年后，我走向死者的碑堂，看见工作人员在兜售花。我买了十朵，跟随队伍进去，将花放在阶前，这时另一位工作人员快捷地将它收走。等我出来时，发现他们正将它兜售给另一伙游客。

这些花是塑料的，符合经济学原理，可以循环使用一年，如果清洗的话，可以用十几年。

我曾经想写一篇叫《活死人》的小说，一直没写，它的梗概如下：

养石人说
他养了大大小小的石头
石头的价值
只有在砸进水里时才会呈现

我和一块大石绑在一起
跳下悬崖
所有人都看见水花
他们积极抢救
但我还是死了

我的眼睛睁着
我的耳朵开着
我的孔在生长残余的毛发
我看见太平间的天花板
还属于这个世界

很多人一言不发走来
他们忍住泪水
帮我阖眼。阖不上
他们俯身问
你的冤屈在哪里
你快点明示给我

后来只剩一人陪我
这个人生育了我
第二天早上她因为虚脱
被抬进另一间房静养
那夜我良心受创

次日的阳光命令我永睡
但我被白雪一样的花圈和花
迷惑。我听着他们致辞

他们一边念一边咳嗽
终于有一人忍受不了
问:这里可以抽烟吗

无人回答
房间因此被烟雾包围
护士们冲过来
和这帮我生前的朋友大打出手
一位以正直闻名的兄弟
粗暴地抓住一名护士的乳房,说
你知不知道
这里死的是我最好的朋友

别说一只乳房,他们就是
发动一次世界大战
我也不会反对,我为此翻江倒海
但他们最后像丢条死狗那样
将我丢进面包车,最后又扔回
我睡了十几年的床
我躺在上边,眼睛睁着
耳朵开着,孔里长郁郁不得志的毛发

从此我没有一夜孤单

第一夜我看到一群同学
站在足够的距离外
唏嘘生命无常
他们探讨很多死去的人
觉得从来没一个死得像我这么傻
最后还让大石头砸瘸了腿
第二夜我听见
锣鼓喧天的麻将声
几个守夜人为着一张四万
打起来,一个气力大的
没有找到武器
将我抱起来砸在麻将桌上
扬长而去
第三夜美容师来修补我
偷偷割走我的肾
第四夜来了一位丑陋的女人
丑陋的女人往往有美丽纯洁的心
但她不停捉弄我的下体
她很失望
拿起一只开水瓶砸我
第五夜来了个满身泥土的人
他俯身过来时,我恐惧万分
这个仇人拿起小刀

挖走我一只眼睛
黑色的血流向耳根

从我死之后
我热爱的女人一个没来
从我死之后
他们就算计要把我葬掉
这件事耽误了很多人的工作
要抢在假期到来前办妥

我很体谅他们
他们吃力地抬着棺材
吃力地往山上爬
有一段时间停滞不前
我往往在这需要帮忙的时候
跳出棺材
加入到他们的队伍里

我和他们一起喊
他妈的,死了还这么沉干吗
他妈的,死了还这么沉干吗

死亡Ⅱ

现实越往后，越充满丑行、疲惫和皱纹，总是让人生疑：这样的生活是否值得经历？因此远离我们的东西被神化，包括西藏、雪山、海洋和恰当其时的死亡。我们想到它们时，克制不住诗意。恰当其时的死亡（譬如张雨生、陈百强），仿佛不是生命的终止，而是重生，他们弃自己的壳而去，驾鹤仙游至轻盈上天。

他们像是搭载清晨的绿皮火车远去，将我们留在原地。我们被揭示为庸俗，仍为食物奔走。而我们或多或少也在梦里假想美丽的死亡。我们设计好绸缎般的尸布、暗而暖的台灯、窗外的大雪以及撒落的水红花瓣，让告别富于美学，想象自己将像花儿悄然闭合。一些死亡迷恋者付诸行动，将自己分成两块，一块是一尘不染的血，一块是干净得透明的躯体，或者他们让发现者相信，他们只是睡着了。

科学击溃了想象。法医说，人死后一至两小时，肛门括约肌松弛，迫使粪便排出尸体，而这仅仅是无数恶心表现中极不重要的一个。在角膜混浊、尸体自溶发生时，大量蛆虫将涌出。有的尸体在僵硬时还会发生恐怖的痉挛。

去过边疆的人说，那风吹过时像稻浪起伏、被视为死亡最佳场所的草原，底下其实满是烂根，虫子飞舞，老鼠惊慌地蹿来蹿去，蹿不动的变成一具白得发胀的尸身。这个人是在火车上结识的，当时我在读小仲马的《茶花女》。我说，妓女玛格丽特·戈蒂埃因为一种美丽的病（肺病）孤独地死去，但在情郎阿尔芒·迪瓦尔心里，她仍是巴黎最美的女人，身材颀长,体态婀娜,散发着逗人情欲的香味。

阿尔芒用迁葬的办法见了玛格丽特最后一面。我怀着一种告诉别人秘密的兴奋,读这一段:阿尔芒靠在一棵树上望着。仿佛他全部的生命都集中在两只眼睛里了。突然一把鹤嘴锄触到石头，发出刺耳的声音。一听到这声音,阿尔芒像电击似的往后一缩。事实使阿尔芒死死咬住手帕,两个工人中的一个动手拆开尸布,他抓住一头把尸布掀开,一下子露出了玛格丽特的脸庞。那模样看着实在怕人,说起来也使人不寒而栗。一对眼睛只剩下了两个窟窿,嘴唇烂掉了,雪白的牙齿咬得紧紧的,干枯而黑乎乎的长发贴在太阳穴上,稀稀拉拉地掩盖着深深凹陷下去的青灰色的面颊。

“这不算什么。”火车上对面坐着的医学院学生说,随后他讲述了第一次参与解剖的事情。死者因为不能接受现实自杀,留下遗书,描绘出一幅天堂图景，美好得没有任何欺骗和猜忌,“以致当中巴车朝她的埋葬地行驶时,我看见一棵棵现世的树向后倒退,似乎我也将穿越光芒,进入到那极乐世界。”

“我看过她的遗照,很美;她的字写的也很好看。但当时我还有另一个想法,就是想看她赤裸出来的阴部。”他接着说。解剖是因为她的父母固执地认为这是一场他杀。他跟随法医来到田野,那天风是妖风,有时朝一个方向吹,有时朝另一个方向吹。远处围着许多群众。坟地早已掘开,棺盖被抬起时,他连续后退,却被法医抓住。随后人们将尸体抬出来,就像抬一具滚圆的皮球。“过来。”法医喊道。他走过去,脊背在骄阳下直冒冷汗,双腿剧烈颤抖,他想跪下来求人们停止这种行为,但一切还是发生了。死者清晰地出现在眼前。一瞬间全世界好像被恶心笼罩,苍蝇和乌鸦铺天盖地，树枝上仿佛也挂满凝滞的痰液。死者的眼皮勉强阖上，一丝眼白像地下道积水泛着惨白的光，嘴巴和鼻孔张得大大的，四肢蜷曲，僵硬成一个姿势（就像盆景）。她应该尝试过好几种自杀方式，那些求死不能的痛苦刻画在她脸上。

她最后选择喝农药。这罪恶的液体使她的鼻子、下巴、手臂和大腿黑了，双唇暴胀如烧糊得快要爆炸的肥肠。她的暗黑发沉的肚皮充满气体，挺得像一个小山丘。四野寂静，许久传来噗的一声，法医用刀片切开她的肚皮（就像拉下拉链）。他幻觉自己赤足站于血污，看着屠夫将一头整猪分成两扇。她的五脏六腑鲜红，仍然垂滴着血，而翠绿肠子滚圆（如巨蛆）。法医捏胃，将她吃过喝过的，挤进他这名实习生提着的塑料袋里。他一直咬紧牙关，直到法医又三两针缝好尸身。晚上回去时法医大口吃肉，他吐得不行。他想，她一直被钉死在这大地，作为一种恶心的物，她没有升天。

“现在我习惯了，”他说，“你要记得戴安娜死的含义不是《风中之烛》，而是车祸，车祸会将肉身摧毁殆尽。我们没什么可期望的。”

永生

死亡是最丑陋的事，就像保安在众目睽睽之下将一个人从舞会抬走。我们赖以信仰的钱财、声名、理想和尊严一瞬间变得毫无意义。再没有比宣告一个人死亡更让他羞耻的事了，而这恰恰是事实，因此也出现很多试图蔑视死的人。武士道及儒学都宣扬有更重要的事值得一个人忘死。一些人上刑场时神经质地大笑，喊口号，被看作视死如归。而我觉得他只是不想和狗一样被当众屠宰，因此会用故意的豪迈来维护尊严。他试图告诉众人：不是刽子手杀我，而是我不在乎死亡。

人们很可能于某天集结，走向最高的山峰，齐声呼喊，“请现在杀死我吧。”就像愤怒的囚徒手挽手走向狱警。上天听不懂这可笑的示威声，但终究又会一个个收拾他们，就像它过去干过的那样。

一些人早早被镇压，生活在狭小的监牢，饱受窗外生机的折磨。即使人们将铁门拉开，他也不会走出去，他感觉自己与众人相隔万里，没资格参与人类的正常活动。另一些人则将抵抗延伸至日常生活，旷日持久地锻炼。那些懒惰的年轻人被指责。但当我们路过那些在黑夜趴在健身器械上不停数数的老人时，我们除开感觉他们是活着的奴隶，还会感觉什么？

我们期待的永生从未出现，否则现在就能找到证据（彭祖据说活八百八十岁，很可能只活了一百来岁）。有权调动最广泛资源的皇帝和贫苦的百姓都做出尝试，包括派遣童男童女远航，练习秘术以及吃素。对长生不老药的追求则催生出炼金术，进而引导出化学，但永生的尝试无一例外全部失败。我们永远达不到永生，却将它视为禁脔，不许人玷污。可以说，永生是活着的麻醉品。我们认为它是连接死亡的另一个世界，是来世、轮回、完成今生之因的果、制造今生之果的因。它成为我们逃避一场一无所有的神庙。

在博尔赫斯的一篇小说（它的名字就叫《永生》）中，出现了另一种可能。一位军官朝西方的世界尽头跋涉后，寻找到能使人永生的河流。此前他得到过警告：延长生命只是延长痛苦。此后他果然也感触到那绵延无尽的痛苦：永生者的共和国经过几世纪的熏陶，已经取得完美的容忍,甚至蔑视。它知道,在无限的期限里,所有人都会遭遇各种各样的事情。由于过去或未来的善行,所有人会得到一切应有的善报,由于过去或未来的劣迹,也会得到一切应有的恶报。正如赌博一样,奇数和偶数有趋于平衡的倾向,智与愚,贤与不肖也互相抵消,互相纠正……如果从这个角度来看问题,我们的全部行为都是无可指摘的,但也是无关紧要的,没有道德和精神价值而言……我记得我从没有见过一个永生者站立过,一只鸟在他怀里筑了窝。

一切不值得经历,因为经历过无数次;一切也没必要发生,正如所罗门所言,"普天之下并无新事"。所有人都是浮尸,寄生于无法结束的时间里。所罗门说了另一句,"一切新奇事物只是忘却"。但我们总是能很快记起来。

我曾说死亡最丑陋,现在看来永生才配得上它。在博尔赫斯笔下,因为有死亡存在,人们的每一举动都可能是最后一次,一切都有无法挽回,覆水难收的意味。而对于永生者来说,没有挽歌式的,庄严隆重的东西,荷马和我在丹吉尔城分手,我认为我们没有互相道别。永生是可怕的惩罚,正如对有些人来说,死刑比无期徒刑要仁慈。

我想告诉同龄人,我们看似有限的生命被塞入了永生。我们气血旺盛,精力充沛,恨不得所有事都是冒险,却不得不一次次回到不值得回到的家里。我们一次次离开,一次次回来,那些经历的激情(猛烈的痛苦与欢乐),在无尽的重复中风化。

有一天,我站在岗哨,鸟儿从陆地飞起来,我以为会和它们一样,有头也不回去远方的可能性。夕阳西下时,就是它们,也像老农用着最后的力气飞回天边,飞向巢。我呢,我一直像雕塑站着,被风吹雨淋,又被太阳无意义地烘干。我不知道你们懂不懂这个,这无限的孤独。所有的事情都结束了,只有时间永恒。今天如果有人说“明日复明日,明日何其多”,我会回应他,“今日复今日,今日何其多”。我们今天刷牙,明天刷牙,无论它是薄荷味还是水果味,刷的都是昨日的牙床。我们吃过饭后,明天仍将吃饭。我们骑着白马去远方,会看见从远方骑着白马过来的人。就像我们从冬天跋涉到夏天,又在夏天想回到冬天。我们在鸡肋式的生活中逐渐丧失事情的保护,只能与时间为伍。时间像盔甲齐全的军队,将我们逼得窒息。它们是永生,我们飘萍;它们 ∞,我们 1。我们注定被割得遍体鳞伤。

因此我渴望随时可能死亡的战争。这样奔跑才会显得有意义,写的情书即使只是几枚简单的感叹号也会迸发出极大的张力。如果只是军事演习,我们顿时没了激情。

自由

在论及人的荒谬与苦难时,加缪采用了一个比喻:西西弗。众神为惩罚违逆天条的西西弗,要求他将一块巨石推上山顶,而由于巨石太重,每每未上山顶便又滚下山去,于是他就不断重复、永无止境地做这件事。

神话传说:吴刚伐桂,其树随砍随合;

陀思妥耶夫斯基《死屋手记》描述的流放场景:要是迫使囚犯多次重复无谓的苦工,诸如从甲桶往乙桶里倒水,再从乙桶往甲桶里倒回去,那个囚犯准会自杀;

芥川龙之介笔下的囚徒：他被命令在相隔八尺的两个台子上放上二十来斤重的铁球，不断搬来搬去（这种行为被称为“运炮弹”），对囚犯来说，再也没有比这更痛苦的刑罚了。

人们普遍恐惧于事情的重复，比如已经离开家很远，被迫返回取件东西，或者已经完成某项工作，又重头开始。这种由暴力、强制带来的重复感制造懊恼，让人深感不自由。人们扳着指头盘算刑期的结束，一切忍耐都为着解放。在意识到根本不能解放后，加缪强调，这样的命运可以通过蔑视克服、超越。他让西西弗努力认为自己是幸福的，“这块巨石上的每一颗粒，这黑黝黝的高山上的每一颗矿砂唯有对他才形成一个世界，他爬上山顶所要进行的斗争本身使一个人心里感到充实”。他让巨石从天神的刑具变成西西弗本人的福祉。

加缪是有力的，而我早早是一名精神瘫痪者。我在想这个隐喻的先决条件，即强制。我完全可以做另外一种假设，即上帝并没有对你做任何强制，他对你置之不理，就像你是一个不值得珍惜的儿子，被排斥在他的心灵与视野之外，我觉得这才是更大的刑罚。我拥有最宽阔的自由，却极不自由。我有时羡慕在建筑架上作业的工人，他们建起一座座房子，每天在踏实劳动之后获得充分的睡眠。而我却陷入在极不争气的情绪中：又是去看电影，又是去逛街，又是去打牌，又是去吃饭，又是……如果事情反过来会好一点，如果有一个人对我咆哮：必须去看电影，必须去逛街，必须去打牌，必须吃饭。那么我至少会在暴力胁迫下感到一种充实（即使那充实由委屈带来）。我便能够逃脱那瘫痪的心境。卡夫卡《变形记》第一句话是：一天早上，当格里高尔·萨姆沙从烦躁不安的睡梦中醒来，发现自己变成了一只巨大的甲虫。而我是这么想的：一天早上，当我从烦躁不安的睡梦中醒来,发现自己变成了一只瘫痪的肉团。瘫痪是我的隐喻,是我让自己瘫痪的,上帝给我的是自由。我每天胡思乱想,盼望发生第三次世界大战,或者来一场足以将地皮翻过来的地震,好将我胁迫进去。我不想一个人走路,我想有条狼狗追着我,从头到尾。

我每天推着的是无依的空气,不是坚实的石头。

婶子曾构成我极大的不自由,但当她将房子留给我,自己抽身而去时,我预计的被释放的快感并没有到来。就像一名武士,时刻受外在的仇恨左右,但当他发现杀父仇人早已死亡时,会感到一生支撑的信念都飘散了。他再也不可能找回自己,他将像松掉的弹簧,行尸走肉。即使上天给他一个好的结局,让他通过艰难的搏杀手刃敌人,他得到的也是如此。他的使命一旦结束,生命也将结束。也许他会在内心渴望,最好是自己能死在对方手中。

在电影《肖申克的救赎》中,年老的囚犯老布在出狱后自杀。在外边的世界,他除开拥有自由,空无一物。最终逃亡的安迪走向的也是浩大的世界,那里没有栅栏、铁丝网和来回巡视的探照灯,那预示着极大的甚至是让人热泪盈眶的自由。但你们想过没有,值得讲述的还是安迪如何用数十年工夫越狱, 而不是他越狱后的生活。那可以想象的自由生活,将被对肖申克监狱的记忆占据。在监狱,安迪每一天过得都无尽充实,而在狱外,他可能瘫痪。

爱情 I

……

爱情Ⅱ

……

疾病Ⅰ

生病是自怜者善用的外交，它以衰弱换取他人的爱。万老师平时潇洒健谈，活力十足，这次也病了，我们透过玻璃看见他形容枯槁，挺着异常庞大的眼睛等待来客，他需要别人源源不断说外边的信息。

我实在受不了福尔马林味道（它使我想到乌鸦从世界各地飞来），走了。我厌烦他正如厌烦一个满身脓疮的流浪汉。那些坚持进去探视的人也很快走出来，他们一定找到了合适的理由。他们宽慰着万老师，心下却读秒。他们数到五分钟就可以走了，就像性爱的谦卑者，数到三百下就可射精了。在捐款仪式上，我狠捐一笔，而在万老师床边亦有大量对治疗这种病没有帮助的营养品，这是人们在用付费方式减少内疚，无人愿与他同吃同住。万老师家属写出一封巨大的感谢信贴在学校，我看见自己捐的钱高居同学榜首，觉得出了该死的风头。多数人互相串通，捐出五十元，有一位显得过分，捐了八十八元八角八分。

疾病Ⅱ

……

信念

什么是真相？对贝多芬来说，他要扼住命运的咽喉。对一只虫子来说，亦如此。但是我会在路过时踩死它，它就会得到另一个真相。

有一天我恍惚地站在街头（第一个条件），觉得自己如果有一把刀的话（这第二个条件不难实现），这些路人所信奉的信条都将崩塌。从商店走出来的年轻人，一边摇树一边打电话，看他轻松下来的表情，就会知道他成功消除了情人的疑虑，正拿捏着妻子的弱点反击她的愤怒。他死掉，这两个女人或许将打一场官司。从麦当劳走出来的小孩子吃着冰激凌，她走了两步，便拖着穿长白袜的腿蹦跳起来，就像刚刚看到太阳的小马驹。她死时，她的爸爸会不会从遥远的地方起就像醉汉跌跌撞撞？会不会昏厥？会不会将钢琴焚烧掉？这个孩子很可能成为一个音乐家，但现在她在我的臆想中什么也不是地死掉了。

1960 年 1 月 4 日，宣扬荒谬概念的阿尔贝·加缪死于车祸，此时他已完成《局外人》《西西弗的神话》和《鼠疫》，获得过诺贝尔文学奖，一部宏著《第一个人》尚未写完，但并不影响他在文学史上的地位。假如这场车祸推前二十年，加缪作为死者，便还只是阿尔及利亚一位不足一提的文学青年。悼念他犹如悼念襁褓中的婴儿，受伤的仅只有少量亲友。

司汤达的《红与黑》刻画了一位野心勃勃的青年于连（于连·索黑尔），巴尔扎克在《大统领夫人》里也刻画了一位野心勃勃的青年，也叫于连（于连·德·博瓦－布尔东）。索黑尔依靠女人路线得到上流社会垂青，布尔东也守候在首都教堂，期待以相貌、才气、品性以及让人怜于爱的气质博取青睐。有一天大统领夫人恰好发现他，与他眉目传情。她有足够的魅力，以致不说一句话便将布尔东领至自家门口。

事实是大统领不允许夫人在去教堂时与任何人说话。在出门前，因为梦呓情夫的名字，夫人的奸情被识破，大统领布下刀斧手，准备将自投罗网的未知情夫宰杀。而夫人为情人计，急需找到替罪羊。这样，耗费整个人生往上爬的外省青年布尔东便走进死亡圈套。可能等不加分辨的刀斧劈下时，他想着的还是辉煌大门的开启。

与这个荒谬堪可一比的是电影《与敌共眠》，一位大学教师仅仅因为教的也是戏剧，差点被杀死。杀人犯本想杀的是另一位戏剧教师(因为给凶手戴了绿帽子)。还有雨果的《克罗德·格》，因为“格”(gueux)有乞丐、流浪汉的意思，陪审团对他做出最不利的判决。

现在我站在街道，假如我有一把刀，这些路人便会认识到真实的事情是意外、偶然，那些必然——由自己控制的信念与生活——只是真理之外的剩饭。他们恰好于此刻来到死亡深渊，可能是因为早上多吃了一点，以至于步履缓慢，可能是因为说好等的人临时接听电话，未能及时赶来，也可能是因为病好得太快，以至于提前出院。有很多种可能，送死倒是最不可能的。“他本可以逃生的。”亲友们不停念叨着，将死归结为偶然。但对一个杀手来说，没有什么是可以逃生又是不可以逃生的，他就像捕鱼者，想杀死哪条鱼就杀死哪条。他可以随意决定，这是他至高无上的权力。

对万能的死神来说，更没有谁的死是偶然，不存在任何一个逃生者，这便是真相。但是我仍然垂泪于这些人。这些人啊，这些追逐琼楼玉阁、贵妇乳头、辉煌权柄以及千秋功名的人，他们眼神坚定，步伐嚣张，鼻孔粗鲁的气息喷薄而出,每寸肌肤都掩饰不住自我的欲望,他们一度是我活着的楷模,至今仍以热情使我自惭形秽。但我仍想告诉他们,你们活在谎言中。你们建立的人生意义、生存理由、社会基础、道德传统、家庭秩序、工作尊严以及祖国情结都是谎言,谎言可以像石头一样存在,就是你死了。

冲动

波德莱尔在《恶劣的玻璃匠》一文中写到:有些人会在一种神秘力量的促使下做出某种异乎寻常的行为,其迅速的程度连他们自己也觉得是不可能的。一个人拉开窗户看见街道上可怜的玻璃匠后,叫他背上易碎的货物沿狭窄的楼梯上到七楼来,然后又以没有天堂里的彩色玻璃为由将其轰下去。当玻璃将在门口出现时,他把小花盆丢下去,正好落在他身后货物的边缘上。"啪!"撞击使所有玻璃摔得粉碎。剧烈的声响,好像一个水晶宫被惊雷炸毁了。

我时常想砸掉一枚纯洁的瓷器,仅仅为着它构建于脆弱与无防备之上的辉煌。孔洁大约是一名瓷器式的女子,制造这样一个高尚、无邪、优秀同时美若天仙的女子,耗费了一个父亲的生命和一个母亲毕生的做工收入,而她就这么像玻璃行走在危险的硬物世界。我每次看到她时都揪心不已,就像我们通过太过明澈的天空看见昏天黑地。

每当她背琴走进学校时,大家都会围在楼梯栏杆那里观看。她有多纯洁,大家的眼神便有多淫邪,这样的目光迫使她早早成为一名寄生于世的死者。总有一天(几乎不可避免),有人会忍受不住圣洁的诱惑,将丑陋的阳具插进她的身体，然后杀人灭口。每当想到这里，我便会下意识地摇水泥栏杆。有一天，栏杆抽搐一样晃动。

在想象中，栏杆像灭火器倒下去，正好砸在孔洁头上。她什么也没来得及说，扑倒在水泥地。鲜血像岩浆，从击碎的脑壳中涌出，没有阻拦地流向四面八方，与之相反的是，各路蝇王召集部下，心急火燎朝这里赶。在众目睽睽之下，肇事者噔噔噔下楼，用脚小心把尸体踢翻过来。这样大家看见她伸长的舌头、睁一只闭一只的眼睛以及像被烧过的蜷曲四肢。凶手厌恶地吐痰，说“真恶心”，跑了，像一匹驹子。

每当想到这里，我的身躯就像被钳住，呼吸不出来。

衰老

没有人去刺杀一个垃圾，没有人去对一个奄奄一息的长满癞疮的东西施暴。虽然邻居何老头曾像疯子一样在我脸上来回抽打，我还是觉得他不值一杀。

在因为养狗一事得罪他后，有段时间我害怕回到家属院。有次我悄悄走上二楼走廊，听到杂物筐里传出一声大哭（那分明是听到了脚步声，试图唤起同情）。我走过去，看见这夯货缩在里边，莫名其妙抽自己的脸。他虚弱起来比揍人时还可怕，他咕哝半天，说什么快倒台了才想到和他结盟，害得他位子没了，收入没了，老婆没了，儿子没了，只剩一口小酒。

我觉得他就是死掉三个月，也没人意识到他死掉了。很少有人来院里和他打招呼，也没见他好好穿戴去访亲探友。这样没意思，杀了一个人，几个月后人们才知道他被杀了，而且知道了也就那么回事。

衰老使人一文不值。

在失足摔倒后，健壮的祖母就瘫痪了，就像一所房屋被一棵吹来的枯草击倒。我不停地按摩、敲打，尝试让她的双腿着力，但它们像被沼泽地咬住，逐渐而永远地失去血色。我和祖母站在孤独的高岗上，看着死神驱赶的马队无声地杀来。祖母先是双腿失陷，接着腹部告破，最后胸口按下去的手印再也没弹回来。在死神来到前，她掉下一颗泪珠，说："人就是这个样子啊。"

祖母拉了屎也不知道。我一直在考验自己的耐心，但最后发现，妈妈提议找护理工的建议是好的。她用卫生纸怎么也擦不干净那萎缩臀部下边的稀屎。最后我想起来，去超市买尿不湿，让妈妈替她包着那里，这样我们便稍许能轻松些。在《变形记》里，充满爱心的妹妹在格里高尔变成甲虫后，也逐渐意识到自己爱心的有限。

祖母最后抓起自己的屎吃。她在死前很多时间里都已经忘记我们是谁，就是她自己是谁也不知道。她抢在我们拦截之前将屎糊在嘴上，着急地说："他饿啊，他饿。"

在一部电影里，被探视的退休将军坐在轮椅上，穿着干净整洁的军服，胡子刮了，花白的头发梳得整整齐齐，显示出不容褫夺的骄傲。但在探视者走后，护士便在他的裤裆里发现一泡不知不觉的屎。

下面

有谁来邀请我出门？有谁呼唤我的名姓？有谁打我的手机？有谁写

信？四十八小时过去，九十六小时过去，一周过去。将这一周切去，什么也不会损失。我不过是农民买的潜水艇，只配在荒野生锈。

我时常像赌徒一样出门，期盼这个城市有火灾、车祸或者别的什么热闹，但这些事即使发生，也像餐桌上的油污，很快被抹干净。后来我几乎是不可逃脱地买了彩票，我路过它无数次终于随手买上一张并养成习惯。有天足彩店关门，原因是教皇过世，意甲停赛，我错愕了一下。我想到另一个买彩票的人，也许他以为政府终归会取缔博彩，因此自杀。他并不期待中到五百万（好将二百五十万分给爹娘，另二百五十万分给兄妹），他只是想每周在这里交纳两元，好得到活下去的资格。

我试图带领老人穿越马路，被拐杖粗鲁轰走；也曾想将孩子丢进水里，然后拼命游泳去救他。有时我打台球，开始时还有学技术的兴趣，后来只剩下恶心。打进那个球还是不打进，对我来说已不重要。我像是被绑架来，不得不提着杆子。后来我去嫖娼，她们比我更寂寞，摊开身躯看破旧的《知音》（那些消遣读物），像机器盲目哼唧，地上到处是卫生纸和避孕套。她们不爱洗澡，一天一位爬到我身上时，下部掉落一丝泥条。

在家里我更无所事事。

塞缪尔·约翰生在《幸福谷》中写阿比西尼亚的拉塞拉斯王子，后者在桃花源自语："在吃喝睡的间隔时间，最是沉闷无聊。真渴望尽快地饥饿困乏，快些度过那些枯燥乏味的时光。"缩在被窝里的我，也是这样。我能细致体会最后一根方便面从舌头、咽喉游到胃的过程，最终它通过肠道跑出肛门。我坐在马桶想，我仅只是一个连接康师傅和化粪工人的容器。

这时，我接受的是西西弗没有石头、战士还乡的命运。在马丁·斯科塞斯的电影《出租车司机》中，退伍军人患有严重失眠症，夜夜开出租车出入灯红酒绿处，却从无依托。他不想给妈妈寄明信片，也不想继续对竞选女秘书的暗恋，他在身上挂满子弹，不停练习枪法。在行刺总统候选人未遂后，他冲入妓院，枪杀一群黑社会成员，救出一名雏妓。因为这事他成为报纸称颂的英雄。但我们清楚，在杀人后，他坐在血泊中的沙发，丢下枪，用手指头抵住自己的太阳穴，轻轻隆起嘴唇，模仿枪杀时发出的声音(噗)——这时他是享受杀人本身的。也许他找到了回到越南的密实感觉。

如果他杀死的是总统候选人，他就会成为恶(罪犯)。他差点杀死他了，因此他并无善恶，他需要的只是将子弹射出去。就像打着行侠仗义旗号的堂吉诃德，本质上亦无善无恶。

有一天，我的房间来了一位县城同学，我兴奋地给他讲笑话。我讲过一句便问：你听过没有？对方说没有，我便自信地往下讲，但是在包袱抖出前，他说他听过，并告诉我答案。我很尴尬。关于这个笑话，我已对别人讲过几十次，有的人甚至讲过三次。

我摊开手想：到底是什么让我将一个笑话讲了三年！

就像一个躺在床上的人，是什么让他将一本薄薄的书看了上百遍。我决定忘记这些无聊的事，忘记打台球、上网以及手淫，并屡次立誓戒绝它们，但又总是带着恶心陷入进去。我明明对它们很恶心，还是去找它们，就像这是活着的唯一选择。也因此，我愈发自嫌。

安东尼·伯吉斯在小说《发条橙》里这样开头：下面，我该干些什么呢？这是无聊青年阿历克斯的自问。是啊，我该干些什么呢？

对人世的怀念

1

在距离自己过身还有十四年的那个早上，辰时，我的祖父穿着雨靴，从我们这个姓世居的塆里来到一里外的阮家堰。“来了啊三爷，进屋里坐。”医生汉友那腰折背驼的妻子连玉，看着停在路口的我的祖父说。毛毛细雨飘刮在他身上，一头白色的瘦猪和一头黑色的同样瘦的猪在门前菜地反复拱着，它们的皮松松垮垮，身上的软毛被雨水冲洗成一缕缕。“反正该扯的菜都扯完了。”连玉只是在冷淡地陈述一个事实。连玉的头发细、稀且黄，眼窝通红，常年要搽眼膏，皮肤有银屑病，脖子后隆起一块馒头大的肿瘤。这样的人不像是我们这个姓的种。有时我们这些小孩聚集时，总有一人站出来严肃地重申："这个女人只是汉友医生的一具标本啊。"这是对异乡来的小学教师的模仿。

"汉友在屋不？"祖父问。

对我们来说，阮这个姓罕见而遥远，到今天我们看见它，仍然只会想到民国那位说过"人言可畏"的影星以及越南人。然而在距我们村庄一里处，就有这么一块地方叫阮家堰。起名遵循的是通例，和张家坝、何家畈、范家铺一样。我推测是严重的饥馑使之绝户，也就是说人死绝了，徒然留下一个地名。不会是因为战乱，战争不会深入到这里，这里是价值极低的世界尽头。一度我以为，从行政区划上说，墒里是世界尽头——先是有一个地球，接着有洲、国，国之南端有对着首都延颈长叹的外省人，省之僻远处有市，市下有县，县之僻远处有乡，去乡政府最远处有村，去村委会最远处又有村民小组，墒里就隶属于这第六村民小组(少见行客过此，偶有摇拨浪鼓的贩子来，也不过是来觅取蝇利)——但在我的记忆循着祖父迟疑的步伐来到阮家堰，我才猛醒，走墒里还是有地方可下的。汉友和他的妻子连玉是被放逐到此地的，因为他是入赘到我们这个姓来的。所谓赘，多余也。赘婿，如人疣赘，是剩余物也。除开派出所和卫生局负责登记的人，谁也不知道他姓什么，这种不知道完全是因为漠然。他应该出生在几十里地内，然而也没人想知道他究竟来自哪里。他得到我们这个姓最难打发出去的女人。河水流经阮家堰，河水之南，有一村落唤作文甫(疑为文府)，文甫也将一户人家放逐过来。还有一户我怎么也记不起来。总之他们三家比邻，一字排开，建造出同样规模同样贫寒也同样傲气的房屋(那淡黄色的土屋背对我们九源乡，面朝另一个乡的荒山)，相互接济着生活在阮家堰。还有可能，阮家堰的阮字是记载错误，可能是袁。但袁姓说起来也遥远，虽然共一个县，使用的却是不同的方言。

汉友是我们这些孩子十几年的噩梦。甚至直到今天，我们均已成人，有的年过四十，撞见即使是雪鬓霜毛、龙钟潦倒的他，仍会为之胆战心惊。他的脸色白而黄，像鼓皮紧蒙着。身上有股牲畜的味道。在那张四方脸上，眉骨高耸，鼻梁尖而挺，下巴颏儿留着一圈青色的胡茬子。他很少用眼神去表达什么，嘴唇常年紧扣，来到我们塆里，仍须有人引路，他不愿或者说拒绝记忆谁家在哪里、谁家不在哪里，以报复这个村子对他的疏远。有一次，我们这个姓的一位长者站在稻田中央，挥舞着镰刀问他："你为什么要替别的乡的人看病呢？"汉友停驻于原地，明显是经过思考和掂量，说："你的意思是你要照顾我一天的吃喝？"他完全可以说"唉，您瞧景况是一天不如一天了"，过去他就是这么说的，但在这一天他不知怎么就泄露了自己的怒气，像是被银枪的枪尖顶住咽喉，长者眼睁睁看着他走回阮家堰。天下头号千古逆贼，长者回到塆里后给他下了结论，罪不容诛。更多时，汉友像是我们口中传说的野兽，只要不去惹他，就不会拿你怎样。其实即使是招惹了，他也不会拿你怎样。虽则在灵魂深处藏着那比谁都要强的自尊，但来自生活的无奈早已教给他怎么办不是吗，每个人都知道应该怎么办，为了在这世上经济、平稳地活下去，就得让自己窝囊点。我们这些孩子一直不怕生病，独独怕随之而来的他。每当我们那自作多情的父母面色凝重地对视，我们就知道完了。完了完了，汉友要来了。有时没有病，即使只是撞见，我们也会在撞见的那一瞬全身发僵，不敢呼吸。我们全身心地沉浸在恐惧中，像是羊明白了自己大限将至。作为上天派来杀害我们的人，汉友总是当着我们的面忠心耿耿地执行着自己的使命：

摁开搭扣，揭开因曝晒和雨水浸润而变得扭曲的医药箱的盖子，从中寻出针头和注射液，将液体吸入针筒，尔后弹弹，使眼泪般的液体从针尖冒出来。而我们的父母像屠宰者的助手，紧按住我们，好让他高举起长长的针尖，扎进我们的臀部。直至扎中骨面。拔针带来的痛苦不亚于进针。事了时，他总是将一小团棉花丢向我们僵硬的屁股。

"在啊。"腰折背驼的连玉艰难地朝自己家望了望。

"在就好，他今天不出去？"我的祖父说。

"出去做什么？"

这时，天色阴冷，一天还没开始仿佛就结束了。到处都湿透了，路面、地衣、通往菜地的青石板、枝杈、枝杈上的关节以及处于阮家堰北侧约三十米的低矮坟山，全都湿透了，让人感到格外消沉、造孽。坟山葬着我们这个姓所有死去的人，无论多穷的人，死去后都会获得一块不输给祖先的漆黑的墓碑，直到它被岁月消耗，变成一块灰白色的石板，字迹难辨。"有时他们整夜整夜地在开会。"在去塆里借用像篦子这样的必需品时，连玉会这样向我们这个姓的女眷倾诉。她的话是值得信赖的，因为我们都知道自己这个姓的人不学、傲慢而好辩。"你这里比咱们那里要冷好多啊，咱们那靠着大山，好歹挡住了风，你这里没什么挡的。"我的祖父这样向连玉描述他仿佛是首次到访的阮家堰。言罢，他来到那蒙了层油纸的窗户前，透过漏洞，猥琐地看向室内。汉友低头坐在床沿，双手端着一本页面发黄的医书看。不时地，他舔一下手指，翻动书页。一张缺了一条腿的课桌贴着墙立着，有一尊绘有两朵粉色牡丹花的瓷壶。和那些就着壶嘴仰头痛饮的粗鲁人不同，汉友总是将壶内的水倒进碗内，端起来慢慢地喝。每当汉友要在页边做些批注时，总会捡起那支失去笔帽的钢笔，连甩四五下直至甩出水来。桌上尚有由村委会发放可安两节电池供医生夜行用的手电（那电珠是我们最想走大人那里盗取的器物，我们用导线将之与电池连接起来，使之发光）、几朵干枯的金银花、早已发霉的一根香烟以及一瓶碘酒。黑色的医药箱放在潮湿的地面。我那带着一死了之决心的祖父还在这个上午看到这些人间的证物：

挂在堂屋墙上的秤、锯子、草帽及发黑的斗笠；

房梁上由绩蛛拉成的丝网；

只盖住箩筐筐底的一层干瘪的稻谷。另一只箩筐漏了一只角，用干草堵塞着；

墙上贴的两位愿为明主执鞭坠镫的伟大人物：秦叔宝和尉迟恭。以及一张奖状；

墙脚生的能刮下来当火药的白硝；

倚在墙上的虾捞子；

高悬于堂屋最上让小孩和老鼠望尘莫及的一块留给过年用的拳头大的腊肉；

餐桌上放着的煤油灯和用来保存熟食的腰筒；

由我的伯公制作的灯笼一只（伯公为我们这个姓的每个小孩都制造了一只灯笼并赠红烛一支，他的慈悲也泽及阮家堰）；

等等。

还有，根据那阴冷沉重的臊气能想象到卧房门背的尿桶尚未担走。我的祖父没有惊动自修的医生，转过身来，看着门前翻倒的两只小凳子。它们分别刻了名字，是汉友的两个孩子在宣示对它们的所有权。“你坐喔。”连玉说。得到这样的授权，我的祖父拣取其中一只，用手抹抹，到檐廊最边上坐下。那地方还有鸡爪刨出的痕迹，但是至少有两年没有鸡了。祖父做事总是这样，让人不明白他做的名义。有一年他在耕田，忽然弃了牛，一身泥浆地走向小学，透过窗户一间间地看，老师问他他只做不知。回家吃饭时，等一家人到齐了，他才说：“我看来看去，还是要算我们家老柱长得最为好看。”现如今他就这样面朝着墙、背对菜地、在人家屋檐下笔直坐着，右手不时在裤兜内探索。等到他确信连玉已经在专心驱赶其中一头可能是邻居家的猪，才将那包裹着小半块鸭的油纸袋从裤兜掏出来。他缓慢、审慎、仔细地啃着手中的鸭肉，有时是撕扯。不曾漏过一个细节。有一小块掉在地上，它小得接近是肉泥，然而他还是伸出食指，将它粘起来，瞧瞧，吃掉了。这是从一只板鸭身上切下来的，有四分之一那么大，昨晚上焯熟过两遍，今早又煮了两个钟头。他一刻也不停止地吃，甚至可以说为了故意吃慢点，他克服了很大的心焦。吃的时候，他的小臂一直在颤抖。一捆细柴掉在泥地的声音惊动了祖父，他试图将鸭肉包回油纸袋并塞进裤兜，已经来不及了。他侧首，看见连玉去抱那捆打湿的柴薪。她的灵魂一点也不羡慕这块鸭肉，然而眼睛却一直盯着，死死盯着，即使是在这弯腰的过程中。为了抚慰她的痛苦，祖父找了些闲话。“我不知道自己还有多少年要活。”祖父说。过了一会儿又说：“哎呀，平生最难吃的就是猪婆肉了，难嚼得要死，再也不能吃了，自打八二年吃过一回，我就再也没吃，就是放酱油也没吃头。”他眼前的女人连走也走不动了，直到她找到一句稳当的话来：

“要吃在哪里不能吃，非要在我门前吃。”

我的祖父面红耳赤，他听见那女人对着悠悠然走远的黑猪继续说：

"吃到我门前了。"要过好一会儿,他才能从这羞愧的情绪中摆脱出来,因为虑及一种可怕的结局,他像是被什么攫住,突然呼吸不过来。他扶着墙,喘息着说:"我感到口渴,这会儿特别口渴,我怕是要渴死了,你快些救我,连玉。"

"水缸有的是水,任凭你喝,喝多少都没关系。"连玉说。

于是我那大汗淋漓同时脸色蜡白的祖父迈入灶间,抓起铁瓢,舀了一大瓢水咕咚咕咚地喝起来。他这么喝的时候,眼睛睁大,看着水里晃动的光影。真他娘的干净、清凉真他娘的甜咧,他这样痛痛快快地喝了一瓢又一瓢,直到感觉体内的毒素被稀释了个干净。"喝饱了,"他说,"铁瓢沿都要把我的嘴角割出血了。"

连玉并不理他,她需要想办法弄出一家的午餐。"有时候我真想做鬼,真想做鬼唉。"她隔着墙,对那在阴暗光线下看书的丈夫说。我的祖父重回到屋檐下,权衡了好一会儿,抖抖衣袖,继续去啃那已然不多的鸭肉。肥而不腻哉。这回是沉重的吞吸声惊动他。先是一个人在吞痰,接着另一个在吞。像是在各自咽下一块石头。汉友的两个孩子,一个叫本立,一个叫道生,穿着他们父亲缝有大块补丁的衣裳,提着冒着残烟的火笼,站在屋前。他们在河坝上掘了一个洞穴,试图烧出炭来,然而一无所获。多年后我在北京看见道生,作为雇佣的保安,他穿着带毛领的藏青色棉服,在我们小区待了三个月。他总是低首看手机,灵魂被手机深深控制住了。春节过后业主们归来时,他消失了。他的兄长没上完小学便死了,有一日汉友回家,在路边的泉水那里看见他的尸体,是溺死的。水有半尺深,水面的薄冰一碰就碎,人扑在结霜的地上。太渴了太渴了爸爸我太渴了,在将他的尸体翻过来后,汉友仿佛看见他还在说。现在，他们就像我祖父在荒野上遇见的两匹狼，流着尺余长的口水，完全凭原始的情感，盯着他们母亲曾死死盯住只应在梦境出现的禽肉。祖父将它塞回裤兜，他们便将视线抬起来望我祖父。“这个只准我吃啊，你们不能吃。”祖父接着又说，“不是不给你们吃，是你们吃不得，懂吗，吃不得。”然而这阻挡不了他们的步步进逼。

“过去，过去。”祖父一边移动身体，一边去掸他们。然而他们还是抓住我的祖父，是的，抓住。说逮捕也可以。祖父将鸭腿举向空中，像举火炬，他们各自抱住祖父的一边大腿，下嘴，啃起来。你不给我吃鸭子的肉我就吃你的肉，我想这是他们的态度。祖父捺着他们仰起的脸，一个个地捺，捺了很久，方将他们捺下去。可这并不算完。他们一言不发，跳下檐廊，在雨地寻来寻去。先是捡了块石头，嫌小，又捡了一块大的，有半块砖那么大，举着就朝祖父走来，大约离了三四米远，扔过来。一人扔完，另一人接着扔。我的祖父跳起来。这时，汉友恰好出来，他找准两个孩子中的一个，一巴掌扇去，好像山那边都有回响。孩子陀螺一样转了半圈，鼻血飞溅。汉友说：“不是你的东西，你想它干什么。”他的另一个孩子吓得魂飞魄散，不住地点头。然后汉友转过身来，和和气气地说：“三爷您来做什么？”

“不做什么。”祖父说。

汉友看了会雨，咬紧腮帮，捡起药箱子就要走进雨里。祖父看起来有些焦急，说：“你这是要出门么？”

“是啊，去燕窝周家。”汉友说。

“非得要去么？”

“非得要去，还是要打一针。”

“几时回呢？”

“说不清楚。”

“不去不行么，下了雨。”

“非得要去。”

“那是得去。”我的祖父细声应和，然后像条狗跟上这乡村医生。路上，他询问对方拿到乡村医生证书没有，汉友说拿到了，全县一共一百五十五人拿到。祖父试图解释自己来阮家堰的缘由。只是，只是，只是，他变得口齿不俐。“就别说了三爷，有什么好说的，我求您别说了。”汉友说。行至岔口时，已能闻到塆里人家烧树根的气味，祖父找不到随行的理由，不得不作别。汉友还要往东走一里多，过木桥，上坡，再南行一里左右，才能到达燕窝周家。他脚蹬草鞋，头戴斗笠，肩披蓑衣，一只手紧抓着黑色箱子的皮带，身体前倾，在细雨中疾行。仿佛是因为省却了要和祖父说话的义务，他走得极为专注，不一会儿就走到坝上，身影像是古代的一名刺客。

祖父一边张望，一边感喟：毕竟以救死扶伤为天职，不是坐视不管的人。回家后，祖父早早偃卧在床，掖好被子，静等那人人都要碰见的熟人（等候他的召唤）。在这悲伤的过程中，他命令我的祖母换上来一床塞了新棉的被子。次日清晨，他将剩余四分之三的板鸭煮熟，看看时间差不多，来到阮家堰外的那条马路，在路边蹲下，将鸭肉默默吃完，尔后原地休息两个钟头，方返家。

天气好的时候，人们就会看见我们家二层楼上——那可是我们村第一幢两层楼房，青砖筑成——挂着一排傲人的板鸭。在阳光的照耀下，它们栽下长长的脖子，那通体明亮的黄色像是涂刷而成，实则是油从皮下分泌出来，明晃晃的油就像细密的汗珠从皮下分泌出来，泛着淫荡的光。祖父夜以继日地制作它们。先是用开水浸泡拔毛，接着放血、掏干内脏，接着抹盐，接着用篾条撑开鸭子的腹腔。鸭子一直微闭着眼。祖父想到它们排着队回家那摇摇摆摆、憨态可掬的模样，想到将它们养育大的辛苦历程，禁不住潸然泪下。一个下午啊，全部死了。

雨停时——也许应该叫雨歇——我那顶职的父亲从十七公里外的横港药店归来。他看到祖父蹲在门前独享板鸭，怒气冲天，将载重自行车朝地上一掼，伸出手就骂："傻东西，还吃，是要把自己吃死吗。"

"怎么可能吃死呢，我把内脏都剔除干净了的。"

"那毒药早已随血液去了鸭子全身，去了肌肉和皮肤那里，连毛都有毒，懂吗，你怎么这么糊涂，不只停留在内脏你都不知道吗。"父亲说。

"主要还不是在内脏，其他地方有也不多，毒不死人。"

"毒死就迟了，你这个傻东西，我还没见过比你更傻的傻东西，你一个人傻也就罢了，莫把那些孩子也给带傻了，鸭子都毒得死，毒不死人？剩下的都在哪里？"

我的父亲一脚踹开大门，大踏步走进家，跃上楼梯，不一会儿楼板传来焦躁的脚步声。按照他的心意，他要找到这些鸭子，一只只扔下来，全部焚化。我的祖父眼噙泪花，慢腾腾跟进来，说："我吃的时候也是慢慢吃，先吃一小块，一天吃一小块，人没有事就再多吃一点，循序渐进地吃。一开始吃的时候，我还去汉友那里，我要是出事，汉友还不开药救我？"

"汉友那点技术能救你？要洗胃的你知道吗？"父亲说。

祖父只能跟祖母说："你看我还不是没死，再说吃死了也是我的事，我吃死自己还不行吗？”

“行，一万个行。”我的祖母说。然后这个小脚女人在楼下一路追着她那震怒的儿子的脚步，不停问：“松啊松啊，你中午要吃什么？”

2

祖父用了很多语言、很多种方式来形容他在连玉门前自觉要死的那一瞬，然而并没有形容清楚。或许是他形容之时，我年齿尚小，对他的话还无法理解。多年过去后，在我三十三岁时，死亡侵蚀我身，我开始体验到当初祖父所拥有的恐惧：就像是被鬼那龌龊的长手给狠狠摸了一把（鬼爪里隐含着墨绿色的发潮的污垢）。电光石火间，闪电间，人突然离开自己所惯于活动的世界，来到一处真空（或者说一处乳白色、不曾摆放任何器皿与家具、没有任何边线、令人压抑的房间），独自面对下一秒就将死亡（至少是昏厥）的事实。灵魂和肉身被紧紧箍住，人动弹不得，连战栗这样可以舒缓恐慌情绪或者说转移视线的动作都不曾有。适才还在的友人、同道以及同为人类的陌生人，一下变得遥远而模糊，潮水一般撤离你的视野。带着他们惊恐的神情。谁也救不了你啊，你感到羞耻和痛苦，没有一个人能救你。也许妈妈可以，可妈妈在万里之外的天空下，正浑然不知地骑着车。

我一般待在原地，等这要命的时刻过去，等自己喘过气来。我很难向那还在做着手头事情的周围人解释：“我刚从另一个空间归来。”他们中，五个人会有一个人，会指出我的脸色极为苍白。

3

“是阿乙吗？”在帝京下雪前，我接到这样一个电话，这是对方第二次打电话来。第一次约在三个月前，当时我很吃惊他为何会致电于我，这可是我们人生第一次通电话呢。当时，对他的暗示，我给予清晰的答复，当然我说的也是事实：我已有两年未上班，而且一直病着。这样啊，我听见他的长叹。然后他安慰我颇多。

“我真没想到你还记得我，还将我的电话号码存在手机里，真的是很感谢呢，”他接着说，“这样，是这样，自从上次打电话后，啊，是这样，真是巧啊，你说巧不巧，我们竟然在杭州遇见了，我当时正好要回到超市去取小票，这不就在人行横道上遇见你，还是你将我认出来，我很感激你的善意，你竟然还记得我。是这样，嗯，要怎么说呢，你的病现在怎样了，上次听你说似乎还不太明朗，医生现在怎么说，是这样啊，那还是要注意休养，休养好了才有身体，话说身体才是人惟一的本钱。你看病一定花了不少钱，现在看病简直是朝贪吃的巨兽嘴里投食，投一分折一分，投十分折十分，有多少家业都折得完。是这样的，你可要保重身体啊。嗯嗯，我不知道该不该说，要是你不同意呢，就当我什么也没说。是这样的，是这样，好治吗？”

忽然，他仿佛战胜不了自己，挂掉电话。

4

我站在河边。河坝宽约一米，长着稀疏的绿草和一些油亮的地衣，中有一条光秃的小径，雨水自上边不停歇地淌下来。雨水来得急而痛快,雨丝泛着光芒在眼前密集地下。我想起斯拉夫尼科娃对之的形容:就像纷纷落网的小鱼。远处,田地间有一块黄绿色的池塘(颜色浑浊而黏稠),荷叶漂浮于上,雨点在水面打出一盏盏令人恍惚的水花。朝北望,老家那儿,原本有人烟处,如今只剩破瓦断垣,包括我祖父兴建的二层楼房。失踪多年的疯子赤裸着脊背,在砖土间专注地翻拣,野兔般大的耗子蹿来蹿去。往西北方向望去,就是我们这个姓的坟山,黛色的云朵飘移于山顶,松树和竹林淋得湿漉漉的,繁华似乎才刚刚开始。

一位戴斗笠并穿藏青色褂子的汉子走阮家堰方向行来,路过我时,并未抬头,说:“你回来了啊？”

“是啊。”我说。

“你是政加爷的孙子吧,听声气一点也听不出来。”

“是啊,我是政加的孙子。”

对话并未减缓他步行的速度。顷刻间,他已甩离我十几米远。我以为他要过桥(起先,在十米宽的河床间建的是木桥,被洪水击毁后全村集资建混凝土桥,旋又被毁。如今在歪斜的桥墩上随便搭着钢筋外露的预制板),却是望去时,人已从大地消失。我坐在湿草上,继续望那相对于这个世界来说只是井底的故乡,直到身后传来窸窸窣窣的声响。老细哥,我的堂兄,一位前中学教师,叼着一根狗尾草,趿拉着布鞋,没穿袜子,沿河坝走来,裤脚沾满黄泥,裤子被淋得透湿,肩上则披着他因癌症死去的父亲遗留的过气的西服。“是老柱呗？”他探下手来摸我,眼里射出亲热的光芒。“几多时冇看见你哦,有好多时,你怎么胖成这样呢？比我以先见到的你不晓得胖多少,啊呀你怎么胖成这样呢？”他接着说。

他的吃惊我见过一千遍。这样的惊诧掺杂着百分之五十的真诚，另百分之五十是水。对类似问题我回答过一千遍。我从精神上感到疲累，倒不是因为腻味了，而是自觉被一种沉重的负担压迫着，因为一旦解释起来就无休无止。有时，在解释前，因为想到整个过程的艰苦，我还会深呼吸一番。

——是因为吃激素啊（先是吃泼尼松片，后见无效，改吃甲泼尼龙片）。

——为何吃激素啊。

——是因为得了一种免疫系统的怪病。

——啊，这是什么病。

——是一种慢性、进行性的疾病，直到二〇一〇年，国际权威医学杂志才宣布它诞生。好像是一家英国的杂志。

——病叫什么。

——igG4。

——怎么写。

——igG4。

——那它有什么症状呢。

——对全身各个脏器都有影响，多数人表现在胰腺出问题，我的是肺受累。

——肺怎样了。

——切下拇指大一块出来化验，灰白灰白的，弥漫性病变，密密麻麻的。

——这样啊。

——是啊。

我总是努力回答对方的疑问。我曾见一人,三度询我为何胖了,我也三度告知。今日,我照例回答老细哥,然而不知为何,鼻子猛然一酸,像是刚吃了芥末,幸而我们是背对着相坐。“还是跟小田吗,北京的那个。”他说。

“不是。”

“听说你找了个外国女友。”

“你听谁说的。”

“是不是有这回事。”

“早分了。”

然后他说见到我真是开心之至,这些年他跟那些老人家根本就没法交谈。“就像两个物种,你懂吗,老柱。”他说。他说话特别是在陈述一件事时,于结尾处,总会发出一声“嗐”的感慨,辅之以挥臂的动作。这是他在给自己打气,给自己一些支持。里边既有骄傲,又有忸怩,说是自负,也有些虚弱。话说老细哥可是我们这个姓里最热情的青年,总是双手插在裤兜,腋下夹一根教鞭,仰着胸脯,走向他要去的地方。他在这个雨天,在河边,跟我讲他见到的仙女,说她就是走我们这小小的盆地飞过去,很低很低,像野雉那么低,都能看见在风的吹动下猎猎作响的水绿色的裙袍,上边沾了不少尘垢,料子也很旧。女子有如落群之雁,左手向天空探去,右手伸在尾后,独自飞行,因为想到顷刻就要回到那仪仗华美的群体中,禁不住起了笑靥,仿佛已和她们在一起嬉闹呢。“就是这会儿,她注意到我,就像我坏了她的风景,好恶,瞟了我一样,整张脸就挂了下来。”老细哥说。

“鼻翼边长了颗大痣，牙齿像是吃了烟，有些黄。”他接着遗憾地说，然后他唱了几句 Beyond 的歌。我没有向他讲一名赌徒的故事：赌徒打电话来分明是要借钱，却始终羞于启齿。雨真热啊，像尿一样的热，老细哥一边感喟一边沉沉睡去。对我那些需要接应的话，起初每一句他都应以一个嗯字，后来好几句了，才应一下，最后声音消失，取而代之的是细微的鼾声。我心中升起一股类似母爱的慈悲，想给他再盖件衣裳，又怕惊扰他的好梦。他正靠着我的背熟睡呢，于是我也睡了。我醒来是因为后背空了，老细哥已然不见，河坝上遗留他到来和离去的履痕。我想他还不知道自己已经死了吧。二〇一〇年十月，他搭乘便车死于车祸。他大概还不知道自己的颈部业已折弯，目眦尽裂，头发上指，像是极愤怒的样子，舌头也被门牙钉穿，整个人就像一只惊悚的被拗断的关节人偶或者在田间垂首的稻草人。

儿子

——根据《换子疑云》与“狸猫换太子”的传说改写

每个镇上都会有一个像阿珍这样的女人。既无屁股也无乳房，又黄又瘦，在众人面前总是驼背、红脸、将两手撇于腿后、一步快过一步地走，脑袋还摇来晃去，像在说不，不要喊我，不要找我。她有工资，不够糊口；有房子，产权属于工厂；也有丈夫，待在遗像里。说到底，只有一个孩子。这孩子皮肤嫩，五官正，眼如黑色围棋子，爱笑，像其他孩子一样刚学会捣鸟窝。他证明上帝并不总是悭吝，我们可将他视为阿珍唯一的财产。

今天的故事从阿珍失去孩子开始。

是个周五下午，天空静默，一辆轿车驶进厂区，阿珍右眼皮猛跳。果然，下班时厂长小跑着来打招呼：副县长到车间视察。假模假样地加完班,阿珍想,得回去了,不然孩子饿坏了。副县长却说要和一线劳动者喝一杯。阿珍被迫跟到食堂,她本可以和其他人一样吃饱就走,却因错坐进一张桌子被耽搁住。这桌子后来坐下副县长、厂党委书记、厂长、副厂长,她欲要退席,被副县长留下。副县长率先起立,给桌上工人敬酒,尔后他们又跟副县长敬酒。酒杯每碰一次,阿珍心里就数一次,以为差不多了,忽听到咣当一声,厨房师傅又搬来两箱。她知道祸到了,儿子饿慌了,出来找她,在公路摇摇晃晃地走,给轧死了。

天黑完,她才像自行车运动员,屁股不沾座位,焦躁地往家里骑行。

到家后,在小厅没发现儿子,她笑着去卧室,拉开衣柜,又钻床底下。就是在黑暗中她还在笑,她用手捞,空空的。又捞一次,还是空的,她哭起来。

她去问邻居的门,问:"何姨有看见小明吗?"

"一个小时前还看见,门槛上坐着。"

"现在找不到。"

"你别急。小孩子总是这样,玩尽兴才会回来。"

派出所周警长也如此说,他接过阿珍的烟,刚抽一口便掐灭,说:"准会自己回来。"他语气自负,冷漠,边说边拿小手指擦刮情妇的屁股。警察和医生一样,见多生死,对你来说洪水滔天的事对他来说只是数据之一,何况他依靠经验判断这样的事不值一提。阿珍僵立着,听到叫她走,才想起说:"我儿子一向乖,从不乱跑。"

"我说你有完没完?多少人跑来说孩子不见了第二天又说他回家了。你知道我们一天得处理多少事情吗?警力本来就不够,你不是无理取闹吗?"

阿珍吓得发抖，不知走好还是不走好，直到他将她轰出去。出门时，她望着派出所六层大楼就像纪念碑插进云层，而周围的房屋不过是低矮的棺材。她不禁脚软，想快快逃离，可这时从大楼四层伸出周警长的脑袋来，他指着她喊："那个穿的确良的妇女站住。"阿珍乖乖站住，听到他口气软下来："人口失踪都是要过二十四小时再来报案的。我是依照法律办事，法律怎么说我怎么办，希望你能理解。"

次日小明未归。晚上一到，阿珍来到派出所附近，蹲在树后不停看表。到十一点才深呼吸着走进派出所值班室。周警长说："你做什么？"

"我来报案，昨天来过，我孩子丢了二十四小时了，"她说，"辛苦周警长了。"

周警长头也不抬。

阿珍沿着电线杆贴了寻人启事，又骑自行车寻访多地，终于病倒。那病就像一个铲子，对着阿珍干瘦的身躯猛挖，挖到后来没得挖了，阿珍就拉着何姨的手说："小明死了，我也就死了。"

"谁说小明死了？"

"估计是死了。"

"你真是说胡话。"

阿珍说得凄楚，几天后却爬起来上班。有一天阿珍在食堂吃饭，旁边恰好坐着一位大姐，大姐问："阿珍还难过吗？"大概是大姐年高德劭，阿珍便将心里话说了："人总是要死的，不是七十岁死就是三十岁死，不是十几岁死就是五六岁死，总要死的，逃不过。小明与其以后受苦受难，倒还不如现在死了算了。"

"你没事吧？"

“能有什么事，我总是要活的，我爹死了你说我活了没有，我娘死了你说我活了没有，小明他爸死了你说我活了没有，我有什么活不下去的？”

三个月后，阿珍和常人无异，饭量甚至比以前大，有时听人说笑也跟着掩嘴。就在这时光，保卫干部大喜过望地冲进车间，大喊，太好了，阿珍，太好了，小明找到了。

阿珍瘫软在地。人们七手八脚扯起来时，鼻涕眼泪已涂满一脸。人们正要安慰，那丑脸出现痉挛性的笑容，像涟漪一层层往外播。太好了。她不停说。请了假的她风驰电掣回家，数出十几枚鸡蛋，又找何姨讨十几只，装满一篮，要往派出所赶，忽然眩晕，扶着墙喘气。何姨问：“怎么还没走？”

“我想走，走不动。”

“走不动也得走。”

“可就是走不动。”

阿珍又笑起来，何姨叫来三轮车，一起去派出所。车子跑欢了，阿珍又忧心不止，擦起眼泪，说：“不知道饿多瘦了，不知道还认不认这个娘了。”到派出所时，惶恐又增加了一层，因为它肃穆寂静，不像是有喜事。何姨说：“你以为是他们的孩子找回来了啊。”

她们规规矩矩地走进值班室。办公桌后坐着五人，有周警长、联防队老吴、医院刘大夫、小学李老师和小明的班长。他们嘴唇紧扣。阿珍将鸡蛋放到桌子，周警长脸撇向一边，掸着手说：“有什么吃头？”

他问姓名、性别、住址，接着问，“你儿子叫什么？”

“王小明。”

“王小明是不是丢了？”

“是。”

“好，我们帮你找回来了，过来签字画押。”

阿珍走过去，将名字签到人家指点的地方，拿食指摁印泥，摁在名字上。然后她望四周，究竟没看到儿子。这时周警长大手一挥，说：“老吴，你去将他提出来，交付这位母亲。”老吴起立，拿走大串叮当作响的钥匙，往外走。阿珍止不住要跟着，周警长说：“其他人等不要跟随。”阿珍便转过身捉住何姨胳膊。她站也不是不站也不是，在众人目光前瑟瑟发抖，最后她看到那小学班长成熟地对她点头，露出有节制的笑容，她也挤出笑容回敬。然后她看见老吴慌张跑回来，手指滴着血。他声势浩大地说：“戳他娘，还咬人，咬破老子手指了，我得打防疫针去。”

周警长说：“老吴你真没用。就不知道用盒子端过来吗？”他起身，将老吴的钥匙扯过来，背着手走了，阿珍目送他消失于转道，禁不住担心起孩子来。他踢几脚，小明的骨头不是断完了？

不一会儿，她眼前发黑，几乎昏倒。周警长大摇大摆走来，将提着的纸盒子丢到地上，阿珍清楚听见里边凄惨的叫声。自作孽不可活啊，她猛然流泪。“开吧。”周警长拍拍手。阿珍颤抖起来，不敢动。“开吧。”周警长又说。阿珍回头看何姨，何姨用眼睛鼓励她，她就拆开盒子。一条狗，一条蹲着的小狗，摇着尾巴的白色小狗。它看着她。狗头中间有团黑毛，弧形，像多出来的一只眼。

“不是小明。”阿珍说。心境有如从天堂到地狱。可她不知道灾祸还在后头呢，周警长说：“你说不是就不是？”他扯着她的衣袖将她领到办公桌前，“问问他们。”

“我摸过他下身和骨骼,是六到七岁的儿童。”刘大夫扶着眼镜说。

“小明身上没长毛。”

“你出现过激反应。毫无疑问,你受的刺激太大,出现幻觉。”

“李老师你说。”周警长说。

“我以人格担保,是我们班王小明。”

此时,小明班的班长小跑过来抚摸它,说:“小明,是我啊,班长。你说说话。”那刘大夫补充道:“他在外受惊过度以致失语也是有可能的。”

“可它有叫,是狗的叫声。”阿珍说。

“还不是跟野狗混,你没听过狼孩的故事吗?”周警长扯起一张证明书,对何姨说:“你想必是邻居吧,说句公道话。”

“是王小明。”何姨点头,在大夫、老师、班长背后签上自己的名字,又遵照指示稳重地按上指纹。然后周警长洪亮地宣布:“阿珍听好,王小明已被警方找到,现在你将他领回去,好生管养。出任何问题,拿你是问。”

阿珍抱着小狗,像贞女抱着阳具,因为厌恶而颤抖。回到家,她往地上一丢。它比猫还轻盈,像羽毛落在地上,翻一个滚,站起来。“看什么看?”阿珍跺着脚。它头颅往后缩,身躯却没退。她又跺脚,它反而摇起尾巴。阿珍踢去,鞋尖撩起它,它重重摔下来。

阿珍将它赶到床底下:“不要出来。”

可阿珍一人发呆时,它又爬出来,咬她的裤腿子,来回扯。阿珍惊醒过来,因为愤怒爆发出巨大的力量,几乎踩死它。事到临头,她想到:出任何问题,拿你是问。此后她和它关系平静而冷漠,家中像是来了远方亲戚,赶不走,但要让它明白:你是寄人篱下的。

有一日,小狗生病。耷着头,打哈欠。阿珍要带它上班,它总是溜下来。阿珍想它懒到已不愿叫唤了,便给它倒满一碗水,盛满一碗米饭,留在家里。傍晚下班,阿珍发现米饭和水还在,小狗躲进床底。用电筒照,它瑟瑟发抖缩在烂棉絮里。阿珍慈心大发,抱起它,摇,哄,就像当年抱小明。小狗黯淡地叫唤起来,又是那么努力,像重病患者看见探望的亲人来到,努力扶着铁栏杆坐起。

阿珍看着那满是眼屎的眼睛,说:"小明啊,小明,以前别人把你当成小明我不同意,现在就是别人说你不是小明我也不同意。小明啊,你就要死了吗？妈妈我已经看多了死,妈妈有一天也会死的,小明你不要害怕死,你死的时候妈妈一直陪着你。"

她大哭一晚。最后痴怔,对着它喊:"阿珍啊,阿珍,你不要死啊,你死了小明怎么办？"

我们今天说的是上帝不要的女人，但她总有办法让自己活下来。很多这样的人,活得悲苦、坚韧、长久、像一头牲畜。她不但自己活下来,还把狗也拉扯活了。于是人间的生活又永恒起来,无欲无求,平平安安。

一个晚上,周警长出来巡逻,和老吴讲:"阿珍这样的人,和母猪一样。我在乡下见过杀猪。肉猪看到刀光就会嚎叫,有一次,叫声惊动母猪。那生育无数的母猪竟然翻爬出猪圈,心急如焚地跑来,见人就拱,追着屠夫跑。我也跑了,我都忘记我有枪。后来出来一个农妇,一手拿竹竿轻轻打它,一手撒饲料咯咯地叫唤,把它赶回猪圈,又加了些猪食,它就欢快地吃起来,根本不知道还有个儿子。阿珍就跟母猪一样啊。"

两人看到一道黑影,蹑手蹑脚跟过去,猛然抓起,捂住它的嘴。此后他们带它回到镇上,将它的脖子按在人力车架上。周警长用电筒照,它的额头有团黑毛,像是长出的第三只眼。

“老吴,去找个锤子来。”

周警长拿电筒擦小狗没长大的阳具,便有一泡紧张的尿射出来,周警长笑了。不久,他迎着那哀楚、可怜、乞求、绝望的目光一锤敲下去。天灵盖碎掉,头垂下来,从嘴里飘出死亡的轻叹。狗肉炖好后,周警长饮一口白酒,说:“就是比老狗好吃,补死了。”接着他陷入沉思。他沉思时大家都会停下筷子,耐心等待他拍案而起。这次他宣布的发现是:“肠鸣,我想到就是这个声音。小狗死前咕哝的声音就像我们的肠子弯弯曲曲地响动。”

附这篇小说的第一个版本:失子

阿珍回到家,发现儿子果然不见了。邻居何姨说最后一次见到他是在傍晚六点半,那时候阿珍正待在厂招待所的酒席魂不守舍地坐着。按理说阿珍这样的普通女工是没资格入席的,她也很知趣地骑车往家里走,但车间主任还是将她捞回去。车间主任说:“你这人怎么回事?”阿珍便像条狗被他捞回去了。

阿珍跟着走进招待所时,酒席都坐满了,只有林副县长那桌还空了一个位置,车间主任将她按在那里。阿珍刚坐下,便跟着大家起立,因为这林副县长要敬所有劳动者一杯,这就是阿珍被喊来的原因——林副县长是新挂职的副县长,来化工厂是人生的第一次视察。只是吃了几口菜,他便知晓工人是些什么面目,好像是一根根木雕立在眼前,便低下头只顾和厂党委书记、厂长等几个欢喜的面孔热闹。那些工人倒也自在，吃饱了拍屁股走人，苦的是阿珍，她要是坐在别席她也就跟着走了，她坐的偏偏是领导席，因此她像翅膀被钉死的巨鸟，只在内心委屈地扑腾着。

往常这时，阿珍都回到家和儿子待在一起，她先抱抱他，然后他像个跟屁虫一样抱着她的腿，她走到哪他就跟到哪。现在阿珍全身空空荡荡，好像一个烟鬼到了抽烟时间手上却空空如也，连根火柴也找不着。她失魂落魄地看着酒席上热情豪迈的牙齿，止不住地给自己下咒，他一定丢了，一定是丢了的。可是等到厂长问“你有事情吗”，她又窘迫极了，不住摇头，手还不由自主地放在筷子上，其实她也不吃。

她在计算时间，她没有手表，因此就用酒来计算。一箱酒是二十四瓶，一瓶是三杯，一共是七十二杯，每少一杯就意味着距离散场的时间近一步。她看到桌上只剩下一瓶时，心下愉悦起来，好像就要刑满释放了，可是厨房师傅前前后后又搬过来两箱，那箱子落在地面时，哐当作响，直把阿珍的眼泪砸出来。阿珍想，这么长的时间，儿子要是被拐，都被拐走好几十里地了。这时厂长看见眼泪了，问：“你到底怎么了？”阿珍只是摇头，厂长便讨厌地挥手：“走吧走吧。”阿珍这才像是遇赦，仓促鞠躬，快步走了。

一出门，阿珍就陷入一股激情当中，她推起载重自行车往前小跑，左脚踩上左脚踏，然后右脚敏捷地提起从横杠越过，落在右脚踏上。她屁股不沾座位，像自行车运动员一样滑稽地奔行在回家的路上，可是一到家，她却反而镇静了，她轻轻下车，轻轻立起车支子，轻轻锁好车锁链，轻轻走过去打开鸡笼，将鸡们咯咯咯唤进去，又轻轻夹起一块生煤球放在何姨灶间还没熄完的煤球上，然后，她才捞起竹帘走进自己的家。按照常理，这个时候她的儿子应该扑在小凳子上睡着了，但现在那里黑魆魆的。她想了下，笑着走向卧室，拉开衣柜，接着又爬到地上，将头伸进床底下瞅。就是在这黑暗中她还在笑，但是在那里她除开摸到一手灰尘外，什么也没摸着。

她趺趺撞撞跑出屋外，又跑到路上，她看到四下布满了野草、电线、梧桐树等黑色的静物，就是没有一个人，甚至没有一个动物。接着她走回来，看清隔壁李师傅的门是锁着的，其实她一回来就看见了。这个时候另一家的何姨正好出门，她便问："何姨你看见小明了吗？"

何姨脑袋向后一缩，说："怎么了？我六点半还见过的啊。"

"在哪里见过的？"

"在门口见过的，在那里甩泥巴。"

"后来去哪里了？"

"后来就不知道了，我烧开了水就进屋了。"

"有没人来过？"

"应该没有。"

何姨说着说着，有意无意把自家的门推得大开，意思是她可没藏着，接着她又摸了下阿珍的头，说："阿珍你别着急，小孩子爱玩，等下就回来了。"这一摸就把阿珍心里所有的哭泣摸出来了，阿珍朝天喊道："你要得你要得，你回来了我说打断你腿就打断你腿。"

如是哭了一会儿，阿珍忽而清醒过来，骑上自行车就跑，骑到柏油路时她想，她是从工厂骑回来的，分明没撞见小明，那么小明一定是往下游走了。他是不是着急了要去找她，又不认得方向，结果越走越错，越错越惶恐？她这样又像添了鸡血，发狠往柏油路下游骑，骑了半小时她觉得儿子不可能走这么远，又看见一棵树下坐着三个阴影。她想就是了就是了，就是这挨千刀的一玩玩到现在！她叫骂着冲过去，像一位女将军骑着马舞着砍刀冲入毫无准备的敌营，那三人哪里见过这样的阵势，四散而逃。他们坐着时像六七岁的孩子，跑起来就有区别了，都是十几岁的。

阿珍看得明白，不禁眼前一黑，连人带车扑倒在树下。

后来，阿珍忍着手掌和肘部的生疼，骑上车又往家猛赶，这时她想她不是大人，小明才是大人，小明像大人一样吊儿郎当地站在家门口，嘲讽地看着狼狈不堪的她。她想要是有两个她就好了，就可以一个留在家里等，一个出来找，可是现在分明只有一个她，一个她像愚蠢的猎人一样，被兔子来来回回地耍了。

这次到家时，阿珍推倒自行车，急匆匆捞起竹帘，大喊“小明”“小明”，可是没人应，她想孩子是知错了被吓着了不敢应声了，又到屋里翻了一遍，想想灯还没开呢，又开灯翻了一遍，她翻够了，看遍了，忽觉天上掉下一块硕大无朋的黑秤砣，掉了很久，最后砰的一声砸在她的心上。阿珍瘫了下来，手扶着地趴在门前，痴呆地朝黑夜里望，把肥胖的何姨给望了出来。

“怎么，还没找到？”

“何姨，我家小明是不是丢了？”

“没事的，小明一定是找个地方睡着了。”

“何姨，你说他是不是丢了？”

“没事的，听我的。阿珍，没事的。”

“何姨,你说我家小明他是不是丢了?”

何姨再没回答,坐在地上盘好腿,让阿珍的头和肩膀枕着,阿珍又撒娇似地发了几句呓语。这时隔壁李师傅走了过来,他拿牙签剔着牙齿,剔出东西了,往外噗一口,问:“出什么事情了?”

“孩子不见了。”何姨努努嘴。

“不见了?多大一件事。”

“你没见人家急成这个样子?还好意思说风凉话。”

“有没有去找啊?”

“怎么没去找?找不着啊。”

“找不着那去找派出所啊,派出所是管这个事的,待在这里哼气有个屁用。”李师傅把牙签掷了,趿着拖板踢踢踏踏回去了。这边阿珍迷迷糊糊地问:“李师傅说什么了?”

“说去找派出所。”

阿珍像是被点亮了,一振作就起来了,掸掸裤腿,健步走到外边打开水龙头接了水浇脸,又到屋内取了手电,骑上自行车就走了。一路上她想,是啊,派出所就是管这个事情的,她去了就不是她焦急而是他们焦急了,他们说你别急你先喝杯水,等你喝完了水,脸上一有委屈,他们就赶紧拿温暖而苍老的手过来握住你,说同志你是丢了孩子吧你别难过,你先在这电炉边上烤烤火,我们帮你去找,找不到我们就不回来了。然后他们整整笔挺的制服,拿起警帽盖在白发苍苍的头上,声音洪亮地就走出去。他们声音洪亮地朝大街上喊,喂,都出来都出来,阿珍家的孩子丢了,都出来找找。

但是一骑到能望见派出所了,阿珍就觉得不是那么回事。镇上所有的房子都是一层平房，像是黑色的棺材一副挤挨着一副，只有派出所的六层大楼灯火通明，像将军一样气魄雄浑地审视着无边无际的平原。等到骑到了，她从下往上看，觉得还不只是六层那么高，它好像就像纪念碑插到了灰暗的云层里，她抚摸着笔直、坚硬、有颗粒的墙壁，觉得自己有一种说不出的渺小——那就好像有个不怒自威的法官坐在天地间，望着脚趾下的东西。

阿珍生怕轮胎上的泥块沾染了地面，小心把自行车提起来放到一边，然后走到小卖部买了一包算贵的烟。她走上派出所台阶时，看到门是开着的，值班室泻出的光芒打在黑森森的过道上，她向值班室里探了探头，发现有一个秃头中年人正将脚跷在巨大的松黄桌面上看报纸，桌面上躺了几十根黄过滤嘴、白过滤嘴的烟，像是一棵棵小小的伐木躺在河水里。阿珍知道是抽烟的，就拆，却因为生平从来没碰过烟，找不到封条，又拿指甲抠，也抠不出个所以然来，一下急着了，好像世上没有比这更重要的事情了。

"你干什么？"那中年人抖了抖报纸，厉声问。

阿珍差点捉不住烟，说："大哥，抽烟。"

中年人瞟了眼烟牌子，说："不抽。"

阿珍便遵命将香烟捏在汗湿的手里，许久了也不见对方问话，阿珍也不好意思开口，像小学生犯错一样，委屈地站着。

后来，那秃头中年人大约看完一条新闻了，方放下报纸问："你有什么事？"

"我报案。"

"报案找楼上，找周警长。"

“怎么找？大哥。”

“四楼。”

“四楼哪间？”

那中年人只是不答，捉了桌上一根烟点着，又跷起腿，痴迷进报纸了。阿珍鞠了一躬，轻声退出来慢慢往四楼爬，爬到那里却发觉有十六间暗红色的木门，每个门上都写着“警长办公室”的字样，竟似是个迷藏。阿珍不敢贸然敲门，敲准了还好，没敲准多麻烦人家啊。阿珍就像一个困兽在这廊灯下来回地走，就好像这里是一座前后不靠岸的独木桥。直到后来其中一扇门自己开了，里头踢踢踏踏走出一位穿裙子的年轻女子来，阿珍闪到一边，让她过去，她走过去了正要下楼梯，想起什么，问：“你手头拿的什么？”

“我找周警长。”

“我问你手头拿的什么？”

“烟。”

年轻女子拿走阿珍的烟，看了看牌子，觉得将就，就用红指甲轻轻一撕，香烟的封条便撕下来了，然后她闪身走回办公室，臀部落座于真皮座椅的一边，歪着身子给靠在座椅上休息的警察点烟。阿珍探过头去望，望见这警察留着个稀薄的寸头，脸色酱黄，眉毛好像没有了，眼神却像是得了甲亢鼓着，在他面前则是五六只只剩油水的盘子。在刚才的晚餐里他也许吃掉了一只兔子，也许吃掉了一只鸡，也许吃掉了一只烤乳猪。

他抬头问：“你有什么事情？”

“我找周警长。”

“我就是。”

“周警长,我想报个案。”

“什么案子啊?”周警长从桌上扒拉来一根回形针,把它扳直扳成一根牙签,然后慢慢剔牙齿。

“我孩子丢了。”

“丢了?明早他就回家了。”

“不会的,我孩子一向很乖,不乱跑的。”

“每个父母都这样说啊。”

“不是啊,他真的是很乖,从不乱跑的。”

“乖,不跑。”周警长将铁牙签掷到桌上,忽然火势很大地说,“你知道每天有多少父母来报警说自己孩子丢了吗?你知道每天又有多少父母跑来说自己孩子找到了吗?你知道我们一天要处理多少事情多少案件吗?你知道我们警力有多少吗?你知道我们要忙成什么样子吗?你有没有看到我才刚刚吃晚饭啊?”

阿珍目瞪口呆坐在那里,以为对方还要质问,却一下声音全无。这沉默大概连那年轻女子也受不了,她扭着腰走到墙角翻杂志去了,而周警长的眼睛禁不住也跟过去。两个人都没看着阿珍,阿珍的眼泪就偷偷跑出来,她想止住,却似放出了一群野马,顾得了这边顾不了那边,到最后只能扯衣角来擦拭。大概周警长也看得钻心了,就说:“找了吗?”

“找了啊,家里,衣柜,床底,附近都问遍了,找不着。”说罢,阿珍竟是哭出声来。那年轻女子“哦哟”一声,抖抖杂志,回头看了眼周警长,周警长就觉得这是一份麻烦,这麻烦要早早消失就好,因此他说:“老嫂子啊,我跟你说,不是我不接受报案,是法律有规定,法律规定失踪案报警期限是二十四小时，二十四小时后你要是再没找到，你再来找我。”

“可他要是被拐了，早被拐远了。”

“我不管这些，我只按照法律办事，法律说是什么就是什么，对不起。”周警长温柔地抬了抬手，阿珍看到了，他又轻轻抬了一遍，意思很明显了，阿珍就起身悲哀地走了。

肥鸭

去过河边的人，都会对细老张——在递名片时他总是说请叫我张镏龄经理——那过于严肃的神态留有印象。他的脸年轻时是苍白的(他对此应当十分珍惜),现在蜡黄得近乎透明。整张脸又窄又长,两侧长着一副便于提拉的耳朵。因为老是将覆盖着一层褐色胡髭的上嘴唇向下紧扣(里边的牙齿就像是在嚼着一粒芝麻)、长着一个类似白种人的弓形鼻子以及谢顶,这张脸显得更长。在高耸的眉骨下方,隐藏着一双鹰隼般的眼睛。它们总是一眨也不眨、毫不气馁地看着你,使你不安。纵然是在夏天,他也会穿两件衣裳,里边的衬衣领子是白色的,紧紧扣着,透不过气来。外边是一件过膝或者快要过膝的风衣,他让人想起西方小说里的僧侣、法官或者便衣,身上散发出的阴沉气息,使人胆寒。

靠近他就像靠近遮天蔽日的黑暗森林。

好些个小孩，平素无法无天，无所顾忌，一旦临近他，就提前噤声，紧抓着大人的手或衣角。其实呢，稍微熟知他，就知道他并没个卵用。他是走农村出来的，加他一共是十兄弟，十兄弟里只有他通过做民办教师又通过到教师进修学校深造进了城，后来又经营起这门和几间学校有业务往来的办公用纸批发生意。以他的智慧，他根本没办法分析出究竟是什么原因导致了他逾越于自己的兄弟，因此他就将自己过去出现的所有脾性都保留下来，以之为可发扬光大的要素。就像意外痊愈者，不知道究竟是哪一味药拯救了自己，因此将所有的药都抓回来，不加判别地服用，沉默就是这其中的一味药。而通过对他人的观察，他也发现，保持这样一种一言不发的姿态的确有利于营造一个高深莫测的自己。人们对他心生疑畏。有时他将双手朝风衣的插兜那么一插，也会幻觉自己就是一位可以对他人随意下达判决的大人。

实际上他能控制的，也就是自己家的几口人（也不能完全说是控制，有时不过是因势利导、因人制宜，比如两只大公鸡不能关在同一只笼子内以免它们啄光彼此的羽毛，一年中大多数时候他都会将母亲与妻子支开，以使她们能在相聚的少数几日做到相敬如宾）。

其中：

妻子与儿子作为嫡系，随自己居住于河边水木蓝天小区按揭而来的两室一厅。儿子就读于 37 公里外的九江市外国语学校，周末返瑞昌。妻子是农业户口，同时是文盲，这迫使她自认为是罪人，不敢在生活中发言（特别是一想及正是因为她，两个孩子一出生就是农业粮，在同学间广受嘲笑；虽则细老张后来还是替姐弟俩一一买来商品粮）。她甘于充当丈夫的下人，爨濯之余，还负责骑三轮车去仓库拉货，送往客户指定的地方，有时使用两轮的手推车。

母亲与女儿仿佛旁生歧出，居住于城北鸡公岭那由细老张一进城就借款买下然而直至今日仍未通自来水的商品房。此地大概有 2/3 的房子无人入住，因此也就不贴瓷砖，血红的砖块裸露着（砖缝间的黄泥早已干裂），就像肌体被褫了皮。有的外立面，别说没有装上窗户，连窗架也没装上，就是扯着聚乙烯彩条布随意遮挡着。有些干脆裸露内部，锈迹斑斑的钢筋像是野草，从地上、墙上冒出来，内墙因为曾有拾荒者做饭而被熏得漆黑。暮色降临后，打这里抄近路去火车站或从火车站归来的人面对它们有如面对遭受炮火攻击的废楼，总是感觉悚然。

人们管细老张的母亲叫张婆，在乡下都叫她火金娘，然而进了城，就得按城里的规矩叫。考虑到大家已经叫她河边的媳妇为张姨，于是便叫她张婆。张婆一共生男丁十口，自身体质可谓超群，自打丧了偶，便无法安放大把的余生，毅然来到县城寻觅自己的第七个儿子也就是细老张（自老七之后都唤作细老张，人们如何细分他们又是一门技术，此处不表），以过上她娘家人可以说是十几代都没过上的城里生活。她是先斩后奏来的，来到鸡公岭后，就在上锁的门前坐着，大汗淋漓，直到儿子寻来，对着她长长叹了一口气。“也好，你就在这里给瑞娟煮饭吃。”她的儿子说。

于是，细老张将原本与自己住在一块的女儿瑞娟支到奶奶一块住。往后，半个月或一个半月，因为要将一箱箱的打印纸与复印纸运来或送走，细老张才光临一次这兼做货仓的商品房，分别给婆孙一点钱。瑞娟总是怕丑怕到窘促的地步,有时,细老张什么也没说,她就快步走掉,在远处蹲着,背对着他啜泣。细老张是个溜肩(要不怎么喜欢穿带垫肩的风衣呢),小时候的女儿则背阔腰圆,一旦哭起来就像是个大面包坐在那里哭泣。有好些回,细老张几乎可怜起这怪异而遥远的血亲来,想过去鼓励鼓励她,比如拍打她的肩膀,说:“眼下这漂亮的丫头是谁家的闺女啊?”可是某种根深蒂固的东西劝止了他。我想有一天就是他的女儿跟随失控的马车坠向漆黑的深谷他也不会挪动半步,顶多是痛苦而无声地张大嘴巴吧。每次当他从运纸的金杯小货车上跳下来,他那矫健的老母总是摇摇晃晃走来,当着孙女的面,告孙女的状。他从话语中听到太多夸大其词的东西,忍不住心生厌恶。他总是象征性地教育一下面色通红就要哭出来的女儿,并不知道自己一走,后者就会眉开眼笑,一会儿提起左腿,一会儿提起右腿,像马驹一纵一纵地跑起来,与等候多时的伙伴会合而去。某日,来自二小的班主任突然找到他,揭开一个让他感到愕然的谜底,就是他的女儿其实是一名出勤率不足50%的问题学生,这不今日又不见了。他们在铁路坝那里寻到她,她正和隔壁班的同学梁练达手拉手站在铁轨上,面对从远方驶来的运煤车,歌唱:

青青河边草
悠悠天不老
野火烧不尽
风雨吹不倒

青青河边草

绵绵到海角

海角路不尽

相思情未了

她们是分两个方向跑的。因为这事，细老张将对女儿的管辖权彻底让渡给母亲：那仿佛等候多时的乡下悍妇。这就对了，将她交给我就对了，还没有我管不落地的人，老妇低头盯向儿子，胸有成竹。

光阴似箭日月如梭。这样一件恐怖的事情发生后，死者张瑞娟已被火化多日（有说她被推进炉膛时整个人还处于俯卧姿态，工人持尖刀熟练地戳破她的尸身，尔后提起一桶柴油，晃荡着将它们浇洒在上边），人们记住的还是她作为小女孩被祖母驱赶回家的场面：后者像鬻牛者一样，手持秃了尾的鞭子，每隔数步抽打一次前者的后臀。而前者总是在挨上这一鞭时龇牙咧嘴，猛然抖直身体。鞭笞并不因为女孩表现出顺从的态度而有所减少。起码有四年，鸡公岭的邻舍都习惯在正午或傍晚，听见这自远而近、重复发生的啪的声响。他们甚至能凭借声响猜出鞭梢在空中甩出了多大的弧线。鞭打并不让老妪感到轻松，我的意思是说，有很多次她眼见着要听命于慵懒与疲惫，准备放弃这一行动，然而为儿子管教好孽障的责任感又促使她振作起来。有时人们能听出鞭打其实是源自老妪内心丑陋的欲念，有时能听出是她在报复从前孙女对她的无礼（在细老张没有明确她的管辖权之前，做孙女的总是将自己视为与生俱来的城里人，带着对乡下人的嘲讽，毫不示弱地与她争辩）。有时又什么深意都听不出来，只听见鞭打本身，就像它是一项古老的需要人去服从的风俗(譬如人类鞭打牲畜,地主鞭打在田里工作的农奴),就像下雨。雨季来了,路面开始连续十几天地下雨,人们不知道为什么下雨,为什么不下。鞭打的声音猝然停息时,人们甚至惶恐(当然这只是一种不很重要的惶恐)。有的人走出去，看鞭子为什么不继续落在少女身上。“我在喝口水啊。”老妪说。她并非要解答对方的疑问,而只是作为一名不识丁的闯入县城的农妇，向当地人积极解释自己的行为。喝得差不多,这名解差就会摁好盖子,重新背起塑料斜挎水壶,赶着孙女上路。有时，身为祖母的她也会扯着少女那自其父亲处继承下来的易于撕扯的耳朵,一路扯回家。血滴在路上,少女偏着头,双手紧抓老者行凶的手臂,发出撕心裂肺的喊声:“我姨,我姨,我姨啊。”(只有在此时她才会采用姨这种方言里对妈妈的称呼。多数时她对自己的妈妈沉默,她没办法叫不会普通话的后者为妈，也没办法说服自己叫对方为姨因为一旦这样做了就等于是向众人暴露自己丑陋而惊心的出身)。

“你这样会把你孙女的耳鼓撕落啊。”有时人们会停止打毛线,忧心忡忡地提醒。

“撕不落的。”张婆说。

“你看她就像猴子一样紧紧巴在我身上。”接着她补充道。

瑞娟一旦回家,张婆就会走里闩好门。有时只见张婆一人出来,走外边拉上黑色的栓条,将之插入插孔,然后去打牌(在乡下她只会打老牌,然而一到县城也就看了两把她就学会麻将)。房屋深处时常传来女孩凄厉的喊叫。张婆是古怪而细致的行刑者,为了显示决心,她特意去停车场让小客司机帮她从乡下带回那只沾染过她十个孩子鲜血的由硬芒编制成的炊帚。那原本是用来洗锅、刷灶以及清扫桌面积尘的。有时的夏日，餐桌上放着一只阻隔苍蝇的绿色纱罩，纱罩外就放着这把编扎得很紧的炊帚。它将她的十个儿子，如今则是孙女，抽打得浑身伤痕，一道一道，像是耙子耙过。有时她使用一根短棍，照着少女小腿迎面骨不停攻击。人们时常听见老妪那烦躁、急切然而又不厌其烦地对孙女的教育：

你今天必须认错——不认错就不许吃饭——就不许离开这里半步——就一直站着——站到明日早上——听到没——长耳鼓听到没——我叫你认错呢——别装可怜——别叫你姨——你跟你姨一个样——快点认错——听到没——别用我听不懂的话骗我——说我听得懂的话——晓得呗——别像蚊子那样说——别想就这么蒙混过去——你在说什么——大声点——我听不见——你这该死的我听不见听不见

惩罚结束后，瑞娟有时愤怒不过，会扑在床上啜泣（并睡着），有时被迫去摇水。在羞愤中，她摇动水泵的手柄，这么干摇五六次，才醒悟过来，从水缸的存水里舀出一大瓢喂进内壁长着绿苔的水泵，让皮碗吃进去，并马上摇动手柄，这样，水才会从地底深处被抽上来。完成这个工序需要精神上的专注，因此瑞娟总是在干完这事，看着银光闪闪的水哗哗地冲进水缸，才继续自己的哭泣。还有时，少女像是中蛊，热情而激动地奔跑着，找到仿佛阔别多日的祖母，俯伏在地，悲伤地喊：

婆，我错了，我知道错了。

她双手紧握祖母的小腿，嘴唇颤抖，口齿大开，上气不接下气。有时猛咳起来，因而不得不急速地捶胸。她就这样不知羞耻地任自己在地上滚出一身灰，可怕地忏悔着。然后就像领到一张抵用券，她走出家门，对着路边停车那白得发亮的车窗端详自己，处理掉受辱的痕迹，找到在人工湖边上站立的密友，一起聊天起来。在父母、祖母面前，她谨小慎微，不爱说话，有时十个字吃掉五个字，在这些年龄相若的同学面前，她却表现得出奇的聒噪，从她嘴里不断冒出俗谚俚语以及男生才会使用的尽是攻击女人生殖器的脏话。她妈的瘪，肥鸭总是这样说，那些同伴后来在回忆生前的她时这样说，或者，戳你姨的老瘪。她们总是三个人或四个人围成一圈，大肆评议周边的人事。这种像是由几条鬣狗举行的宗教聚会仪式，总是让我忧伤。我记得我在瑞昌市(是个县级市，我上次在小说里写成瑞昌县，有本乡读者专门来函要求更正：请记住我们是一个市，不要自轻自贱)生活时，总是能遇见这样的群党，有时她们还会抱着婴儿加入，她们三四个小时三四个小时地围拢在一起，用手遮挡着嘴巴畅谈。有时一天过去她们还在那儿。有时一年过去还在。有时六七十年过去，人都白发苍苍了，她们还在。这是她们的日课，是对荒凉生活的一种抵抗。

有一天，张瑞娟自初中毕业。别人是 16 岁毕业，她是 17 岁。她没去看中考成绩，细老张也懒得问(难道这不是已经注定的事情吗，能好到哪去呢)，倒是她的班主任，总是不安(就像顽童无法容忍地上还有一颗引线完好未被引爆的鞭炮)。她致电细老张："你女儿考了 126 分。"

"126 分？"

"对啊，总分 126 分。"

"她考 126 分不要紧，只要她弟弟能考 621 分。"以后，在向人转述此事时细老张展露出他毕生仅见的幽默一面。他仿佛早等到这一天，在距鸡公岭不远、就在一中前边的求知路，给女儿赁下一处门面，挂上广告设计中心的牌子，干打字复印的活儿。“打字你总会吧？”他说。“打字我会。”他的女儿说。这一年他的母亲张婆摁了一下浮肿的小腿肚，发现凹陷下去的地方许久没有复原，因此就当着他的面再摁一次。“我再也做不得事啊。”她说出心中早已准备的话。城里人到她这年纪早退休了，万事不管，衣来伸手，饭来张口，享受子女的供养。为了得到近似于他们的待遇，她预支出自己进城的前六年，照顾瑞娟饮食（虽则一天只做一顿午饭，早晚都是吃剩的），她认为自己做得可以了。现在无论怎样，都轮到自己享清福了，就像歌里唱的：你太累了，也该歇歇啦。她睁着那迎风就会流泪的通红的眼睛，紧扣嘴唇，脑子里准备好迎击的话，看着自己第七个也是最软弱的一个儿子。后者闭上眼，思考片刻，做出连神几乎都要称妙的决定：“从今往后，瑞娟就给你煮饭吃。”

此后，每到 11 时 30 分，青年张瑞娟便骑着从打字店隔壁赊来约定分期还款的电动车，风一般返回鸡公岭，给祖母做饭。此时，后者已经提着裤带，哼叫着在邻舍处走动。“我今昼又屙血了啊，屙了这么多。”她比画着，以增加她不再在灶下服役的合法性。人们，包括梁姨、艾姨、温姨、陈姨，事后都说，这一场所谓不能再碰油烟的病，是由她的心愿进化而来的，她张婆不想再做饭了，因此身体上也就出现这种不能再做饭的病（在火车站边开诊所的邹火权大夫是这样说的：老人家你最好是少做点事）。以前，为了让自己的筋骨舒服点，少劳动点，她会草草做掉一顿饭，随随便便打发孙女，同时也是随随便便地打发自己。今日她发现孙女也是这样对她。有时她刚吃完，孙女便抄走她的不锈钢碗，打洗洁精，在污水桶里抹几下，再在干净桶子里汰净，总计费时 20 秒，便算是将一切收拾停当。老人家时常忘记自己当初的刻薄，敲着桌子责骂，这时她的孙女便帮助她回忆起来,有时回忆能精确到是哪一天。“何况,我跟你吃的也是一样的。”孙女说。当年,老妪对孙女说的也是这样。一切似乎达到极致的平衡,这种平衡不偏不倚呈现出数学的对称之美(正如博尔赫斯在短篇《永生》里阐述的:由于过去或未来的善行,所有的人会得到一切应有的善报,由于过去或未来的劣迹,也会得到一切应有的恶报)。

有时,张婆会向细老张暗示孙女的行径,得到的却是对方的冷嘲。

到最后,张婆能作为的便是看好钟(有时她会咨询听收音机的水电系统退休老人老王),看孙女是不是准时回来做饭。她自思在这一点上自己当初是问心无愧的,虽然饭做得不好吃,却从无一天不是按时做的。因此每近中午,她的情绪便开始激动起来,总是在预设孙女不能按时归来,觉得自己要受到孙女的忽视,或者说是虐待(迟早会的,她这样向邻居倾诉)。她不曾想,那做孙女的更是以此为负担,每日惟盼能早点做掉这顿中饭,好早些回到属于自己、属于年轻人的世界。在那里她这样议论祖母:“牙不好,吃什么都嚼不烂,也不知道什么时候死,早年刊(生)那么多伢崽,刊(生)十个唉,都是男伢儿,你说要死不,一个妇女刊(生)十个男伢儿。”她也会议论别的,比如,骆驼户外最后一天打折都打折十年了,以纯也卖男装里边空间大舍得烧空调,金凤呈祥的牌子不知是不是抄袭金凤成祥,迪信通一样卖水货,还有药店招有责任心人士夜间售药可是工资开得那么低。不过能议论的有价值的事情并不多,一季度也就五六件。直到有一天,瑞娟自己成为谈资。

一个叫开锁匠的屌很长的男子,占有了瑞娟的初恋。知道这事的人都认为这是一场骗局,可怜的刚出学的姑娘还不知道自己面临的是百尺的深渊呢。他是在“集邮”,对象包括铸造厂的聋哑人以及在遥远林场当会计的接了义肢的老处女，可能也包括像瑞娟这样得了什么营养不良的病以致肤色呈岩灰色的活死人。还有人说，他长年向广东那边供应小姐。

“你喜欢我什么呢？”有一天，瑞娟这样去逼问他。她最不满意的是自己的眼睛，相隔太远，差不多没有睫毛，眉骨上也无眉毛。别人都在说，在回答这个问题时，男人的眼睛骨碌碌地转，是在当着她的面思考。

“你还是有可取之处的。”他说。

“那么它可取在哪里呢？”她说。

“嗯，就是有可取之处。你不要管这些，你知道我喜欢你就是。”他说。

人们以为瑞娟会离开词穷的男人，然而他们的关系却延续得极为漫长。有时他会说些“骨中的骨，肉中的肉”之类的胡话，在说话似乎不足以表尽忠心之后，他给她送去一些在小城比较罕见的东西，比如COACH的包和ECCO的皮鞋。在最初拥有那只珊瑚红色荔枝皮手提包时，她24小时背在身，不肯离手，忍不住就到街上炫耀性地行走。我就是在这一年回到瑞昌时，看见她的。我路过求知路，向南去中医院看我住院的父亲，她相向而来，爬上我正下去的坡道。她按照粒数一粒粒地吃饭，身体瘦得不行，胸口露出的肋骨使人想起烧烤用的篦子，一格格的铁条清晰明显。她的骨架又很大，那是一把遗传有劳动人民基因的穷酸的骨头，想起来干过很多活儿，挨过不少打。她穿的是底高6厘米的松糕鞋，以及一件颜色比当日蓝天（因为过于辉煌而让人恐惧）还要蓝的露膝连衣裙。正是这触目惊心的蓝让我忍不住数次回头。在这午睡时光，她孤独地走在发光的路面上，汗流浃背地展览自己。我看见黏稠的蓝就着汗水从她腿上流下来。就像是蓝色的经血。

后来我在宜家看见一张——我不知道为什么要说这个——伸缩型的餐桌,说明是这样写的:可延伸式餐桌,带有一个备用活动桌面,可坐四至六人,能够根据需要调节桌子的大小。不用时,备用活动桌面可被置于桌面底下,伸手可及。我站在那里,忍不住抚摸它,并蹲下去抽它的备用桌面,与此同时,我感到一种羞愤,急着要带太太离开。我说永远也不要买这种产品了,若不是它我也就不会意识到自己只拥有50平米不到的居住面积了。此后我还看见翻板桌、可折叠的椅子等玩意儿。我看见它们好像长着眼睛,斜睨着我(有时我在稍微高级点的餐馆或者服装店那里,也会觉得自己受到那些见多识广的服务员的歧视)。我不知道这件事和我在求知路上看见张瑞娟有什么联系,为什么我在说张瑞娟时要说它。兴许,一套抽出活动桌面后就和贵戚家一样宽敞豪华的餐桌,一件就是巴黎的模特也不敢穿的琉璃色裙子,彰显的正是让人无法容忍的穷酸。当她打着遮阳伞,踩着泥洼里的砖头,一步一步,走上通往一中的台阶时,我感到一阵揪心。几天后,在离开故乡后,我听说我所遇见的这位姑娘死了,似乎和一桩奇怪的诅咒有关。

清晨,环卫工人李诗丽在铁路坝边上一条四尺宽的水泥小道上发现了张瑞娟的尸体。那被车轮磨得刀刃般雪亮的铁轨还在滴水。死者头发湿透,分几绺搭在头上,皮肤白得可怕,呈鸡皮状,手指及手掌泡松了,因而出现皱缩,有些都要脱皮了。尸体朝南方俯卧,临死前就像是被什么死死踩住,嘴唇浸在牛一口就会饮尽的浅洼中,鼻腔下鼓着泡儿。李诗丽一只手抓着垃圾钳,一只手抓住防风簸箕的背带,在仍在下的毛毛雨中茫然站着，然后像是记起什么，她张牙舞爪奔到一箭之地远的早市，对正往摊点上倒菜的个体户比画，算是比画清楚了。

随之传出的是令人寒毛倒竖的可能的死因。在得知瑞娟的死讯后，那原本打定主意要将一些事隐瞒下去的鸡公岭的住户之一，以诚实著名的温姨努力抓着门框，却仍旧没能阻止自己瘫软下去。从短暂的昏迷中醒来后，她为了三件事：

——阴阳两界的确存在（她想起38年前失踪的亲姊妹）

——人的自私、霸道、促狭以及颛愚

——老天的完全束手旁观

而不停地抹眼泪。她感受到恐惧，然而促使她身体发抖的还是对一方的憎恶以及对另一方的同情。她鼓足勇气，将婆孙二人临死前分别告诉她的话告知天下，小城由此炸开锅。很多人，包括在政府上班、宣誓信奉无神论并且确已习惯按照无神论来思考的干部，都参与到对这一事的讨论及传播中。即便讲无可讲，他们也不舍得离开，而是滞留于原地，不住地唏嘘感叹。

先是，居住于鸡公岭城乡贸易路43号的张婆在头一天的中午走出门。这一日天气极为不好，阴沉沉的，像是要下雨，看起来又遥远，只有风刮着落叶到处跑。老妪穿着僧袍一样的褐色外衣，领圈上方显现出里头还穿着一件红色棉袄，渔网似的头巾包着铁灰色的头发。脸和他儿子一样瘦，布满疲乏的波纹。她驼着背，拄着龙头杖，走上街道，向人展示她左手抱着的那只刚从自家墙上摘下的金属挂钟。“我不认识字，就是认得也认不清楚，告诉我，是一点半呗？”她问。

“老人家是啊。”有人应答。

“你再看看你手表,是一点半呗?”老妪说。

“是一点半。”

于是眼泪走老妪充血的眼角急速流出,像原来那里挡了石头,现在移开了。“我就有这样造孽,到现在还没人回来煮饭给我吃。”她扯出那块相伴几十年的手帕,一边抹,一边发着抖,诉说自己悲惨的处境。一会儿,有人围观,她似乎觉得目下的证人无论从数量还是从质量上说都比较合格,他日定能见证自己今日的悲伤与愤怒,因此将拐杖倚在电线杆边,举起那钟就朝地上摔去,摔瘪了。

“张婆你要不先到我家吃点吧。”有人说。

“我怕是吃去死啊,吃你屋里的东西,我屋里又不是没人。”她捡起龙头杖,撴撴它,愤然走开,然后在行进途中不住地朝天哭喊,“到底有没有人管啊,你们是不是存心要饿死我这老人啊。”

其实此前,在家里,她已将东西摔了一地。在可以说是故意也可以说是失手——起先是失手但她有机会挽回然而她却放纵后果发生——摔碎一只瓷碗之后,本着杀死一个是死、杀死十个也是死、扯了龙袍是死、打死太子也是死的豪迈,她将茶杯四只、瓷碗四只、瓷盘四只、昆仑黑白电视机(其实差不多只剩显像管)一台、红灯收音机一台、铁锅一只、喷绘了“囍”字的红色开水瓶一只、描绘了苍翠挺拔青松的直筒瓷壶一只、梳妆镜子一枚、花盆一只、花瓶一只、英雄碳素墨水瓶一只悉数摔碎。饮水机没办法摔,就推翻了。五斗柜也是。孙女的衣裳能扯破的都扯破了。鞋子有的扔进水缸。这把火其实从大前天就存下了,一直没熄。就像是埋藏在灰烬下边,好好拨下,火势就旺盛了。大前天孙女是 11 时 50 分回。前天是 12 时 15 分。昨天是下午 1 时。见到孙女归来,张婆就跟着嘟囔：你还知道回啊，你何不回得再晚点呢，你心中还有我这个婆没，你真是枉我从细带到大一带就是六年，六年啊，你莫不如往我碗里掺老鼠药毒死我算了，毒死我一了百了。瑞娟会冷漠且十分不解地望她一眼，然而并不辩解，也不反击。做完饭她就走掉，有如雇请来的人，不留一句话。今日张婆从 11 时 30 分照例等起，心想 12 时该回，12 时不回，12 时 30 分也该回。然而 12 时 30 分也不见回，张婆想，1 时回的时候看我怎么揪落你的耳鼓怎么用龙头拐棍打断你的狗腿。然而 1 时也不见回。老妪几次出来，看见的都是茫然而一望无尽的空气，闻的都是别家的饭香。让张婆暴跳如雷的是，她请开小卖部的陈姨帮忙致电孙女（她搜出五分钱，被陈姨推回来，说还要你老人家的钱），本想走电话里大骂，却发现对方根本不接。不但不接，后来还关了机。张婆就将能砸的都砸了。

张婆弃了挂钟，走桂林路、人民公园、老看守所一路觅到一中，在一中那里她往东沿溢城路走了将近两里，经人提醒才折返，走进孙女所在的求知路。她一家家店铺问，你看见我孙女没，我孙女叫瑞娟（有人答应，你孙女自十点钟出门就再没归来），问到孙女的门面。店门是开的，当中立着的乳白色复印机插着电，还在嗡嗡发响。老妪举起拐杖就打盖板，旋而又去打输纸的托盘。接邻商户叫陈莉的，跑来捉住拐杖，说："打不得啊，几千上万块的东西。"老妪哪里肯听，嘴里说我孙女的东西打不得要你多管闲事？你硬要管这个闲事我就来打你店里的东西。那陈莉分辩道，要是你孙女没托付我看管也就罢了，既然托付了我就要负责，你想打可以你等她回来。两下里捏紧拐杖，一会儿将它向左推，一会儿将它向右推，几次三番，老的都要将小的推倒。因此小的说："老人家不是我说你,你有这把力气,一顿饭早做好了,这会儿怕是碗都洗了,你犯不着为难你孙女,你又不是做不得。”老妪眼睛都听直了,伸手指着,指了几次,说不出话来。后来有认识的过来解劝。见有解劝的,老妪就像流氓一样对那少女说:“你叫作什么,告诉我。”那女孩本想说我叫什么关你卵事快走快走莫挡我做生意,话溜出来小半截,硬是给咬住了。也就是走此时起,张婆开始咳嗽,她也忘记自己是怎么走回去的,只记得一路咳一路咳。“你看,都咳出血来了。”后来,她对那唯一来探视的人,温姨,说。她将手绢对折起来,保存好血迹。过了一会儿,又打开,重温那鲜红的血丝,眼一闭,挤出一大团的眼泪来。我就有这样折毛(可怜)啊,她一边哭一边紧紧攥着温姨的手,就有这样。

老妪是在下午 5 时气绝身亡的。温姨(迄今她都还后悔自己要上张家去探视,那张婆自己又不是没有子女。当时,张婆返回鸡公岭时,手中抓着应是走公园捡回的丛毛,试图点燃整栋屋,然而一则因为手抖,一则因为火柴头老是刮脱,事情未遂。人们看着这童稚般认真的愤怒,致电细老张,细老张说,听凭她啊,她要干什么随她,她就是这样的脾气。人们便散了,只有温姨无法面对自己的冷漠,端着一碗肉丝汤浸泡的米饭,绕过一地的碎瓷与碎玻璃,上得张家二楼来)说她分明从张婆眼中看见了一种错愕。这种错愕多年前她曾在一名踩在砖瓦场棚顶上狂跳的小孩脸上看见,很多人提醒他并不管用,直到那可能是石棉瓦也可能是油毡做的东西坼裂。他像火炉沉闷地掉下来,还挺重的。张婆一直沉浸在高强度的声震数里的嘶号声中,即便温姨用茶匙顶开她唇齿将食物硬生生推进她那发誓不接受任何人施舍的口腔中,那一丁点由食物带来的热量也很快被她消耗进更躁狂的叫喊中。你走啊,你走,你给我走，你就让我去死，她忘乎所以地喊着，直到看见死神果真站在面前。此后她的哭泣变成真的哭泣，人也似乎温顺不少，跟温姨回忆起人生最为遗憾的几件事，并交代自己要吃丸药，吃丸药身体就会好过些。然后大概是想到这一切都是谁造成的（她怎么可能会反躬自省，想到是自己造成的呢），她捉住温姨的衣领，半坐起身，愤怒地诅咒起来。

诅咒完了，她恶狠狠地对温姨说："你到时候看着。"

"好，我到时看着。"温姨说。

这样，老妪才死了。

守夜时瑞娟回到家，及腰的长发剪掉一半，嘴上涂抹有深红色的唇膏，野性，危险，富有攻击性同时夹藏着无尽的委屈。她看起来想调整自己现有的姿色以取悦于人，又想将自己彻彻底底毁掉。她的眼神犹如云雾，直到老家伙跷腿过去一两个小时，她的手机仍然关机。她应该是走有翼飞翔的消息里听说祖母死讯的，人们说，在鸡公岭，一名力拔山兮气盖世的老妪将自己活活气死了。

她回来时，第一阵到来的雨水已将鞭炮渣打湿。门前临时牵来一盏灯泡，门楣贴着白色的对子，写音容宛在。那些她的叔叔伯伯，穿着带泥的黑色雨靴，弯腰坐在一楼堂屋，沉默地抽烟。总是抽到一半，就有人拆开一包新的，挨个地发过去。有唉，他们一边说一边接过来夹在耳郭上。他们一齐抬头瞧这城里的侄女，又低下头去，眼神像动物一样不可捉摸。她和他们本想打招呼，然而同时都算了。（两天后当他们从殡仪馆取来老母的骨灰瓮时，每人朝上面吐了一口唾沫，有鼻涕的还擤鼻涕，甩在上边。他们请了一台小货车来将骨灰瓮运回老家，然而在半途，因为愤怒难以平息,他们将母亲的遗骨扔进肮脏的池塘)。楼上传来少女母亲那虚假的号啕声:我娘我娘我娘唉,你怎么就舍得丢下我们先走啊我娘啊。要假到什么程度呢,就是这哭泣完全可以与人分离,人可以去解个手再来,那哭泣声一定还会昂扬地值守在尸体旁。

瑞娟的父亲,也就是细老张守候在二楼楼梯口,叼着烟,因为烟雾缭绕,他眯住一只眼。很显然他并不会抽烟。他试图掰开一只被万能胶粘住的盒子,耳朵与肩头则夹着手机。他一边看着瑞娟走上来,一边在电话里处理着已经是这个小时以来的第三件事(第一,他令儿子,也就是瑞娟的弟弟,瑞江,勿回,现在是备考关头,复习要紧;第二,火葬一事,殡仪馆不愿派车可以,届时我们拉回乡下土葬,别说我们违反国家政策。还有,遗体接运本是殡仪馆应该负担的义务,我们付钱他们都不接运,我就不知道他们意欲何为;第三,拆迁,如果拆的是我一家,你们怎么拆都好,我一万个同意。问题现在商铺一家连一家,东家共着西家的墙,我能做自己的主,做不了隔壁邻居的主。我昨天是这个态度,前天也是,望你们能理解,这跟我是不是党员,是不是人民教师没有关系)。这是他第一次看着女儿以这样的姿态走到眼前。没有脸,没有鼻子,没有眼睛也没有脖子。在他视线里慢慢朝上移动的是一个年轻女子的头顶。头发刚铰过,看起来像盆栽的酒瓶兰,叶片般的发丝蓬起,又朝四个方向下垂。他在那里看见轻微的战栗(那是因为她对他充满敬畏)以及几根过早到来的白丝。不单我有了白丝,我的女儿也有了,他悲伤地想。同时在对方走上来时,加重语气,把每一个字都拿捏清楚了说:"你干的好事。"

他看见女儿的膝盖软了一下,人也哭出声来。"哭什么哭。"他补充道。接着他对已经收工的妻子(那忠诚而愚昧的仆人)说,自己先回河边去了,可能回来,也可能不回,有事情打电话。作为一个体面的人,临走时他还朝滞留于此的东邻温姨再四致谢。“这有什么好谢的。”后者一边答应,一边将那看起来伤了神的主妇扶往后房憩息。少女瑞娟因此独自据有尸体。她从草编篮子里取过黑纱,别在衣袖上,悄然移向那盖着裹尸布的老妪的躯壳。以前在二中念书,课间休息时同学们会疯狂奔向铁路坝,去参观由草席随便盖着的遭火车碾轧的尸首。人对死亡的好奇,是一种与生俱来的本能,现在也是这样,虽然少女看起来在这一天已经历了太多的事,精神已极度疲劳。老妪朝上翻着眼白,嘴巴与鼻腔大张,几颗没掉完的牙齿像是乱石伸在外边。她就像是在打鼾的途中停顿了,接下来还会把剩余的空气吞进去。那些听讲的姐妹后来说:“神对以色列说,约瑟必给你送终,将手按在你的眼睛上。然而张奶奶到死都是睁着眼的。”

然后是少女在哭,这种哭充满对成人那种哭法的模仿。瑞娟捶打床沿,高声谴责自己没有给祖母好好做饭,正因为没吃上这顿饭祖母死了(“不是吗,不是吗,难道不是这样吗?”她自问自答着),同时她也没有在祖母临终时及时回到她的床前。她就这样像模像样地将责任揽在自己身上,却不曾想,事实就是如此。后来不知怎的,也许是想到人生种种不愉快和绝望的事,少女索性放开缰绳,纵情在尸体旁号啕起来,哭到急切处,甚至不惜跺脚。温姨匆忙赶来,拍打少女的背部,说:“要得啊,要得,哭成这样就要得,别伤着了身体。”可是少女还是“我婆啊”“我婆”地叫唤下去,几次翻白眼要昏死过去。温姨就这么一直照护着,直到少女回到这理性而正常的世界。她脸上泪痕犹在,人却已彻底冷静。她冷静,同时又带着不解，几乎像是小学生那样懵懵懂懂地跟温姨说："我搞不懂我婆为什么要说这个，我刚刚好像听见她说：我要是死了，就一定把你带走。"温姨几乎是条件反射式地站起身，脸色煞白。半小时后她回到自己家，照镜子，发现自己的脸仍旧煞白，不见一丝血色。直到现在，一想起瑞娟对她说出这样一句话她仍旧感到身体发冷。因为在老妪就要死的时候，她听见老妪也是这样说的，一字不差："我要是死了，我就一定把她带走。"

为了证明自己所言非虚，老妪攥紧温姨的手，说："你到时候看着，你看我把她带走不。"

有些人回忆，半夜的时候，他们在柳湖酒吧看见佩戴黑纱的少女张瑞娟。祖母的死让她有了酗酒的借口，她总是说，你知道吗，我婆死了，养我长大的婆死了。她一边说一边抛洒泪水。大雨下了一夜，像是《圣经》上说的，大渊的泉源都裂开了，天上的窗户也敞开了。清晨，环卫工人李诗丽发现瑞娟俯卧于水洼，已经死了。李诗丽后来返回现场。两名戴棉纱手套的雇工在法医指挥下将尸体翻过来，人们发出惊叹声，在尸体发白的腰部那里有一个尖锐的凹洞，那是因为尸体压在石尖上压了一夜。李诗丽一直心疼地注意着死者右手中指佩戴的那枚发光的戒指，她曾长时间做心理斗争，要不要将它捋下来。

法医否认是他杀，更否认是移尸于此。"如果是自己溺死的，这么一口水怎么能溺死自己？"细老张说。"那是你没见过而已。"法医小袁说，小袁毕业于赣南医学院，五年本科，高才生，人们比较信他。最终，细老张抱起女儿湿漉的尸体。她眼睛就像死鸡的眼睛，微闭着，留一道缝，牝鹿般的细腿极为松弛地垂下。她如今是那么瘦，和童年那个肥胖的小孩已完全不是一码事，她将自己减肥减到不足70斤。起初，细老张听说消息朝这里跑时，怎么跑也跑不起来，走又嫌慢，因此他是跳，一路将自己跳过来的。一看见自己的女儿，他就忍不住大把地掉下泪来。

献给蔡柏菁

虎狼

1

我像一名隐身人出现在研测所门前，我的脚步夹杂在一群迁徙归来的人的脚步当中。为首者拉着拉杆箱，固定脚轮在鹅卵石上滚动，自北向南，穿巷而过。五点过后，天色每隔几分钟就变黑一大块。他们一个个穿得像牦牛那样隆重，以抵御故乡那著名的湿冷。我悄悄停在研测所门前，只有它还有生意。鱼先生与一位缩着脖子的妇女坐在取暖器前，翻来覆去地晾晒手掌。“是啊是啊是啊。”他们极为亲热地回应着对方的话。

之所以叫鱼，是因为他的脑袋长得像鱼头。因为双颌前突畸形(龅牙)及鼻梁骨凹陷,嘴唇成为他头部最突出的部位。勉强闭口时,下唇下方与颏部之间便有明显的软组织隆起。在上唇两侧各有一根长须,与鲤鱼较像。

鱼的这种流线型构造便于其在水中快速持久游泳。鱼先生一年四季几乎都像乌龟那样伸着颈部，使脑袋及处于脑袋最前端的唇齿游离于身体之外,似乎也反映着一种进化的力量。自从那扇光明的门被永远关上之后，他便充满探听与倾吐的欲望。他是如此渴望获取外界的信息、如此渴望与外界发生交流,他不停地侧过脑袋倾听,不停地问问题、笑及讨好对方。为招待来客,他置办出两条长板凳,每条可坐下四人(尽管在一些顾客看来,算命应该是一件私密的事情)。当我悄无声息地走进去时,那穿着茄紫色羽绒服的妇女无声地转过脑袋,朝我看来。我后边跟着一位穿槐黄色呢子大衣的妇女。这个时机比较好,后进来的以为我是里边的,里边的以为我是外边一起进来的。我几乎和来者同时坐下去。她坐向南边那条板凳,与先来的妇女坐在一起,鱼先生轻轻转动取暖器,使后来者也能得到暖光的泽被。圆形的反射罩发出炫目的光芒,像向日葵一样,总是朝向来者。我坐在东边那条板凳上,后来者略微不安地看了我一眼。我又不认识他,他也不认识我,我想她是这么想的,她转过头向鱼先生报出生辰八字，这没什么不妥。我尽量让呼吸平稳。我可是堂而皇之地让自己藏在他三尺之内啊，都闻得见他裤裆里烘干的臊味。

他信口开河地说起来。和以前在这条街(东街)北口看见的他一样，只不过手中少了一把二胡。以前他们瞎子一字排开坐在墙根，一边晒太阳，一边等待顾客。现在他们都在靠南口这边租下门面，自立门户。鱼先生的叫袁天罡研测所，室内只有一块电表、一根挂起的秤、一台饮水机及一只快到点时发条就会抽搐作响的座钟。北风沿着巷子一路吹来，吹进屋内，我有些倦意。他尽在胡诌啊。我回头看了眼，街道更显孤寒，对面卖袜子的女子跺脚如鹤，很久才跺一下，一直提着那条腿，然后找个机会再跺下去。我转回头来时，猛然看见他整张脸对着我。我差点站起来。他的两只没用的、蜡白色的眼球正盯向我，脑袋轻微摇晃。我被那双眼睛所呈现出的完全的空洞吓坏了，就是在这空洞中藏着极大的愤懑：我不希望有人偷偷出现在身边，捉弄我，真不希望。她们跟着来看我。我努力使自己相信也使他相信，这只是瞎子常有的自我惊扰，他们经常会以极有把握的姿态做出漫无目的的攻击。我可是一点声儿也没出啊。我屏住呼吸，等待他慢慢安心下去。然后就在我也跟着安心下去——他松弛下来继续和穿呢子大衣的女人说话——时，他忽又转过头来，对我露出极为怪异甚至是嘲弄的一笑。我脸色红透了，尽管他什么也看不见。

我低估了一名领主保卫其领地的警觉性，同时也低估了一名瞽者在感知方面的异能。也许骑行人路过时像燕子一样擦掠而去的影子也能使他心惊(我在师专时的哲学讲师曾反复宣扬“影子是有质量的”——“存在即为质量，比如影子、光”。然而我相信，敏锐的瞽者确能察觉到那短暂经过的阴凉，捕捉到气流的细微变化），更何况我还是带着一身的味道进来。长途旅行的味道深藏于我的头发、外衣以及手套内，无法甩脱。她们说话时是朝着他的，然而，只要有一两次是朝向我（特别是说到紧要处时），便足以使他确信：这里存在一个人，一个让她们不安的代表无神论的年轻人。他可是终日坐在这里，嗅觉、听觉、触觉被切得四四方方，像篱笆一样扎在他租下来的面积里。从前我听说，一些神奇的瞎子，拥有比常人更强的发现事态的能力。他们仅仅因为听见十几米外的路人停下咯噔咯噔的脚步声便判定自己身后有一位犹疑的陌生人，他们转过身来，在对方向自己打招呼前，向对方打招呼。

我们总是忘记这一点。

鱼先生继续其无耻的演说。对他而言，只需张开口袋，那因轻信而总是迫不及待出卖自己的穿呢子大衣的妇女便会自己跳进来。这样年纪的女子总是算命先生、魔术师、感情骗子最好下手的对象。我只认真听了一会儿，便昏昏沉沉（他的语调里有着某种滑稽的音乐性，使人的意志瘫痪，催人入眠）。在我看来，他的表演实在是有点肆无忌惮：

起先，念一段口诀：

□□□□□□□□

□□□□□□□□（押韵）

其次，解说口诀，说模棱两可之话（如“比上不足比下有余”），察言观色，旁敲侧击。

第三，等待对方透露信息，仿佛在A或B间做二选一。

第四，坚定批断。对方如透露更多信息，则大声抢白，将结论据为己有。

如此反复，算过对方现在的年龄后，处处批断，有若法官逐条宣判。

在鱼先生说出“我们不妨将计就计”的话时，我忍不住嗤之以鼻。然而还是挡不住两位妇女交相称赞他的神奇，她们总是将自己告诉对方的误会为对方告诉自己的。是啊是啊是啊。她们和他热切地回应，这种忙不迭地热忱与全然沉浸其中的兴奋，就像是在内院听见阔别多年的亲姑来访。这会儿，那返乡队伍中的落伍者经过研测所，对我说：“待这里做什么呢？”

“待这里听一下子。”

（有时逛商店，店主亲切地走过来，问我看中哪件，我也会散漫地说：“只是在这里看一下子。”）

“别晚了。”他快步走了，带着赶不上车的焦灼。

天在数分钟后黑完。两位妇女先后起身，鱼先生跟着起身，全身心地笑着。“是一张二十的。”穿呢子大衣的妇女说。鱼先生谦卑地接过去，取出五元来，找给对方。她们一走，我就像失去庇护，也要走掉。这时，借着取暖器投射出的光芒，我在盲人脸上看见我们常人常有的滔滔不绝之后无法自处的尴尬。我何以如此之饶舌啊，我想他的心灵此时空空荡荡。然后是残存的略带羞惭的笑永恒褪去——像一朵铁花残酷地收拢——取而代之的是极为深刻、尖利的冷漠。戏散了，舞台空了。他摸着钱上的盲文，将它折好，缓缓塞向裤腰处的暗兜，又捏捏那里的厚度。然后站在那里，掐起手指来。我准备像进来那样，悄无声息地出去，听见他说:“你爷爷是不是艾政加？”

我双腿一抖，心脏出现失重感，就像有一个衬垫的东西等在它每次跳落的地方而这一次那东西不见了，内心再没有比现在这样更慌乱的了，最深的恐惧在身体内生根发芽。我的爷爷是艾政加、父亲是艾宏松、我叫艾国柱。我不知道接下来会发生什么。他跟着往外走，冷漠无情的脚步声在我身后探索。我走到巷道。“你应当——”听到他要说下去，我跑起来。跑到罗湖停车场时，我呕出一口水。开往我出生地的中巴车此时正好发动起来。他们都说我的头发全然湿透，像淋了一场雨。我没有和他说过一句话。我跟那两位妇女没有任何关系。中途没有人过去提醒他我是谁。事先也不可能有人会去提醒我要来。这是我第一次靠近他。我外出十一年，我是藏身于此县四十余万人口里的一位。我只是和一位熟人(我相信他和他之间也从不曾交流)说过一句话。这么多人，这么多条鱼，缘何他对我一击即中？我趁着他没说出什么(“你应当——”)便跑掉，我相信爷爷当初就是这样一下掉进他们圈套的。

爷爷曾是一名干部，手头辖有 40.47 平方公里的土地。在他的部属正义凛然地审查那些眼神与语词均游移不定的江湖术士时，他由着好奇，去翻阅那些缴获的书籍。对他们，他的态度是轻蔑的。正如多年以后，已是中学生的我，对在抄来的命书上做笔记的爷爷，态度是轻狂的。我斜眼看着这在迷途上一去不返的亲人，既憎恶又同情，对他的训斥总是令我疲倦不堪。“你难道不知道这只是一场把戏吗？”我说。直到今天我仍然认为，算命只是一种魔术，它有悖于诚实。根据一篇文章的说法，魔术的关键是将观众的注意力转移走，然后利用他们的“未注意目盲”(inattentional blindness)动手脚。命书便是障眼法，是魔术师口中吹出的仙气，真实的则是六术：审、敲、打、千、隆、卖；是对你底细隐私的疯狂扒窃。而我的爷爷却沉浸在对命书的钻研之中不能自拔，到最后，人家终于不堪其扰，说：这就是骗人的，一套套都是骗人的。他在愕然之余，愤怒地说，你不肯告诉也就算了，何故如此。主动与对方绝交。爷爷因痴信走向疯癫，死于狂躁。因为他悲剧的生涯以及我们命运上相应的波动（我们跟随他从城镇人家变回为农户），我们认为，那些神秘社会的人为他设了一个局，苦心孤诣，步步为营，在做很多铺垫后，毕其功于一役，擒捉住爷爷。

"这怎么是把戏呢？"爷爷困窘地为自己申辩，"这件事根本没办法用巧合来解释。"

今天，让我全身像是爬满毛虫的也正是这一句话。我曾设想过算命先生的猎杀，以为它像斗牛，有漫长的过程（引逗、穿刺、上花镖等），我自信能及时抽身，然而就在这自然放松之时，他猛然出现，一击即中，以带钩利剑刺穿我的颈项，我为它可怕的精准颤抖不止。当中巴车驶到那有如闪着微弱火光的坟丘的村庄并就此熄火时，我接过拉杆箱，跌跌撞撞下车，三步一回头，朝家中走去。我生怕穿着布鞋的鱼先生出现在后头（在他的世界里没有光明与黑暗，也许在我们的黑暗中他反而能健步如飞）。在关上家门前，我还对着虚空般的黑暗默默看了好一会儿，直到确信什么也没有。母亲找来干毛巾，塞向我湿透的背部。"都这么大了，还不会照顾自己。"她说。她的个子仍然是那么矮小，动作仍然是那么粗暴、有力。只是我知道，在她的脸上，早已出现像橙皮那样的腐烂斑痕。

有那么几小时，我陷入可怕的狂躁中。我越是知道它的危害——我的爷爷因为过度思考，长久失眠，时常像失控的水龙头那样将食物喷射在床上并最终死于脑溢血——便越是控制不住身陷其中。我仿佛离答案很近,只要找到一根合适的草茎,便足以捅破那层窗户纸,然而到头来却还是一无所获。为何啊,我在漆黑的夜里坐起来,想去县城找那个人,掐住他的脖子,让他说出个所以然。我的脑子里缠满铁丝,最终我是依靠对自己的严厉命令才睡着的。不要成为神奇的牺牲品,我说,不要。

大清老早,我找到司机与昨日提醒我早点赶车的堂兄,他们均否认自己与鱼先生认识。然而就在此时,我却觉得事情再简单不过。仿佛,那太阳的光芒一来到田野上,人们的心智与理性便恢复了,整整一夜扑打在身上的器物与声响——那虚张声势的东西——便都不复存在,而他也变成一位伎俩败露的老头儿,窝在角落瑟瑟发抖了。“有一句话就够了。”我的堂叔艾宏仁说。他在村小学教数学,当它被撤销时他调往乡中心小学,然后又在它恢复时归来。他翻出 1989 年出版的县志,在第 446 页,列有敝县方言的分区:

县城官话区:溢城、桂林

乡村官话区:北乡八乡镇——武蛟、白杨、流庄、码头、南阳、夏畈、横立山、黄金;西乡九乡镇——高丰、洪下、大德山、洪岭、九源、范镇、青山、横港、峨眉

西北赣语区:花园、肇陈、洪一

西南赣语区:和平、乐园、南义

当时,我是自北向南通过东街的。在下午五点这样结伙行进的,只能是归乡的旅客。正如早上八九点从这条街向北而去的,多半是进城

者,因此东街也被建造为农民进城的集市。对那些城里人(包括住在城郊罗湖村的村民及商户)来说,他们宁愿多走一两里路也不愿抄这个近道。在东街尽头,像口袋一样张开的是烂泥塘般的罗湖停车场,它负责停驻这些乡镇的来车。

堂兄说:待这里做什么呢?

我回答:待这里听一下子。

这一句话便足以将范围缩小一半。我们是一个彼此通话感到困难的县。西北赣语区受鄂东南赣语影响较大,西南赣语区则受昌靖片赣语影响较大,与官话泾渭分明。"待这里"是常用词,其读音分别如下:

西北赣语区:dē gé biān(边)

西南赣语区:dē gé dá

官话区:dē dǎ lǐ

因此,纵使在官话区,也有诸多细微区别。比如"做什么",有地方说"做么事",有地方说"做么何"。说"么何"的地方可删除。

最终只余四乡镇。其中洪下、范镇属较大乡镇,平均每小时一趟客车,最晚发车可至晚八点。而洪岭为去往三者的必经之地。因此,在下午五点多说"别晚了"的乘客的只能是来自:九源乡。

九源两台车:

一台为上线,过范镇赵坳后,路线是主白—罗家—西垄—李畈—中源—上源。师傅是张吉昭、张吉松师徒俩;一台为下线,过范镇赵坳后,路线是白羊垄—李艾—张家湾—李畈—中源—上源。师傅是艾小毛。

自县城出发的最后一趟,张氏的车是17:20(遇夏调整,下同),路线如上,最终空车返张家湾;艾氏的车是17:45,只到李艾——我和艾小毛的出生地——便熄火。“因为我这个儿子懒，”艾宏仁说，“他说这会儿不会有中源和上源的客坐他们的车，他不开自然就没有，他说什么就是什么，想怎样就怎样。”

白羊垄是没人的，藏在密林深处的袁家垄（自白羊垄翻越数里山路可达）以前有四五户人家，忽而一日，只剩四五处残垣。因此当艾小毛在傍晚从县城发车时，赶来乘车的只会是李艾的人。李艾由李家湾、艾家湾组成。出于某种尊严，李姓人自去年起约好只乘张氏的车，村庄与赵坳间的数里路依靠步行——虽然艾宏仁去李家每户散烟请罪，然而最终还是没能改变他们的决心。最终在17:30去赶车的只能是：艾姓。

鱼先生对这些了如指掌，这不过是常识罢了。这些常识本乡本土的人知道，混迹于停车场的小偷知道，在东街的商户也知道——他们总是在傍晚分几次出来，瞅准那去搭车的路人喊减价的信息，只有常年在外的我不知道。你不需要知道，堂叔艾宏仁看着我时，眼神充满体谅，又带有一种试探性的责怪，相比来说，你才像是个瞎子呢。我在想鱼先生，他总是坐在研测所内的那片阴暗之地，张开所有感知的器官——有如暗夜中猎食的猛龙悄然耸动巨翅——捕捉着来来往往的信息，有时这些信息根本无须他去打捞，就像飘进屋内的细雨自然而然地淋在身上一样。他关心交通、天气、人事、治安、政策、征兵、开业、考学、招工、放贷、防疫、殡葬等属地信息，更关心人的信息：只要有一人来到研测所，他就能勾连出来者与很多人的关系（那些在百里地嫁来嫁去的女人像一根根飞线，系紧本地几乎所有的家庭。比如董加洪、董加源的妹妹董春妹嫁给朱志忠、朱志芬、朱志华的哥哥朱志亮，朱志华在同学吴小明家开的汽配厂担任经理，朱志芬是吴小明兄长吴小勇前妻，吴家四姑吴爱武嫁于横立山陈绪平，生下陈刚、陈勇、陈丽、陈强，其中陈勇考上中国政法大学，毕业分配于地区中院，与周老二独女周海燕结婚。所有人与所有人存在关系，所有人都像是近亲的后代，拥有着乱伦的放荡)。他总是启动脑子里的齿轮对这些关系进行运算，进入深夜后，还会舔着手指慢慢地翻心灵里的这本记载终生的数目账，比对核实。这是一本巨账。天气晴好时，他还会像年轻时那样，到乡下云游，像人口普查员那样，挨家挨户，用竹竿敲打他们的门扉。这本账就是他的全部财产，他占有了所有的人——如果没有对他们的记忆，他就像一叶飘萍，随波逐流，遗失在无知的地界，他不会被人们隔离于社会，却会被自己放逐出人间。

其实我们也是一匹记忆的巨兽。我们有同样的忧虑。四十岁后，我们便都能记住本地的上千人以及他们之间的逾万种关系。鱼先生在社会上闻名，还因为他拥有三段婚姻，每一段的开始与结束，他都是主导者。

艾家湾原有五十余户，在一股进城落户的风潮之后，只剩三十户。

我的声音是中年人的声音:三十五至三十八岁。别人听就是这样，大致如此。家还没离开艾家湾的，具备这样条件的有三人:艾施军、艾施全、艾施坤(艾国柱)。因为几年前的车祸，艾施军在坟里。艾施全起初在白羊垄散养土鸡，后来饲养土猪。余下一位，就是那传说中不要公职出门打工的傻子——艾国柱，出去十一年了，身上藏着方便面、香水、混合型香烟、烫发水的味道，以及数日不曾洗浴的馊味。他穿的皮鞋散发着新鲜的皮革味道，甚至可以依据这奇怪的味道断定那是双棕色的皮鞋。

艾家湾近三代的字辈是政、宏、施。政字辈只有七人，宏字辈二十一人，施字辈近七十人。犹如大树，节外生枝，枝繁叶茂。对于这些孙子辈的来说，人数众多，我不肯定自己能记得清，但对政字辈的来说，还是记得牢的，鱼先生想，我可以问他，你爷爷是不是艾政加？

2

促使我在还乡后专程去看一趟算命先生的（我走过东街近十间算命门面，只在鱼先生这间看见还有生意），是一个故事。这个故事让我对地球上所有的女性有了深刻的认识。事情发生在老杨树镇，一个距离我工作的城市三十六公里的小镇。每周我去城里工作三天，回镇上休息四天（十年前，在老杨树边，倚靠着大礼堂的，只有几家路边店，旧轮胎悬挂在窗外，自来水不停从大红塑料盆溢出，冲洗着地上的羽毛与鳞片。一条有如潭水漆黑的柏油路奔向天边。现在它有三四万人。每天，几十架飞机从楼宇后悄然升起，银灰色的机身在地上留下巨大的阴影）。起初，小镇的人，张三或李四，每人只占有这故事的一部分，在某人开头后，他们便迫不及待地将它拼凑成整体，就像是共同编织一床巨大而神奇的挂毯。最终，他们都觉得自己拥有故事绝对的私有权。他们越讲越多，以至于内容早已超出原有事实，然而他们还是觉得远远不够。“这真是让人极为惊愕的一件事啊。”他们说。仿佛看见那布匹般的血，再次抖到白色轻卡的前窗上（车身在猛然刹住后前倾了一下然后才回位）。司机安房瞠目结舌。他不敢用雨刮器及抹布去处理，直到干燥的空气使血渍变成一块块发亮的胭脂色碎片，自然掉落下来。这个故事传播的半衰期是如此之长，以至于在我无数次进出小镇无数次错过它之后，还是不可避免地听说到它：

俊锋的妈

或者说，陈宗火的女人

一位五十多快六十岁的寡妇

没有任何值得一提的伟大经历

也没有哪怕是微小的一桩丑闻或一场闹剧——只要是对自我稍加重视，人便容易出现这样那样俗气或华丽的悲剧不是吗——她穿着

藏青色或靛蓝色的衣服(有时褂子上染着瓢虫那样的圆斑)

像枯叶蝶、尺蠖那样

作为一只拟态动物，隐身于人们眼前

时光一次次在墙壁以及墙壁的空隙上流逝

死亡像一艘极为平安的船缓缓驶来

那个她——人们最终因为某件事记起她时，要想很久很久，才能勉强得出一个结论

在这世上唯一的使命，就是不停惦记她两个儿子中的一个

像悬崖边的少女，双手合十，低首，颤巍巍地

惦念走在钢绳上的情人

星期四的下午，在给他打过电话后

她感到一阵慌乱

这是一种基于对话的逻辑过于正确的慌乱。这个女人在儿子的应答中读出间谍试图通过岗哨时会表现出的忍耐，他们点燃长长的雪茄，

摇着礼帽，表现得十分配合，仿佛愿意在这里待上一个下午。这和往常可有点不一样。往常，他总是烦躁地说“就这样”，挂掉电话。有时，听得出来，他摁的是免提，人走来走去，总要在她说话后很久，要经过一阵可怕的静默，他才意识到自己有一项义务要尽，因此回答：哦。有一次在等待答话过程中，她眼见着一枚国家的火箭在电视中起飞，在近乎静止地上升很久后，悄悄消失于太空。他是如此不愿搭理她。起先他们一周通三次电话，后来降为两次、一次。都是她打过来。“一周一次，就这个点打过来，懂吗？”他说。

今天，他对答如流。

就像足疗城门口穿大红袍子的迎宾一样温柔，甚至是带有一丝惶恐的温柔。

这样的慌乱出现时，多数时候只为证明她是一位敏感多疑的女人，然而有一两次——比如他奇形怪状地微笑多日后，被她挽起裤腿，发现那条腿已肿胀一倍，布满黑色的瘀点（“要是长坏疽这个人就废了。”陈宗火叫骂着，背着他朝卫生院狂奔，而他歪着头，眼带一丝醉意，嘲讽地看着跟在后面奔跑并受到巨大惊吓的她）——便足以证明他是铁了心的叛徒。和他两位夭折的哥哥一样，身在曹营心在汉。从出生起，他的眼神就不对。两位哥哥先后死于传说中的被窝杀（一种发生在睡眠时的莫名其妙的呼吸衰竭），这使她以及陈宗火更为紧张。他就像他的哥哥一样不声不响，似乎在一心等待死神的到来，仿佛那才是他的亲爹，他在等亲爹来接他走。仿佛这等待就是他的事业，而她和陈宗火耽误了他很久很久。

她重新打电话过去，期望能得到他的批准。

“我又没事,你来看我干吗?”他说。

“我就是觉得你有事。”她说。

“你觉得我有事,就有事啊。”他说。

“是啊。”她说。

“我没事。”

“你一定有事。”

“嘿,我骗你干吗?”

“你有事。”

“我说了没事,没事就是没事,我骗你干吗呢?”

“没事,那你咳嗽干吗。”

“咳点嗽不很正常吗?你不也咳吗?”

“你一定有事瞒着我。”

“你这个人怎么说不通理呢,我瞒你干吗?”

“反正我就是要来。”

“别来了。”

“你别管我。”

“我一再说了没事,没事,没事,没事,没事你懂吗。要是有事你来也就罢了,没事你来干吗?”

“就是没事,我去看你一下也不行吗?”

“不行。”

“我偏要来。”

“你这死老女人怎么这么烦呢。”

“我来不是看你。”

“那你看谁。”

“我来看别人。我看别人。做好人好事,带东西去看别人还不行吗?”

“好,你就去看别人吧。”

她以为他挂掉电话了,又听里边传来恶狠狠的一句,“你他妈真有病你知道吗,你真他妈有病”。她失神地站着。不是回味来自儿子的羞辱,而是和往常一样,任自己和自己辩论。第一个她就像是他的继母,或者说是隔壁的婶娘,第二个她是他的亲生母亲。第一个她说:我从不让我的儿子笑话。第二个她脸涨得紫红,忍受着第一个她连篇累牍的数落,最终顽强地说:又能怎样呢,我去又能损失什么呢,不折一分田一分地。因此,这个女人最终是凭借自己心里忽闪不停地不安(也许仅仅是因为当日饮茶过量才导致的这心悸吧),在这个下午昂首奔向十几里外的老杨树镇的。

“她就像是只猴子从巨大的载重自行车上跳下来,”开面馆的秋晨说,“她说她打算回去,因为她想起来,上一次她儿子也是这么说她的。”面馆像岗哨开在村道尽头、距离老杨树镇柏油路只有十几米的地方。要到两个月后,俊锋的妈才会再来这面馆一趟,当时她看起来饿极了,狼吞虎咽,鼻尖和额头不停地出汗。“我做的面有这么好吃么?”秋晨说。

“可好吃了。”俊锋的妈说。

吃完后,她直视贴在冷柜侧面的海报(在那里,潘玮柏正仰头痛饮一瓶可乐),悄悄将餐巾纸挪向桌边,抓进裤兜。“一大沓,有十几张,”秋晨说,“她以为我没看见,或者说,以为我看不见,再或者,以为我看见了也不会说。她可是以为对了。当时我想,都这时候了,还知道占便宜,那就说明这个人没事。”

她扶着自行车，对秋晨说，上一次也是这样说，你这死老女人怎么这么烦呢。他越是这样说，她便越是要来，但上次来时什么事情也没发现，他像是被污蔑了一样，极为愤怒地咒骂她，叫她滚回去。因此她在犹豫，这一次会不会和上一次一样。秋晨忍不住想提醒她（就像知道谜底的人奇痒无比，想对即将走错方向的人做出暗示），然而，在就要接触到对方胳膊时这名厨娘还是停下了。如果告诉对方……秋晨预测不到这样做会带来什么风险，或者不带来什么风险，没有比伪装成不知情者更安全的了。秋晨清清嗓子，像上帝一样，慈悲地看着对方在原地打着转儿。她看起来只有自行车那么高，想起她如何骑上去都是很滑稽的事，然而她真的骑上去时是那么庄重。她在看了眼时间以及自己已走过的路程后，蹬上几步，提起右腿越过车架，稳妥地骑向镇上。还早，她既像是和秋晨说话，又像是和体内养着的一个小人说话，就快到了呀，再说，这镇上凭什么就是你一个人的镇上。

在这过于光明的下午，镇上的人在失望中走出门来。二十分钟前，派出所和交警中队的警车开出来，鸣响警报器，守在几处路口，拦截车辆。他们的对讲机不停响着，就像有一支舰队要哗哗地驶来，然而谣言只传了几分钟便停息了：并不是什么开国上将而只是一批人大代表要打这儿经过。情况就像预料的，在一辆开道的警车疾驰而去后（它的警报器只是哇地叫了一声，非常突兀），一辆浅棕色的中巴车紧跟着跑了过去，仅此而已。然而他们多少还是朝后边望了一眼，直到寡妇骑着自行车疾驰而下。

她嗖地就飞了过去。

那些认识俊锋以及她的人，禁不住半抬起手，朝前挪动脚步，然而很快便被一种痛苦挡在无形的界线内（就像是水族馆里的鱼焦急地挤向玻璃墙，然而知道自己无法唤醒那匆匆行走在透明海底隧道的懵懂的游人）。在寡妇那张发皱的脸上既没有悲痛，也没有不悲痛，有的只是毛主席所说的认真二字。她在极为认真地骑车，朝着儿子工作的地方。自行车掠过寂静的街道，快得看不清车轮上的辐条。对人们来说，这是一种无能为力的、很难去和当事人分享的痛苦，甚至可以说是一种市侩的痛苦。上一次他们如此痛苦，还是看着一位父亲眯着眼，叼着烟，以一种好奇的心态挤向塘岸（他不知道自己何以一下拥有如此大的面子，会让人们一个个让开他。他的独子作为死者，正像一条剥皮的死狗，淌着水，躺在草地上等着他）。

从这个下午起，镇上的人和秋晨一样，都只能是带着无用的悲伤，远远站着，看着她一步步闯进事实，沉溺于事实，在事实中挣扎，并在挣扎中沉沦。那后来发生的悲剧就像一把锥子，戳穿人们的内心。它看起来是如此意外，然而又像是命中注定。

寡妇将在这趟旅程的尽头听说：

她的儿子，三十三岁、至今未婚的俊锋，将在三个月后准时死去。

这是经过两位教授（其中一位是博士生导师，一位是硕士生导师）反复测算出来的结论。那天，他们像将军一样从医学院大巴下来，身后各跟着十几位狐假虎威、不时睥睨地看往群众的学徒。本地卫生局长亲自带路，在跳上镇卫生院那污秽不堪的台阶时，他们的大褂下摆翻滚起来，阵势煞是了得。因为来者太多，病房内的另外三位病友被赶出去了。俊锋出现短暂的兴奋。他内心闪耀着一种能为医学界做点什么的光荣，他对医学一无所知，然而他知道自己是一具宝贵的活体。未来，也许还会是一具宝贵的尸体，长久泡在福尔马林药水里（而在整个养病期间，他死气沉沉，身体仿佛早已躺在停尸床上，只等呼吸慢慢耗尽）。同样感到荣耀的是镇卫生院管放射的刘大夫，正是她慧眼识珠，从一堆影像里发现的这一疑难病例。随后在结研所（结核病研究防治所）、市二院做的系列检查（包括痰培养、增强 CT、CT 引导穿刺、气管镜、骨穿、淋巴结活检及七十多管的抽血等）证实，它

既是肺结核，又不是

既是肺栓塞，又不是

既是尘肺，又不是

既是间质性肺炎，又不是

既是细支气管炎，又不是

既是真菌感染，又不是

既是肿瘤（肺癌、淋巴癌），又不是

既是血管炎，又不是

既是 IgG4 相关性疾病，又不是

这是一种似曾相识、模棱两可、可以诊断又无法诊断的严重的病。它具有多重相似性，然而又总是从内在的某处否决它就是具体的某种病。也许未来的医学杂志会给它一个响亮的名分，给出一个解决方案。然而目前，临床大夫只能是安慰性地给病友吊些消炎的药水，或者为了对付一下咳嗽，开点阿斯美。每天，他就像自我蒸发一样，不可逆地瘦上一圈。因为自身无能为力同时为对方省钱计，他们让他返回镇卫生所。医生一开始瞒了俊锋一个月，然后他又瞒了家人差不多两个月——她总是有理由让他感到羞耻（要么穿一件背部印着厂家名字——譬如“雪

津啤酒”的全涤纶蓝色劳动服，要么穿着那双冬瓜绿解放鞋），因此他一直拒绝她进镇，以免损害他作为镇里人的身份——直到她在强烈的不安主导下，自行闯到镇上来。两位教授翻出压在床底的CT片，对着亮光举起它，互相指指点点，你看，密密麻麻的，比以前那张有很大进展，而且还在发展。这让俊锋想起以前几次所受的惊吓。他去结研所门诊检查时，等化验结果等了一周多，当他重新挂号找到大夫时，对方忽然焦急地说：你去大医院住院吧，我们是小医院，这样查一项，那样查一项，都是一周后取结果，都把你耽误完了。还有一次，在市二院，管床大夫看了验血结果，痴立好一会儿，才说，怎么就重成这样了呢。那天，汗沿着俊锋的头发湿答答的涌出来，他全身像是出了一层黏稠的热泥。然而也正是从那天起，他彻底地对生死置之度外。就像是沉迷于游戏一样，他沉湎于对死亡的等待。他恢复了超然的特性，既超然物外，也超然于自身。他戴上耳机，长时间躺着，听一首旋律悲壮但没有歌词的歌，仿佛那即将到来的、即将在自己身上应验的死亡在这反复播放的歌声中获得了一种神性，直到难以遏制的咳嗽又将他掀翻开来。他总是命令自己，忍住不咳，忍住，然而就像赌徒输红了眼，他总是被那难忍的奇痒击败。

他给镇上几乎每个家庭都切过肉。在超市，他穿着一件白褂子，掌管肉案（和医院柔和的白罩衣不同，这件白褂子布料极厚，看起来像是桌布改成，而且经常起毛）。人们喜欢找他，是因为只要走到那里，他就知道从哪块肉里切出自己需要的那块来，然后按照他们的心意切丁、切块或者切片。肉分里脊、梅花、五花等二十余种，定价各自不同，然而顾客无论是要多少钱的，还是要多少斤的，他都能一刀切准，误差小至可忽略不计。后来大家认为，也许是为了避免与人做过多交流，他才反复钻研，下刀下得如此精准。这是一位间或轻咳一声、不爱说话的小伙子。他的悲剧诞生于一个上午，正在他一边咳嗽一边将一扇猪肉分开时，斩肉斧停留在半空，打他喉内飞出一块黑红的血团——有李子那么大，或者有较大的樱桃那么大。他眼睁睁看着它飞到猪肉上：一道明确的飞坠而去又像根本不存在、只是一阵幻觉的弧线。他对着那咳出的东西发怔，好像在分辨那是猪肉本身有的还是就是他自己的。他甚至伸出食指去摸，还嗅了一下。他没有表现出慌乱，而是用一张纸列出最近两天的进食，查找有无西瓜、番茄、草莓、枸杞等容易引起混淆的内容。直到从镇卫生院出来，他才有点虚。他对学徒小亓说，他感到有点不真实。“仿佛世界跟自己无关。”他说。那天，阳光太过猛烈，因为热浪，事物都在变形，大中午的，保安躲在阴暗的地方，卖煎饼的汗如雨下，公路上车水马龙，而他和小亓则拿着一张让医生不得不选择措辞的胸片。

在拍过胸片一小时内，他就等到结果。

刘大夫让实习生来叫：陈俊锋，陈俊锋的家属在吗。

在。俊锋说。

你是陈俊锋的家属吗。

我是。俊锋说。我也是本人。

你来一下。

这意味着他拥有了某种待遇。别人都是领了片子去看门诊大夫，而他要先被放射科的大夫召进去端详一下。刘大夫很多话只说到一半。她说还要和门诊大夫商量一下。门诊大夫让他最好能及时去结研所查下结核，同时到三甲医院查下恶性病变的情况。那时他还不懂恶性病变意味着什么。他慢悠悠地去结研所挂号，就像他可以选择自己的病症。他选择了结核,然而结研所那慈悲的女大夫将他轰走。

教授们肯定了前任医生的做法。这让跟随而来的市二院医生以及镇卫生院上下都感到释然，他们沉浸在被赞许的喜悦中，明显话多起来。就是在这天,他们的普通话水平和举止的乡土本色,因为有京城来的权威,在乡党面前暴露无遗,然而他们还是要将这件事谈论很久。并不是每个人都能得到许教授和高教授的肯定,特别是高教授,他毕业于哈佛医学院。在是否对患者进行胸腔镜手术以及创伤更大的开胸手术上，他们举棋不定，眼看着时间在自己的犹豫中悄悄而且是坚决地流逝。今天,两位教授非常肯定地认为,他们选择放弃是对的。如果做手术,患者的寿命会结束得更快,而且即使是经手术取出更大的肺组织,也不见得能得出比之前更好的结论。一切无济于事,没办法,教授们将手插进衣兜。就像无法让熊从铁蒺藜中爬出,或者让骆驼从针眼穿过。

教授让跟随而来的、每一个执业未执业的弟子,走上来,在已经撩好衣服的俊锋的精赤的脊背上听诊。吸气,呼气,吸气,呼气,好。他们每个人都带着些微的歉意,举着听诊器的听头,一一领悟导师提及的这种怪病会出现的典型性反应。他们用眼神向已经体验过的同学示意,是的,是这样。这样的仪式举行了很久,只有俊锋一人有理由沉浸在可怕的病情里。然而就是他自己,也变得无所事事。最后,仿佛是为了解决某种置身事中又不能发言的无聊,他问:“大夫,请问我的病应该怎么治。”两位教授仿佛看见实验托盘里的青蛙说话,互相看了一眼,最后由那位一直面无表情的答话:“你需要我们做什么。”

俊锋没有再说话。

在所有来者都听完那神奇的湿罗音后（包括毕业于农校的卫生局

长)，仿佛为了弥补自己的歉意，两位教授找来纸笔，对照一沓血检单与CT影像，粗略地计算起来。他们不时小声争执，在纸上涂画(有时，其中一位还会长时间瞪着对方，仿佛在等待对方的意见，而其实是在使尽全力让自己思考)。他们就像在做一道我们在小学都会遇见的数学题:假如，游泳池内有一进水管，8小时可注满空池，池底有一出水管，6小时可放完满池的水，请问在池水还剩一半的情况下，游泳池里的水需要多久才可放完。100天，他们将下面画了两道横线的结论交给卫生院的医生，误差: ±2。在他们走后，整个卫生院都陷入难以忍受的寂寞中——五十年甚至是一百年不遇的盛景(虽然本地建院还不到五年):这个行业内最顶尖的业务人才，国际级的权威，可能给中央领导瞧过病的国医，到访。然后，不曾吃饭与合影，走了(卫生院唯一能保存到的是他们留下的那张纸，纸上并不像想象的充满方程式或坐标，倒是留下好几行俄语)。如今，水泥地面还是那么光滑、阴凉，散发着一股拖把擦过的腥味。墙体下沿那一米高的绿漆已然陈旧，甚至连时光也是旧的。

镇上有些人再度留意到俊锋的妈妈时，她已经在往回跑。想来她已在超市听说儿子的消息，自行车也扔下了返身朝着自己刚刚路过的卫生院跑去。她夹杂在一堆横冲直撞的摩托车、电动车以及装了电瓶的三轮车当中，像是在深水中迈开双腿那样，艰难地朝前跑。她身体前倾，双手提至胸前左右摇摆。我们很少看见年近花甲的女人跑步，今天当她跑起来时，才知道她甚至不如一名一只脚高一只脚低的瘸子。她的双腿始终不曾同时离开地面，整个人就像是左右扭动着扭向前边。她的脸哭丧得厉害。儿啊儿啊儿啊，在接近卫生院时，她连声悲啼，儿啊儿啊儿啊儿啊儿啊儿啊儿啊。这一次那当儿子的没有再摔开她，而是任她扑在自己身上，不停抓扯着被套。他茫然地望着天花板，发出那种再也瞒不过的叹息。那长长的叹息，就像气球戳破了，充满对她的责怪，也充满对命运的责怪。

这种痛苦从此像是在她身上扎下了根。

每当人们，或者说，每当她自己认为，她已经正常了一点时，这痛苦便像狰狞的长着尖利指甲的悟空，抓紧她的脏腑。她揉搓着头发，趺趺撞撞走向墙角，蹲在那儿，左右躲闪着——就像还有一个年轻的劳力从外边反复地踢她。她左挨一下，右挨一下，反复挨着揍。她龇牙咧嘴，欲哭无泪，脸扭曲成一团，像是受了寒那样长时间发抖。人们被这可怕的窸窣声、被这无法释放的痛楚吓坏了。直到十几分钟后她发出唉呀、唉呀的低喊，它才有点消退的迹象。如果我早点识破你这鬼东西的诡计，这场悲剧也就可以避免了，她责备着儿子，以明确的态度宣布接管他，而后者轻蔑地看着她。就像一把锁明明谁都开不了，然而每个人都想当然地以为自己而且只有自己能开，都去尝试。有时她会痴立于走廊的窗前，望着远处大烟囱冒出的生生不息的白烟，自言自语，我真该死啊，到这么晚才知道消息，我儿子都要死了，而我还活着，我真该死。每一次，当她去纠缠卫生院的医生与护士——她对他们说，你不要看我像是没有钱的样子，我有，我有两幢屋——时，都会给自己带来新一轮的痛苦。她抓着他们的衣袖或者裤脚，恳求他们救救这个儿子，招来的不过是他们对死讯的一次次强调。而在两个月后，正是他们，这些说话虽然冰冷但仍算客气、还给她从饮水机里接水的天使，将她粗暴地按倒在卫生院门前的一扇门上，借着吸顶灯，将指头那么粗的管子插进她的咽喉，直接捅下去，让水灌进她的胃里。水从她的嘴角、从管子口、从戴着橡胶手套的医生手里源源不断地流下来，沿着她的身体、门板的蛀道与裂缝以及台阶流下去，流向昨夜刚燃烧过的、尚留有一丝焦煳味的黑色泥土。她侧躺在浸得发亮的门板上，露出肚脐和蹭掉鞋袜的赤脚，像一头因受伤而昏迷的野猪，在众目睽睽之下，可怕地抽搐。

“这也是没办法的事。”在她恳求之后，他们说。暗示她最好能带儿子回家。

“就不能开药么？”她问。

“该开的药已经开了。”

他们还想说，在目前情况下，任何的下药，都不仅仅是对病情的耽误，还可能是对潜伏着的病灶的激发，比如激素。这是教授说的。然而考虑到她并不懂，他们并没有转达。

当三十一岁的女儿冬梅和二十九岁的儿子志锋姗姗来迟时，她将全部怒火发泄在他们身上。在这几个孩子当中，她最疼爱的便是最怪的俊锋，而且这种偏心是公开的，屡次声明过的，仿佛怕冬梅和志锋记不清。我就是要对他好，偏要对他好。这种待遇上的不平等从他们的童年一直延续到现在，冬梅和志锋感觉自己就是哥哥的奴隶、僮仆和下人。他们明知辩护没有用，然而少不了还是要嘟囔几句。一个说要将孩子放进托儿所，总不能将他丢在外边不管吧（志锋那出自市郊的妻子附和，是啊是啊），一个幽怨地说，你瞧，我自己也病得厉害，昨天还吐得一地都是。自从陈宗火得脑溢血死亡后，冬梅就病倒了。这个病虚虚实实，既不像冬梅自己说的那么夸张（她说脑部的血管纠缠在一起，越缠越紧，就像系鞋带一样），也不像别人认为的那样完全是诈唬（检查得出她血压确实偏高）。冬梅至今还活着，然而这种活就像是巨大的负担，极其残忍地压迫着她——人们从没见过一个人对死亡恐惧得这么早、这么深、这么细致以及这么持久，她无时无刻不在战栗。在血亲接踵而至地死亡后，她继承下他们的遗产：脑溢血的种子、急剧消瘦以及急性精神病的种子。这些在亲人身上开花结果的惩罚，这些似乎是不可逃脱的厄运，一寸寸地逼近她。她从没像现在这样觉得自己离亲人这么近。她想自己笃定会以他们的方式，在众人眼前极其羞耻地死去，死于括约肌失禁所排出的粪便中。"我身上长满了这些基因。"她向邻人诉说。而他们对这日复一日的哀求与骚扰已感到厌烦。根本而言，她得的是疑病症。而在这狐疑的历史里，只有一次是完全正确的：她疑虑自己得了疑病症。然而她又否决了：这怎么可能呢，发生在我身上的，是实打实的反应，我感觉喘不过气来。她时常停在半路，摇摇晃晃地，感觉世界与路人像裂开的岛屿，在自己脚下急速地退远——我是如此孤独啊，她开始哭泣——直到骑在脖子上、掐住她咽喉的死神带着后会有期的狞笑又飘走了。

"像你这样年纪的，得的多了，医院到处是，你没看到吗？"今天，当妈妈的这样恐吓女儿，以警示她的不能及时到来，接着她又咬牙切齿地说，"你要是早些中风才好啊，你这样不疼你的哥哥，你哥完全是因为你们的懒惰与疏忽才得的这绝症啊。"

和童年时一样，冬梅嘤嘤地哭起来——用陈宗火的话说是，很不争气地哭起来，就让她哭起来吧，谁都不要理她。她会待在一个角落，慢条斯理地哭起来（就像有些讲究的人在餐馆花上个把小时吃碗面），直到眼泪风干成盐渍，自己久久坐在那里出神，已忘记因何而哭甚至已经哭过的事实，才会站起来，走向家庭，对每一个人的话进行应答，讨好每一个人。就像她还是那个对他们来说很重要的人——然而今天，哭泣并不是一场洗涤、一场逃避或者说是一场和自己玩的游戏,今天,母亲的话踩到她命根子上了。母亲的话扫走她的最后一丝侥幸,使她的心灵之船出现致命的摇晃:你没看到吗,像你这样的得的多了,我跟你说呢,你没看到吗?

面对这样尖利的辱骂,志锋只是瞟了眼自己的妈妈。你这样说有意思吗。他背着手走进病房。

志锋你来了啊。俊锋试图坐起来,然而因为气力不足,又滑了下去。

是啊,哥。志锋将他扶好。

坐。俊锋说。

志锋用手套掸掸床,坐下来。半抬着头看着窗户。不久他拿出手机,悄悄划过触摸屏。不能说他对待哥哥冷漠,他们内心深处自有一种默契的亲密,这种亲密无须通过拥抱或者嘘寒问暖来兑现落实。也不能说他对哥哥不冷漠。他已经有了自己的家庭,而当一个人有了自己的家庭,就会对原来的家庭疏远一些。我们知道,一个人在这世上最亲密的是他的伴侣。因为他们可以赤条条相见,让彼此的性器咬合在一起。他们在言行上的放肆与猥琐(那意味着人与人之间无边无际的自由)是经过道德允许的。何况在市郊由他亲热的大舅子赠予的大房子里,妻子还生下一儿一女。在俊锋睡着后,他悄声对妻子说,你看,待在这里也无所事事,不如回去,回去还能做点好吃的,我的意思是——他抬高声音以让进来的妈妈听见,不如把哥接回去,回去还能给他做点好吃的。

寡妇阴沉着脸,带着全部的痛楚看着因为睡过去而获得片刻安宁的长子,掖了掖被窝,顺便把床底那一袋子的影像取出来。“你能带它去找找市里的医生么,你现在是城里人,总会有办法的。”她对着志锋说。

“不好找哇。”

“你找找你两个舅子,他们都是能耐人。”

志锋放下手机,抬起眼皮。刚刚他还对着它会心一笑,就像他和手机里的朋友是在面对面聊天。“你就知道玩手机,一天到黑玩手机,”她接着说,“你就不能少玩一下手机,你只有这么一个哥啊。”

“我知道。”

“我又没要你背着他去市里,我只是——”

“我知道,你看,结研所去了,市医院去了,北京最好的医生也来了,都说没用,你还要我怎么找?”

“你再去找找别的医生,说不定会有别的办法呢。”

“这是确诊了的事,再找还不是一样。”

“你怎么知道就一样呢。说到底你就是懒,就是不愿意动一脚。”

“这不是我懒不懒的事。”

“你就是不愿为你哥出哪怕一点力,你要眼睁睁看着他去死吗?”

“我没有,我只是说这是没办法的事,没办法的事为什么总要去做。”

“怎么没办法呢,没去做就说没办法,说这样的话,你好意思吗?”她号啕起来,“你过得去吗?”

志锋猛烈地摇头,老妈儿就是这样犟啊,牛一样,哗地一下取走那袋片子,快步走了,回来了,结果还不是一样,你们非得让我做无用功。他在市一院挂专家号,当天挂到三天后的,那医生看过片子,倒是兴致盎然,拿手机每两格每两格地拍下来。“这还得研究,如果你能去二院将病理切片借过来就好了。”他说。在问过怎么借的程序后,志锋说好,出门给妈妈打电话:“要细心调理,他们说,尚有一线希望,得靠调理唉。”他回丈人家哄了一会儿儿子,按妈妈要求去买了一块玉及一只铸着唵嘛呢叭咪吽字样的铜铃,方才回到镇卫生院来。“买玉有什么用?”他说。“又不要你出钱,我出钱。”她说。倒是他岳母,大清早的去庙里给俊锋烧了个香。这边厢,冬梅每天都沉重地坐在床边,像情报人员一样,细声细气地探问兄长有什么反应,从前是什么反应,以后是什么反应,以与自身已出现的一些征兆比对。“有时,我也有一点咳。”她说。而他们的妈妈,总是可怜兮兮地询问他:“你要吃点什么呗,孩子,你要吃什么我就去买。”他不会回答她。他总是挺着眼球望着天花板。眼球像是卡在鸡屁眼里的半只蛋。他已不怎么能活动了,除非是来上一阵剧烈的咳嗽,让他猛然地、简直是不受自己控制地坐起来。每当这时,寡妇便冲过去,用空心掌拍打他的背部,以让他咳得更顺畅,儿啊攒劲咳,把痰咳出来就好了。他咳的频率越来越密,时间也越来越长。那咳嗽有时像是诸葛连弩一发而不可收,有时像一段呜咽催人泪下,有时像煤气灶上的火石冒着火星,不时弹响着,有时像风在涵洞快速抽送,飞沙走石,有时像车辆在雨天艰难爬坡(车轮在飞速旋转在它自己制造的越来越深的车辙里徒劳地挣扎),有时像铁锹在被降水侵蚀后只剩一地颗粒的水泥路上铲削,有时像一截发烫的肠子翻卷起来,有时像水银在封闭管内冲突,有时像黑夜中让人心惊的袭击,有时像肉体被悬吊起来在空中晃荡,有时像是一鞭子一鞭子结结实实的抽打,有时像动物在哀嚎(能看见龙被扎住尾羽,不停耸起上身,血淋淋地撕扯自己),有时像两列火车高速摩擦着彼此的残骸,有时像是明目张胆的杀害。每次,他们都要感觉到事主咳出一小截蚯蚓、一条黏稠的虫子、一团黑影或者一口红旗般艳丽的血，才肯罢手，每个人的咳嗽都是为了一个结果，没有没有结果的咳嗽，正如没有没有结果的革命、没有无缘无故的爱与恨。咳嗽就是一座无法与之谈判的监狱啊，只有大理石不会咳嗽。

“我要死了。”在俊锋揪心地喊了一下午（因为发热，在这个初冬，他穿得只剩下一件青色背心，不停说着呓语），并且托熟人找市一院放射科的“看片专家”看过影像（他说：“无可救药。”）后，寡妇思量再三，决定将他接回家。那天，所有人都平静地看着裹得严严实实的俊锋被抬进车内，他们早已适应俊锋罹患怪病这一事实他们就像蚌将砂粒包容进去那样，将这一事实包容进他们的生活，以为常态，他们的脸上显现出事情终于获得进一步推动的轻松（“回去养养说不定能养好呢。”这与其说是他们对寡妇的安慰，还不如说就是他们自己所乐观以为的），只有寡妇异常悲伤，她清醒地知道，从此，自己的儿子活一天少一天了。她找到卫生院后院的菜地，当着一堆废弃的针筒，痛哭了一场。

车辆开到村庄时，她对迎上来的女人们说：“我就说他在召唤我，他只要一着急骂我，我就知道他是在召唤我。”她们想安慰她，却无从下手。“他和我们的语言就是不相同。”她继续说。只要眼睛稍微闭一下，一大团的泪水便涌出来，那辆乳白色的轻卡没有熄火，车身由于发动机的震动而嗡嗡地颤抖着。志锋将俊锋抱下来，寡妇打开新屋的门。这是她当初做主给俊锋做的屋，上了瓷砖、铝合金窗、好漆以及洋气的吊灯，是留给俊锋结婚用的，她和陈宗火从不过来住一夜，而是宁可住在那烟熏火燎、老气横秋的旧屋内。每隔一段时间，她就到新屋打扫一次，跪在地上，细心地擦，就像俊锋随时会回来用它似的。然而直到病入膏肓，他才被接回到这里。轻得和一只鸡一样。志锋对那些叫他小心的人说。俊锋耷拉着头,眼神像两根短小的棍子在人们眼前随意晃动。在坐上沙发上后,有一阵子,他紧紧抿着嘴,眼睑恐慌地眨动,额头出满汗(像涂了一层明亮的猪油),而整个身躯在徒劳地挣扎。他就像被紧紧捆住一样,无法动弹。啊,也许需要七窍玲珑心才知道,那是他知道自己又回到乡村了,好不容易逃出去,又回来了,而且是永远地回来了。志锋抽出皮带,在折叠椅那鲜红的椅座上猛抽一记,他彻底安静了。唉,我哥现在轻得像一只鸡一样,志锋就像是在介绍一件商品。总有一只枕头那么轻。

此后,俊锋像是受到谁的奴役或统治,不肯说话,眼睛像动物一样平静、痴呆、没有思想。他总是在醒来时不知身在何处,然而又对这种迷惘异常坦然。他听任道士在面前挥舞燃烧的符箓、母亲给自己戴辟邪玉佩、窗槅悬挂能化煞的铃铛、两三人给自己进服雷公藤煎出的药水,又听任它们从嘴角流出来。“咳嗽对他来说是操劳啊,就像我们做活儿一样操劳。”有时寡妇会这样说,这时她非常平静。然而很快她便被自己的大意给惊了起来,赶紧去捏他的手,就像他快死了或者已经死了一样。在他用尽力气咳嗽——足足花了一刻钟,就像有一位中年男子弓着腰站在寒冷的野外,抓着冰冷的摇杆,试图将愚蠢而固执的手扶拖拉机摇响一样——并几乎将喉管咳破时,她心里起了漫天的仇恨。说到底他得罪谁了,曾经害过谁了,他咳出一口有乒乓球大小的血,血丝悬吊在嘴角,她颤抖着用双手接住那有如黑汁的血,我儿子他得罪谁了,我们陈宗火家到底得罪谁了。她越想越气,走向村头陈宗功家。她走得那样急促,就像不是自己在走,而是仇恨的鸟儿在拎着她飞。

“有件事,今天我非说不可。”她说。

“你说。”已经很难起身的陈宗功说。

“当初埋宗火时,挖坟井,你女婿为什么要往井里扔一把铁锹?”

那块坟地是预留给我的,没想到宗火先死了,陈宗功默然以对,我女婿也是怕我死无葬身之地。

“有你们这样不讲理的吗。”

“我也不清楚当时的事啊,我身体也不好,没去。”

“你就说是不是有这回事。”

“有。”

“宗火是不是你老弟。”

“是老弟,不是嫡亲的,但也很亲。”

“是一房的老弟,还这样。你今天就说清楚,你们是什么意思?”

“没什么意思。”

“你们害得我俊锋要死了你知道吗。”

“我知道啊,四娘,”陈宗功的眼泪流下来,“我后悔。”

“后悔有什么用,我俊锋都这样了。”

“我女婿打工还没回来,如今你要找就找我吧。”

“找你就找你。”

“我也快要死了啊。”

“要死了还不知道积点德。”

“你现在需要我做什么,四娘,你要骂就骂我吧,你不骂我不心安。”说罢,陈宗功捉起寡妇的手,将那满手血污涂在自己花白的头发以及脸上。

“你惩罚我吧,我不是跟俊锋过不去,要是能换,现在我就去换俊锋的命,”他大肆地哭起来,“你快找人打死我吧。”

"打不死你。"

寡妇甩着手回去了。一路上也大哭起来。你说他得罪了谁啊,他会得罪谁啊。看见人她就哭诉。一天后,她带着同样的仇恨去找镇上的超市。她寻思是超市那阴湿多菌的工作环境让儿子的肺失守的,然而在那里她一无所获:地面比想象的要干净与干燥很多,别说地板砖间的缝隙有污血,就是一根头发也看不见。可以想象,在盛暑,这里也不会有什么蚊蝇。小亓不在。出口处有两台收银机,长着横肉、穿着红马甲、因焦虑而眼部色素沉着的老板娘守在出口外,低眼扫视每个顾客的手提袋。为着避免对方发作,她又对每个人堆笑:慢走啊,小心台阶,有时还做出搀扶的动作。那些恼火的人会故意把手提袋在两只手间换来换去,然后交给同行的人,那眼神总是着急地跟着它,直到她抬起头,看见对方其实一直在审视自己,才羞愧起来。你他妈还不如回去开小卖部呢,人们抖着袋子走出去,既恨对方贱,也恨自己贱。偷一罚十,墙上贴着告示。这是因为超市失窃的事越来越多,或者说,业主感觉如果不这样,失窃的事会越来越多。今天,当她听说有一位衣着贫寒的农妇踮足朝肉案内部长时间观望——员工们用眼神接力,像传递烽火一样将这一信息传递给他们唯一的封邑主——时,她快步走来,扳过对方肩膀。她们凶狠地看着对方,一个疑心对方是贼(要不为何如此鬼鬼祟祟),一个疑心对方一开始就想推卸掉全部责任。

"你要买点什么吗。"老板娘问。

"不买什么,"俊锋的妈庄严地说,"就是看看。"

她没有透露身份。她想这样的事还是回去再和年轻人商量下,也许志锋以后来会看出名堂来。您就等着吧,她走向老杨树镇的街道。在她走后，超市的员工告诉老板娘，这就是俊锋的母亲。这一天雾霾很重，像有一伙妖精在老远处吹烟，地上尚有积雪，满街飘浮着浓烈的制作熏鸡用的化工香味。俊锋的妈妈将自行车停在本村人热爱开的彩票店门口，热爱吃烟已经将牙齿吃得漆黑，然而还是那个信得过的姑娘。热爱问："俊锋现在好些吗？"

"还不是那样。"她说。

"能想到办法么？"

"没有办法。"

"我就说，下雨时，俊锋总不打伞，就那样淋湿着走过去。"

经指点，俊锋的妈妈走进北边的宏广胡同，那里有一溜的红砖平房以及见缝插针建起的石棉瓦顶柴房，偶尔还有鸽笼与鸡埘，道路中间流淌着公厕溢出的便溺，就是在这寂静的胡同里头（在巷道继续朝东拐后），藏着一个庞大、梦幻般、居住在五六公里外的她此前从未听说的地下市场。俊锋的妈妈在走进这由礼帽、毡帽、韩版针织帽、披肩、围巾、丝巾、呢子大衣、羽绒服、鸡心领毛衣、鄂尔多斯羊毛衫、衬衫、马甲、睡衣、保暖内衣、文胸、内裤、情趣内衣、蕾丝内衣、单肩包、斜挎包、手提包、哈伦裤、垮裤、皮裤、牛仔裤、铅笔裤、休闲裤、灯芯绒裤、打底裤、连衣裙、羊毛呢子裙、毛衫裙、丝袜、蕾丝袜、短靴、雪地靴、圆头皮鞋、高跟鞋、绣花鞋、运动鞋、旅游鞋、口红、面膜、深层补水套装、傲肤霜、香水、爽肌水、玉兰油、车载音响、MP3、MP4、音乐手机、智能手机、触摸屏手机、台灯、煤气灶、抽油烟机、电磁炉、微波炉、电饭煲、不锈钢锅、折叠桌椅、扫帚、拖把、墩布、围兜、桌布、毛巾、碗、碟、筷子、刀叉、勺、保温杯、玻璃杯、洗洁精、洗衣液、84消毒液、樟茶鸭、烤鸭、茶油鸭、鸭脖、鸭舌、来子熏鸡、德州扒鸡、童子鸡、鸡翅、鸡爪、猪头肉、猪耳、猪肝、猪肚、猪蹄、猪尾巴、鸡蛋、鸭蛋、皮蛋、干豆腐、五香豆腐、卤水豆腐、蛋糕、南瓜糕、蜂蜜糕、馒头、戗面馒头、花卷、包子、肉饼、葵花子、外号叫牙签的葵花子、西瓜子、南瓜子、水煮花生、柴锅炒花生、盐焗花生、开心果、松子、板栗、纸核桃、山核桃、新疆核桃、和田大枣、葡萄干、榛子、杏仁、木耳、丸子、带鱼、冻虾、虾米、武昌鱼、乌江鱼、鲫鱼、鲤鱼、鲶鱼、死气沉沉的螃蟹、鱿鱼、墨鱼、海带、白萝卜、胡萝卜、大葱、大蒜、生姜、番茄、圣女果、洋葱、豆芽、芋头、红薯、马铃薯、黄瓜、红辣椒、青辣椒、蘑菇、菠菜、油麦菜、圆白菜、小白菜、菜心、莴苣、铁棍山药、草莓、山楂、白梨、雪梨、香蕉、帝王蕉、红提、猕猴桃、金橘、蜜橘、沙糖橘、脐橙、血橙、沙田柚、富士、红富士、栖霞富士组成的琳琅世界时,花了眼。

(往昔,我曾和一名想做女人的男人聊天。这位孤独的中年人一直紧张而拘束,直到讲到菜市场时,光芒才从他眼神中闪现出来。"你知道吗,只要一走进去,所有的烦恼便一扫而光,那种感觉好极了你知道吗,好极了。"他的语速极快,就像我会和他争辩似的。他是如此想说服我。我告诉他我懂——那种圣光,高潮,一种温热、电击般的感觉,友好与团结的氛围,万物触手可及的富足,美好生活的野心以及创造的喜悦,历历在目——我说我完全感受到了那种来自主的安排与补偿。)

这些五颜六色、由五湖四海至少是四乡八里汇聚而来、需要及时交易出去的产物,像新大陆,冲击着寡妇贫瘠的灵魂(很多年她躬耕于乡野,只熟悉村头后来改为小超市的日用百货店,对她来说,店门前贴出一张"新到水饺汤圆"的纸条就已经是了不起的信息了)。她觉得集市太过漫长,怎么走也走不完。她这样抱怨着,像一位即将失身的少女,又像一位女王，所有店主都像奴才大声招呼着她。我只是来看看，女人们在走向市场时这样警告自己然后在走进去后感慨，光是欣赏就够了啊光是欣赏。俊锋的妈妈抓起一把蒿子秆，掂量着，就是这样的东西也要6.98元一斤也就是7元一斤，她将把这过于不可思议的发现讲给热爱听。然后，她终究未能抵挡住来自商品的连番诱惑，在一件印着泰姬陵图案的棕色丝巾面前吞咽起口水来。

“你试试，不试怎么知道效果，”店主走过来，将它从她的指间抽出来，抖开，披在她肩膀上，又将镜子移向她，“你看看。”她像是被对方控制了，这种感觉很不舒服，然而她又看见一个想象中的自己。店主在她的默然中找来橙色、红色、蓝色等各式不同的丝巾，她礼貌地拒绝了。这或许会使她的支付多起来。她并不会讲价，因此始终嘟囔着，显得特别的扭捏与难为情。

“然而什么，”店主问，“你说然而什么。”

“然而太贵了一点，”她说。我只有这么多，但不意味着它就值这么多。她为此非常抱歉，并甘心忍受对方的鄙夷。她在等待的时候说，“我真的只有这么多。”

她们不欢而散，带着差不多是共同的失望。

在她即将游荡出这条巷子时，她才想到此行的目的。在身后，是那比她要年轻二三十岁的女人的熟练的忏悔声。她曾驻足，然而还是朝前走了。在这蜿蜒集市的尽头，一棵杨树对面，坐着一位头发花白的女人，身前披着一件尿素袋改成的围兜。她不停刨着萝卜。每当有人问过来，她便转动门球，招呼屋内那以准确闻名的算命人。那董先生并非瞎子，只是患有夜盲症。后来当寡妇将钱结算给他时，他差不多是举着它贴在眼前看。这一天,他似乎深刻读懂了对方的忧郁,他说,她就像背着几具尸体那样沉重地走进来。

在煞有介事地吟唱一段后,他按住二胡,说:

“真要我说?”

“你说吧。”

“说实话?”

“说实话。”

“那我说了。”

“说吧,求你了。”

“你家今年必要穿一件孝服。”

“去年穿了的,今年还要穿?”

“还要穿。”

这句话就像是一块糖,俊锋的妈妈咀嚼很久,才算是将它消化清楚。她长叹一声,想起多年以前同样是算命先生对她的诅咒。“先生啊,这是给你的钱。”结清后,她沿着来路走回去,却怎么也没找到那家店,它就像一朵花消失于花海中那样。她问了别家的价钱,甚至要二十元,便连往下讲价的兴趣也没了,直到原来的店主抓着扑克牌匆匆跑来。

“十元给你,不能再少了。”

“不。”

“你看——”

“我只有七元。”

店主将丝巾折起来,她说:“是那条棕色的,我穿橙色的不合适。”因此店主又给她换了棕色的。她回到彩票店,和热爱比较了很久这条丝巾。热爱说就是七元也不值得，可是要说亏能亏到哪里去。“你看看手感，这手感还是很不错的。”热爱说。

“我也是看手感不错。”她说。

在骑出柏油路，骑进村道时，因为饥饿，她进秋晨的餐馆饱食一顿。“没有办法啊。”在秋晨并无询问的情况下，她这样说，同时往下扯那齐臀的衫脚。她骑上车，用前掌或者说是脚趾蹬着脚踏，一米一米地前进，像是背剑的乌鸦慢慢消失于那持续五天、平静得怕人、像是隐喻着什么可怕的事的雾霾之中。回家后，她将自行车扛进去，立起车支子，锁好车锁，然后取出保鲜膜裹好的半只西瓜（它一共花去十五元四角，在镇上时她刻意没让热爱看见）去了新屋。“俊锋啊，没想到这个季节还有西瓜，可惜一路上磕磕碰碰的，磕破了，”她用勺子挖出一块，喂给对方，“张开嘴。”

他张开嘴。

“张开牙齿。”

他张开牙齿。

“咽。”

他开始咽，然而食物在那里纹丝不动。

“用力咽啊，儿。”

他用力，然而力是虚的。她将那一小块西瓜戳烂，用勺子推下去，他呛咳起来。此后她都是将西瓜捣成汁，舀给他，然而总是从嘴角流出来。像往常一样，她说：“俊锋啊，晚上想吃点什么，你想吃什么我就去做。”接着又说，“要不我们吃水煮煎蛋。我忘记了是加葱还是不加葱。”

他什么也没说。

我哥现在连同意和不同意的力气都没有了，志锋握着手机走进来，说："妈你回来我就可以走了，我还有点事。"

"你走吧。"

"我不吃晚饭了。"

"我知道。"

寡妇明知徒劳但还是细致地做了一顿晚餐。每做好一道菜，她便拿抹布轻轻搓手，找空碗将它盖好。她做了他平生最爱的几道菜：炒腊肉、韭黄炒鸡蛋、酸辣土豆丝及水煮煎蛋。往昔，每当他在她面前吃饭，她总是认真观察他的欢喜与厌憎（对他厌憎的，她也坚决地厌憎），而对志锋与冬梅，她则需要他们不断提醒。在揭开盖后，热腾腾的蒸汽以及只有黑土香米才有的味道从电饭煲内飘出来。她将米饭舀进蛋汤，拌匀。"多少吃一点吧。"她将枕头垫在床头，将他抱起来，靠好。他试图想表达什么，然而考虑到表达的程序过于复杂，因此又放弃了。他侧着脸，让眼睛停在某一个视点，对她置之不理。不一会儿他闭上眼睛。是想睡了。她将他移正，就着开水瓶的热水蘸湿毛巾给他擦脸、擦背，然后细心掖好被子。又给他插着吸管的保温杯重倒了一杯温水。回到老屋后，她将菜摆在餐桌上（唯有炒腊肉放进电饭煲的蒸笼加热）。出于心疼，她好好整了一桶猪食，去猪舍犒劳这些天来由别人代喂因而变瘦的两头猪。当她敲打木杓，啰啰啰地叫唤过去时，它们翻滚着爬起来，一跃而起，直立着趴在木栏之上，对着她焦急地抽动那粉红色的鼻子。她还换好院子里钨丝断掉的灯泡，回来后她不停调收音机，传来信号那独有的明亮与衰弱的喧嚷声，营造出群贤毕至、高朋满座的氛围：|女低音歌唱|是这般的浓烈，一喝就醉，就醉|中年女人假扮的童音|于是，玻璃鞋小姐就悠

悠晃晃荡起秋千。当玻璃鞋小姐发现好奇又讶异的鞋子们时,还开朗地喊着:“要不要也来玩?”|双口相声|观众们都很热情啊,大家伙儿都认识您,(啊熟悉)天津的捧哏名家|电影原声|他没死……为什么,为什么瞒着我们,是谁给他吃的|剧院合唱|歌词不明|京剧|想当年家贫穷无力抚养,四个儿子有两个冻饿夭亡。遭荒年背上了刁家的阎王账,为抵债他三哥去把活儿扛。她走到昏暗的灯光下,坐在餐桌边,倒好酒,像往日一样,慢慢地,按照从好到坏的顺序,在碟子里挑挑拣拣,将它们吃下去。残渣归于有缺口的白色小碗,不舍得扔的归于红色小碗。她慢慢地饮酒,慢慢咀嚼。那口腔像台碾轧的机器,碾轧着这些食物。直到所有食物吃得干干净净。在这咀嚼的过程中,有时她会停住,长久发呆,直到回过神,又继续咀嚼起来,这是一个人吃饭常有的事。门开着,正对着原野,暮色四合。黑夜像决堤的湖水,涌到面前。她打着饱嗝,从地上又取出一瓶来,那瓶子是青色的,蒙满灰尘,她用衣袖将它擦干净,晃荡晃荡,旋开瓶盖,嗅嗅那琥珀色液体的味道,确信是它后,举起瓶子,咕咚一口饮下去。也许觉得这毕竟是私隐的事,中途她擎着瓶子去关门。就在她步态蹒跚,摇摇晃晃,快要扶上那枞树门板(十来分钟后它将被一伙着急得上蹿下跳的人拆下来)时,一股深刻的像是即将临盆的绞痛压弯她的腰。她蹲着,让头慢慢挨着门槛,咬紧牙,试图忍住,汗水像雨一样滴落在地。然而,那一道伴着呛人剧臭的食物浆水,还是猛烈撬开她的嘴,从中喷射而出。

已经有十二年没人喝农药了。

光是这个消息便足以使人们的心脏怦怦直跳,上一次他们如此紧张还是入赘的巴图掉入十几米深的水井。就像死神他老人家这会儿已拖上麻袋(它在满地潮湿的松针与落叶上擦得哗哗响),正从不远的未来,从那能分辨出枝条与身影的迷雾中,走过来。她的仿如中蛊的反应——肌肉痉挛,眼白外露,以及动物般的嚎叫——吓坏了最先赶到的几个人。快,快,到处是焦急却无法明确内容所指的喊声,快。有一伙人提着应急灯、手电筒奔向赤脚医生与司机家里。不约而同。而司机安房其实是手机通知到的,当他开着轻卡奔来时,还有人朝他家跑去,即使车灯已经照射到他们,同时他们也退向一边以让它开过去。有一人从田埂抄近路跑向一公里外的村委会,试图踹开门,以找出一堆文件里的一本《农药中毒急救手册》。

到处充满呵斥声。纯粹是认为这样做也许会有点效果,有人将她移开,扒下她的外衣,向着她的额头、脖颈以及上身不停浇水,同时擦拭那不停从嘴角溢出来的食物残渣与白沫。有的人则扇动上衣,试图使空气流通。门板拆下后,他们将她抬上车。有人举着手电筒照耀着路边的乱石堆与野草,在车前跑,好像这样司机就会看得更清楚,直到车辆轻松超越他。直到这时,人们才稍微松下一口气,喘息着,和姗姗来迟的赤脚医生一起,看着汽车在黑夜的雪地里滑来滑去(就像是电视里那由劫匪开着、抢劫而来、匆忙逃亡的车),奔向救生的卫生院。

在将寡妇活着拖回来后,它就坏了。

安房让它停在寡妇家后门。

当然他也可以将它推回家——那意味着修理的方便,有很多人主动提出愿意帮忙——但他还是以疲倦为由,将它留在这里。这是一个小小的示威:就看以后还有没有人愿救死扶伤了。他将志锋给的路费先推回去,说:再说。而那些守护着寡妇的女人,则趁她睡熟(现在她的呼吸可是均匀又平稳),议论起来:农药的喝法有几种,一种是不喝,一种是喝,一种是当别人的面喝,她的是不当别人的面但是知道别人会发现。门开着。灯亮着。只有瓶底那么一点,而且晾那么久,潮吸日晒的,毒性早已分解。她呀,是需要表达出点什么,是要疏通,然而又不想因此丧生。

这是一种仪式。

她们轮班值岗,守候数日,直到她能下床。她拄着拐杖,在别人搀扶下,去视察了自己的儿子。还是那样子,缩了一点。她看到每一个人都说,没办法,实在没办法啊。看见一个就说一遍。因为畏冷,她们在厨房支起煤炉,用通条将炉火戳得极旺,围着她一起烤。有人说煤烟会对身体恢复不利,她说没事。她在哆哆嗦嗦地喝过热水后,将手展开在煤炉上烤,凄苦地说:“我是一点办法也没有啊。”

她们沉默不语。只剩她长时间地在程序性地吟唱自己的无奈与绝望,那时高时低的哭泣让她们揪心。最终为着将她从哭泣中引导出来,菊嫂说:“四娘你还想死吗。”

“不想。”

“为什么不想了呢。”

“痛。”

“怎么痛。”

“好痛,钻心的痛。”

“我怕你还是想吧。”

“不啊,我不。”

从她急于争辩的姿态看,她对这一趟折磨还是心有余悸。因此众人都笑起来。她倒是没笑,不过也没再哭。“你们别着急我,”寡妇向她们点头,接着询问:“啊,你们吃糖不。”都说不吃。不吃不吃四娘你别动我不吃的啊。然而她还是起身了。有一人站起来想扶她,被拒绝了。我走走更好,她这样说。她摇摇晃晃走过去,打开橱柜的门,拉开中间抽屉,翻来翻去。大家继续在煤炉上展开自己的手。有的发呆,有的看着她。她翻出一把生着黄锈的红塑料柄切肉刀,看了好一会儿,就像在判断是不是自己家的东西一样。她用食指的最上一截抚摸刃口的锯齿,然后对着脖颈一把割去。像割一把稻草,割一把麦子那样,她反复割着自己,不得要领地割着,直到终于划破大动脉。她们根本没办法起身,她们脸色煞白,全身震颤,死死坐在那里,怎么也站不起来。此后一周,她们都是这样,就像是瘫痪了。人类的血真多啊——通过这源源不断涌出的血你可以判断若不是采取自裁她原本还可以活很多年——就像是无休无止的水从破了口子的塑料水管里冲出来,极大的冲力带动水管像蛇一样疯狂地扭动。这是很久未曾听说、只应古代有的自杀方式:自刎。

不用想了。没办法救活。没任何可能。

寡妇单手扶着灶台、门框,艰难地走出去。就像走出去能使自己获得解脱一样。她捂住咽喉,将门外空荡荡的竹架推倒,然后扑向已经修好正准备开走的白色轻卡。安房猛踩刹车。车从此又停在这里。越来越多的人汇聚在这里。他们小心站着,不时抬起一条腿,以让那鲜红、冒着泡儿的血从鞋底流走。尸体趴在那儿,最后抽搐了一次。

俊锋把剩下的日子过完,按时死了。

对母亲的死,他没有表态。在最后一次为他清理身体时,弟弟志锋终于忍耐不住,对他实施残酷的辱骂。志锋捏着沾着他粪便的卫生纸,凑向他眼前,大声说:你害死了妈知道吗?你害死她了。他没有做出任何回应,既不愤怒,也不委屈,不害怕也不羞愧。他是瘦到尽时才死的。那张皮本身就像是淋湿的裹尸布,紧紧贴在凸起的骨架上,显现出肋骨间层次分明的空隙,让人生畏——或者说,像拓片一样,拓出一副骷髅的模样。他的胡子像一把草,种在高傲的下巴上。眼球特别大。总有台球那么大。志锋说。

在告别的时刻,冬梅来了,她想刺探到一些人之将亡的信息。他的嘴唇微微开启,她侧耳去听,从那气息中猜测到他一个令人费解的恳求。她为此询问他,然而没有回音。她转到床那头,找到他枕下的手机,将连接着它的充电器插上墙体的插座。在这个过程中,她的哥哥死了。

在那段时间,老杨树镇先后发生两件奇闻逸事:一、在瑶河的冰面上发现一只一米长的巨蜥,尽管人类对它发出上百次召唤(他们相信它和外星人一样,能听懂人类友好的信号),它还是不敢上岸。在冰上忙碌地转了很多圈后,它索性死了;二、一辆卡车撞向大礼堂,司机身亡,几十条狗从车厢跳下,像野马成群向东奔去。这两件事都没有寡妇的自杀来得让人震惊。很多人说,我真想为这件事好好哭上一会儿。

情人节爆炸案

1

1998年2月14日下午

天空浩渺，一只鸟儿忽然飞高，我感觉自己在坠落，便低下头。影子又一次叠在残缺的尸体上，就像我自己躺在那儿。

以前也见过尸体，比如刺死的，胸口留着平整的创口，好让灵魂跑出来；又比如喝药的，也只是嘴唇黑掉一点。但现在我似乎明白肉身应有的真相：他的左手还在，胸部以下却被炸飞，心脏、血管、肉脂、骨节犬牙交错地摆放在一个横截面里。这样的撕裂，大约只有两匹种马往两个方向拉，才拉得出来吧。

五米外,躺着他烧焦的右手;八米外,是不清不楚的肠腹,和还好的下身;更远的桥上,则到处散落着别人的人体组织和衣服碎片,血糊糊,黏糊糊。桥中间的电车和出租车,像两只烧黑的鱼,趴在那里,起先有些烟,现在没了。

上午我往桥上赶时,已看到小跑而回的群众在呕吐,现在风吹过来,我还是撑持不住。我抱头蹲在地上,可是又觉得那尸体自行坐了起来,在研究自己可怕的构造。我猛然看了一眼,他还是面目模糊,一动不动地躺着,我便被这孤独弄得可怜起来,便拨媛媛的电话,对她说:我爱你。

媛媛说:你说些什么啊?

我说:我要保护你一生一世。

媛媛说:你没事吧?没事的话我挂了。

我真想拉她衣领,告诉她,我庄重地说"我爱你",并不是因为今天情人节,而是因为一颗很小的炸弹,像撕叠纸,撕了很多人。很多人,虎背熊腰的,侏儒的,天仙的,丑八怪的,说没就没了,说吃不上晚饭就吃不上晚饭了。

可是等找到合适的词,电话却响起嘟嘟的声音。

我撕破喉咙,大喊"操你妈",天空轻易地把声音收走。我又将手机砸向石块,那东西只跳了一下,便找个草丛安静待着了。我慢慢靠上树,跌落到树根,坐成一尊冷性的雕像。不久,媛媛的电话打过来,我又知这雕像其实埋着汹涌的水。媛媛一说"对不起",我的泪水便冲出眼窝,汩汩有声。

我说:我只是想见到你。

嫒嫒忽然明白了,带着饭盒就往这片距大桥 27 米的树林赶。她气喘吁吁的身影越变越大,我挣扎起来,展开双臂,摇摇晃晃迎接她,抱她。她的胸脯踏踏实实地顶上我的胸脯,我便像走近篝火,身体生起一层层的暖来。

用调羹捞完铝盒里最后一口饭后,我静静看着发怔的嫒嫒,说:我吃饱了。

嫒嫒的口里冒出蚊子般的声音:我背叛你了。

我说:你说大声点。

嫒嫒摇着头说:对不起。

我慢慢走过去,抱紧她,箍紧她,箍得两人都不再抽搐了。

后来,我热了起来,去翻她毛衣,可嫒嫒泪眼婆娑地拦着。嫒嫒说:说你原谅我。

我说:孩子,我原谅你。

然后我将毛衣拉下来, 却忽见她的上身跟着一起血淋淋地拉了下来。我突然醒过来。眼前哪里有电话,哪里有嫒嫒,眼前只有肥肿的下午一层一层浮着。

1998 年 2 月 14 日傍晚

远天变成硫黄色时,一个白衣老头一截一截变大,走向这里。我想这就是要等的北京专家,便舞着手迎上去。我想告诉他,远地儿没尸体了,我们一起回去吧,可他却像个收破烂的,走走停停,拿着枝条在地上辛苦地拨来拨去。

我赶到他面前,敬了个礼。

老头抬起吊睛白额大头，说：会阴很好，臀部也不错。

我忽然闻到此人嘴里喷出的马粪味，心间晃荡一下，下起暖烘烘的雨来。可是老头又撂下我，在一边蹲下了。他戴好手套捡起那只烧焦的右手，眯眼看了很久，又小心放下。

看到那个躺着的上半身后，老头用枝条指着它说：你看，胸部以下没了，是什么情况？

我说：距离炸弹应该很近。

老头说：不，是炸药，你没闻到硝铵的味道吗？你能形容这一路的尸体吗？

我说：都是血肉模糊。可能有的伤重点，有的伤轻点。

老头说：你长长脑子。车边是不是有两具整尸？他们衣服是不是还在身上？上边是不是还有很多麻点？

我说：是，是。

老头说：说明什么呢？

见我没反应，老头又说：说明不是炸死的，是被冲击波活活冲死的。你想，人飞出来，先和车窗户有接触，出来后又和地面有接触，铁人也报废了。但是他们顶多是个炸裂伤，不像面前这具，明显是炸碎伤。炸碎了，就说明他待在爆炸中心。你看他右手飞了，说明什么呢？你说说看。

我说：他身体右边靠近炸药。

老头说：准确说，是他用右手点着了炸药。

老头又说：他的会阴和臀部保存得不错，又说明什么呢？

我想到会阴和臀部对位，很难同时完好，支吾起来。

老头点着我的太阳穴，说：都给你指得这么明，他是蹲着点的。蹲着,火药就踢不到屁股和下体了。

老头又说:在离电车西南方向30米处,我们找到另一具胸腹缺损的尸体,他是两只手都炸飞了。你说因为什么?

我说:可能两只手抱着炸药。

老头说:总算对了。你看着,现在我们基本可以画出电车爆炸前的样子了。左边多少位置,右边多少位置,坐什么年纪、什么身高的人,坐哪里,什么坐姿,我相信都可以画出来了。司机的位置在这里,毋庸置疑。我听说司机受伤不大,这就说明他距离炸点偏远,这样我们可以判定,爆炸点在后车厢。到目前为止,我们只找到两具胸部以下缺损的尸体,而且分别被抛到西南和东北方向的最远处,这说明是他们引爆了炸药。情况就是这样,他们待在一起,一个面向司机坐着,双手抱炸药,一个背对司机蹲着,点它。至于其他人,复位也容易,损伤重的靠炸药近,损伤轻的靠炸药远,右边受伤说明右边靠着炸药,左边受伤说明左边靠着炸药。这样,我们就可以把几具特点鲜明的尸体请上车了。我感觉那个背部一塌糊涂的男子,当时在歪着身子亲别人,因为距他不远的一具尸体正襟危坐,只是炸掉了手臂。我感觉还有一个小偷,他的手被破损的皮革缠着,像是要抓什么东西,却什么也没有,我估计是钱,钱烧掉了。我还听说售票员没事,但是面部一片漆黑,我估计她当时应该发现了情况,想过去看,结果刚抬脚,炸药炸了。

老头说到梗阻处,忽见我仍是汗如雨下,便没意思地丢下树枝,说:可以收了。

我郑重其事地戴上橡胶手套,把尸块和物品小心翼翼捡进塑料袋,又塞进编织袋,试图挽回一点好感,可是腰一次次折下,便没气力了。我想歇息下，又不敢，只是默念，事情总会结束的，结束了就回家拉媛媛的手，鞋也不脱，睡死过去。

收拾停当后，我挺了好几下腰，心想老头会和我一起抬编织袋，可他却傲慢地丢下一个眼神，然后打着手电，跟着一晃一晃的光芒，走前头了。我把编织袋扛上肩膀后，抬头看了眼大桥。那里，一个个人在忽明忽暗的警灯照耀下，像是尸体一具具站起来，像是收割完庄稼，相约回家，像是遥不可及的幸福。

像是要抛下我。

1998 年 2 月 14 日晚

下车后，我看见刑侦大队操场好像个屠宰场，堆满大大小小的编织袋，副大队长是算账师爷，在昏灯下点数。不一会儿，他扔掉账本，大步流星地走过来，两只手捉住老头一只手，握起来。

我拉开车后厢，拉出尸袋，小心听着他们聊天。副大队长说数出了 202 袋，窘死人，吓死人，老头说没什么没什么。我怕老头接着说，你们怎么还有这么弱智的警察。

卸好尸袋后，我过去和副大队长汇报，副大队长只唔了一声，我便要像个屁飞走，却不料又被他伸手拉住。副大队长说，你带首长去洗澡。我好似驴儿跋涉归来，背上忽又被重物压着了，脸儿苦起来。

澡堂里，水柱砸向马赛克砖，如泣如诉，我拿毛巾狠狠搓洗身体，好似血污永远搓洗不完。未几，我看到老头走回更衣处，在那里用干毛巾搓隆起的腹部和灰茫茫的阴部，像搓一只伤痕累累的皮球。我把头伸进水柱，想您老快点走啊。

可是老头却坐在那里抽烟。眼见抽完,又接上一根。

我穿好衣服后,老头说:走,一起吃饭。

我说:我还是不去吧,我去不合适。

老头呵斥道:让你去,你就去。

我是在那时知道绑架一词的,好似刚和莫斯科的情人度过第一个甜蜜的夜晚,便被差役架着往西伯利亚走了。我每往酒店走一步,便觉媛媛身体往水里没一截,走到门口,亮如白昼的灯光扑来,我咯噔一下,看到媛媛彻底沉入水中。湖面寂静,世界寂静了,无数亲热讨好的“你好你好”声却纷至沓来。

进包厢后,副市长起立鼓掌,隆重介绍:这位就是张其翼张老,公安部首批特聘的四大刑侦专家之一。大家欢迎。

老头也不谦让,落座于上位,然后展目四顾,见桌上好似开了个蔬菜园,百合、土豆、苦瓜、茄子、青菜、玉米,百花齐放,百家争鸣,便冷笑道:你们做西红柿鸡蛋汤是不是连鸡蛋也舍不得下?

副大队长鞠躬道:主要是怕空气不好。

张老说:空气不好算什么,空气不好也要吃饭啊。

副市长忙拍巴掌,把服务员喊来,说:有什么风味特产,尽管上。

又对张老说:我们地方小,不懂规矩,张老不要怪罪。

张老说:不怪。就来三瓶二锅头,一盘红烧肉,一盘腔骨,一碗猪肘子。小妹,速去。

我忽然像被杀了一刀。世上拖人事莫过酒,敬而必还,还而又敬,要么到中央,要么到地方,不矫情到凌晨不算完。我低下头,从这毫无用处的喧哗声中抽身出来,死盯着手机看,那上边的时间许久不变化一下,那上边一分钟慢似一世纪，那上边只写着永恒的四字："中国移动"。我像从上课铃响起便开始憋尿的学生，坐立不安。许久，我又去想媛媛长什么样，却是什么也想不出，心下便有蚂蚁一行行，焦灼地爬。

正迷糊间，忽听副大队长从天上喝下来：老二，干什么呢？

我匆忙抬头，见红丝丝的肉片、肥硕硕的肉块和拦腰斩断的骨头，正冒着欢腾的热气，而张老已然夹好一块，要赏给我。一股呛水涌上喉间，可张老还在挑逗：闻一闻，很香的。

我闭上眼，生生把呛水吞了回去，张老嗤了一句，又去夹了三片，招呼大家：吃，吃。

大家说好，却只拨弄蔬菜，而张老早已将肉汁从唇间咬飞出来，我看得魂飞魄散，便又低头瞅手机，没有未接电话。我想把它恢复成鸣音，又怕不懂规矩。抬头时，张老又从碗内牵出一条肘子，大家唯恐被点名，埋头扒饭，个个把口腔塞得严严实实。

张老有礼送不出，愤愤地把肘子丢回碗内，那油汤猝然飞出，副市长已然控制不住，吐了，我们受领导启发，个个咕哝起来。张老大嗤：你们干什么公安？拂袖而去。我们面面相觑，不敢赔罪，不敢挽留，只愿他走快点，他一走，我们就自由了，就欢快地吐起来，有的吐完，觉得不到位，抬头看看腔骨的血盆大口，继续吐起来。

我擦嘴时看到同事揉太阳穴，便问：你白天不是收尸吗，怎么也怕？

同事说：白天收东西，晚上吃人啊。说完眼泪出来了，我也出了些眼泪。我想这样也好，牢坐完了，解放了。却不料副大队长扔掉餐巾纸，拍巴掌说：今晚通通加班。

我忽然厌倦起这工作来。我想应该甩掉背上的重量，咬断鼻前的缰绳,离开这永无解脱的轨道,撒开蹄子去过情人节,可是又有声音告诉我,你这是命,而且是条好命。

我想给媛媛说下,可是害怕这样是把自己丢在砧板上,任她劈头盖脸地剁。我想她打过来就好了,我的声音像生病一样,她或许就理解了。

我拖着自己,恍恍惚惚走向大队,冷不丁又被门口嘈杂的声音围杀起来,他们揪我衣服,摸我头,给我下跪磕头。我张皇失措地说:往好里想吧。有个把粉底哭花了的中年妇女冲过来说:什么叫往好里想?我没工作,孩子要读书,怎么往好里想?

我想快步走进去,却不料她用手箍住我腿,我甩不是,蹬不是,只能干耗着听她梦呓。她大概说老公本应加班去了,厂里却说没去,本应上午坐电车回,也一直没回。我听得晕头转向,心想这样也好,就卡在这里,耗在这里,算死在这里。

那女子见我只是发愣,便苦苦哀求了:你带我进去看看,就是化成灰也认得。

我说:别多想了,明天,明天我们贴通知。

1998年2月14日晚—2月15日凌晨

进大队里后,手机总算响了,传来的却是副大队长的声音。他以为张老吃饭带我,就对我有好感了,就要我去服侍这九世的更年期。

我叫天不应,叫地不灵。

来到烟雾缭绕的办公室后,我坐成一个摆设。张老抽烟,喝茶,觉得口里湿了,又抽,根本投入在自我世界。有时痰哗的一声飞出,我还觉自己是容器。

张老开始划拨堆积如山的草图时，我想我画的现场图也在里边，他是要对这些图实现拼接。我走过去，鼓足好大勇气，说：这张好像应该拼在这里。

张老挥手说：走开。

我傻掉了，一动不动。张老又说：求求你走开行不行？

我这才像得到判决，走开了，但不知是该走到桌边，还是门外，便压着自尊心磨蹭，许久才敢落座于门旁沙发。坐好后，我将手机设为静音，颤巍巍点上烟，心下伸出两只巴掌，不停抽张老的面颊。

张老的手机响过一次，张老吼道，你不打电话会死啊。然后将那东西一把拍到桌上。我战栗了一下，接着想这不是我一个人的问题了，这是所有人的问题。所有人都有问题，就说明你张老才是有问题，神经病。

后来，张老拿出尺、笔和白纸，画了几笔，揉掉了，如是往复，好似有了点进展，谁料副市长带队，亲自端西瓜来了。副市长说：不急这会儿，不急这会儿。

张老起身取了一片，一口吃掉，然后说：还要吃吗？

副市长脸煞白下来，找了个台阶，溜蹿而去。

人走了，张老就倒在椅上，翻来覆去，唉声叹气，好似大富破产。许久，我才听到他说：严丝合缝的东西又破碎了。

我想我待在此地为何呢。我就是看手机，看来看去，还是中国移动。

我想，媛媛自己安排了，媛媛不在乎我了。而我呢？一直是她的囚徒。她说有光，于是就有了光；她不说，天下就黑暗了，我在夜雨中孤苦伶仃地走。

我恍惚觉得自己是暴怒的法官，手上提着皮鞭，围着媛媛走。我说，我给过你很多东西,比如钱,信任以及任何的秘密,可是却不知道你在想什么,想着谁。我看到这个嘴角带血的烈士轻蔑地说:我为什么要说,我有什么好说的。我便被这轻蔑侮辱了,便想用刀剖开她的心脏大脑,看看里边到底埋了什么真相。但这就是人类永远的遗憾,你永远无法像知道自己想什么一样,知道别人想什么。别人就是城堡,媛媛就是城堡。在冥想的尽头,我扔掉屠刀,眼泪哗哗地跪下来,恳请城堡主人开恩,给我一个判决,要么让我活,要么让我死。

这样悲绝的字句眼见要冲出口时,我吓醒过来。张老像剪影僵立在灯光下,我想媛媛应该是睡了,今天不用多想了。

今天就这样了。

将近一点,张老才完工,他张牙舞爪了好一番,我才知是叫我。匆忙走过去,见桌上已摆好两张精密的电车复位图,火柴人或坐,或立,或躺,或蹲,一目了然,死 15 人,伤 23 人,完全贴合。而且,以前我见过的示意图多是线标外奔,这些却是向里奔,向电车奔的,就好像尸体们沿着抛物线飞回去了。

张老说:怎样?

我老实巴交地说:像艺术品。

张老有些不好意思地笑了:两张图之间还是有误差的,炸点彼此差了一尺。我们差一个具体物证,有张草图上注明有螺丝钉,我已看过原物。这颗螺丝钉是哪里的,将决定炸点在哪里。现在,你打电话给公交公司,叫他们开辆同样的电车到桥上。

我说:现在?

张老说:当然现在。

是夜,一辆同品牌的电车开到被炸车旁边后,我们封锁好大桥,静观张老脚套塑料袋,手提电筒,在两辆车间来回奔波,不厌其烦。弄了有一刻钟,他说:电车上的螺丝虽然脱离,但基本能找到,就是倒数第二排连车座带螺丝一起飞了,说明炸点在那里。你们配钥匙,固定好钥匙,就能配另外一把了。道理一样。

说完,张老又找了两个刑警上新电车,让他们时而侧坐,时而正坐,时而蹲着,时而抱物,时而头垂,时而头歪,咔嚓咔嚓,拍下不少照片。我便想到美国大片的特技模拟了,我忽觉事情简单,但就是想不到。

回来后,张老改了改复位图,对着副大队长朗读:炸点距车地板 10 厘米,左壁 55 厘米,后壁 104 厘米,即倒数第二排单座右下方,爆炸物系硝铵炸药,炸药应为 10 公斤,现场未搜到导火索,但可考虑为导火索引爆,你们可查炸药来源。爆炸前乘客动作基本测出,除待在倒数第二排单人座的两位乘客有嫌疑外,其余人处于浑然不知状态,因此,嫌疑人应基本锁定这二人,就是第 12 号和第 13 号,你们可重点查访。

副大队长说:张老真神仙也。

张老说:罢了。

1998 年 2 月 15 日下午

我从混沌中醒来,已是次日下午。手机躺在沙发边,像是深藏不露的门房,将告诉我,这十余小时谁关心过我,慰问过我。我想显示屏上或许记载着 20 个、50 个、100 个未接来电。都是嫒嫒打来的,嫒嫒很焦急,平均十分钟打一次,我得赶紧回个电话去。

但那里空空如也。

我想欠费了,又觉不可能,心下便忽然来了大水。我就是在车上爆炸了,她也不会来看看尸体;就是埋在棺材里了,这婊子也不会来洒一滴泪水。

我想想还是拨过去了,电话嘟一下,歇一下,好像公布答案的倒计时。我的嘴唇哆嗦起来,我会跟她说什么呢,我甚至都怕听到自己的声音了。可那声音终于无休无止的漫长起来,到最后又有个普通话很好的女子出来说些客气而冷漠的话。对不起,您所拨打的电话暂时无法接通,请稍后再拨。

对不起,您,请。

Sorry,the number you dialed is busy now.Please dial it later.

我咬着腮帮,像石头一般硬坐着。这时,张老走来问:醒啦?

我仓皇地笑笑,忽见张老又鬼魅般走远了,嘴上还说:又说废话了。

我问:饿吗?

张老背对我摆摆手,苍老地说:不用了,挺麻烦你们的。

我问:张老您这是怎么了?

许久,张老才搬椅子过来,俯身对我说:孩子,你觉得图纸很精细,像艺术品吧。

我说:是。

张老说:我每次做时也很兴奋,我总想看到事物回到它应有的状态。现在,我把乘客画回到昨天上午10时8分,我看到他们浑然不知地坐在车上,有的想着上班,有的想着回家,有的想着发财,有的色胆包天。我也看到那两人,一个闭眼,哆嗦着手抱炸药,一个把头凑到炸药包上看,镇静地把火苗移向导火索。火光一定照过他的脸,一定显现出他兴奋的眼神。我看到了这一切,几乎有射精的快感,可是就是有声音告诉我,你看到有什么用?

我说:怎么没用呢?

张老说:就是没用。我也测算出了炸点,可是测出了又有什么用?你们只要上车,看哪里损坏最大,就知哪里就是炸点了,你们也很快就知是路爆还是车爆了。而炸药成分,你们也可化验出来,民间用药都是矿药,矿药都是硝铵,学名叫硝酸铵,有的也叫硝酸钠,都知道。还有,即使你们在现场查不到引爆人,也能通过认尸,排除出好人。关键一点,我记得你第一次见我,就说那具尸体应该靠近炸点,你说你都知道了,我论证这么久有什么用?

我说:张老千万别这样说,没您我们一筹莫展。

张老说:到目前为止,还没有国际组织声称负责,也没人自首。不过,自杀性爆炸,凶手往往留有遗书。你说,人家遗书都留了,我还论证个屁?好像人家留遗书是为了让人炸一样,不可能。写遗书就是为了炸人,炸自己。

张老说得哀处,猛拍大腿,叹一把老骨头,毁这荒谬的工作上了。

我说:我就不信善恶没有报。

张老说:啊呀,你说到我痛处了。最苦的就是这个,凶手无法起诉,你有气出不了。你判他五马分尸,他先把自己五马分尸了,你判他凌迟,他先把自己凌迟了,你不解恨,再剁几刀,像剁包子肉馅一样,有意义吗?我昨晚去现场复查,也是想推理下,看有没有可起诉的活人。我想还有种微小可能,就是这两人也是无辜的,他们处在炸药中间,导火索却是别人点的。但我在现场找人一模拟,就知不可能了,光天化日,长距离引爆太难,而且那座位的格局也只许两人互相遮挡,完成此事。

我说:您肯定抓过那种陷害他人的。

张老说:前年在501国道上抓过。那次爆炸发生在夜晚,卧铺车的人都睡了,现场表明,一个上铺女子,腹部和双腿被炸严重,损伤超越其余。当地公安认定是自杀,我说你们还年轻,你们低估了别人的智慧。我这么说,是因为看到一个伤员的腋窝和脚板有炸伤,我的理由很简单,只有点了导火索然后找地方趴下的人,才会暴露腋窝和脚板。后来案件告破,情况就是这样。死者老娘还说,怎么也不会想到是他。但这样让我感到聪明的案件,却很少发生。有些要案奇案,破起来工作量巨大,我多半只出现场,还原一些数据,真正破案的还是你们地方民警。我说白了,就是个前期打杂的,就是个帮手,可有可无。

我把话题移开,说:您为什么出了现场还能吃喝?

张老说:你见了一般尸体,也能吃喝。我只不过看多爆炸的尸体,就一般了。其实也吐过,吐是因为那次爆炸超出我想象力了。那次是在一个破庙,我赶到时,就见一铜钟立在庙前,黑乎乎,发了裂,没什么大不了的,但一撬起钟,一股呛味便冲出来,几乎要放倒我们。我们起先看到里边黑乎乎的,什么也没有,擦擦眼,又看到肉浆和骨渣涂在壁上,我马上意识到自己没看到一滴血,血被剧烈的高温烘干了,便哗哗地吐了。我眼泪花花地对旁人说:我是公安部的钟馗啊,我都吓坏了。

我说:是人都要吓坏的。

张老说:是啊,我从没见过对人这么彻底、这么有创意的玩弄。我感觉那壮汉被五花大绑罩在钟里后,叫了很多次娘,而外边的人则站在安全的田野,对他进行一道道宣判,然后息声,点着导火索,看着它慢慢往前烧。那是天下唯一的声音。那壮汉的肌肉一定鼓满了,眼睛也撑到最大,然后他看到一条红色的虫子钻进来,爬上他的脚,他想跳,跳不起来,想跑,无处可跑,接着爆炸降临,像有一万发子弹射过来,你看不见任何完整的器官,你被彻底消灭了。

张老说:那钟自己大概也受不了,跳了几跳,才闷响着落于地上。

我说:人为什么会用炸药呢?

张老说:这问题看起来傻,其实好,这问题和吃喝拉撒一样重要。一开始研究爆炸,受现场刺激,老觉这事应该是人害怕碰上也害怕去做的,想想都是可怕的。可是一离现场,碰到情绪不服,比如女人被挖了,就又恨不能把人祖宗八代,活着的死着的,都炸个稀巴烂。

我说:是呀。

我又补了一句:是呀。

张老说:仇恨带来的。人有时奇怪,杀人前气势汹汹,杀完了,杀得没呼吸了,又稀稀拉拉哭起来,知道自己做错了。我想那两人要是能看见爆炸后的自己和人们,一定后悔。

我说:死了看不见。

张老说:是呀,生前却做了炸药的奴隶,或者说力量的奴隶。我这么说,你可能不理解。我就问你,你小时做梦是不是老盼望成为大孩子?你点头,那就是了。成人和小孩的最大区别就是力量,成人可以把小孩一脚踢飞,小孩不能反过来这样。这个世界就是这样,你有力量时,你就会受这个力量诱惑,大孩子打小孩子,不是他要打,是他体内的力量驱使他打。你看你原来的同学,能考上大学的,都是瘦弱不堪的,考不上的,都是身强力壮的。这就说明,个子大的人占有力量,他会自觉地用这个力量去占有社会资源,占有了就不会考大学了。

我说:是,美女也是这样,美女也不考大学。

张老说:没有力量的呢?自然就想工具了。马克思说了,工具是肉体的外延,是猴子变成人的原因。我打不过你,还杀不过你?炸药是弱者的砝码,炸药比匕首好用,速度快,不会好事多磨,杀伤力大,你想,就那么一下,形成大规模的爆炸面,钢都炸瘪了,何况人。而且它还能掩埋罪证,如果设计得足够好,就是谁死了也查不出呢。

我说:是。

张老说:弱者的不安心态,很容易转化为对工具的迷恋。我们小时做木枪,喜滋滋地用它,其实就是想在里边找英雄气。对炸药也是这样,很多人可以捕鱼,可以捞鱼,但他们就是觉得这种方式太温柔,所以用炸药炸鱼,仿佛一炸,全村都投来畏惧的目光。我见过不少没手掌的先生,蠢得要死,炸药响了,才知往水里扔。说明什么呢?说明紧张,紧张了想扔,又怕扔水里导火索灭了同伙笑话,就不镇定了。就是这样一个显见的懦弱证据,他们还乐于展露,人家一看,用过炸药的啊,畏了三分,其实狗屁。还有搞笑的,一只手炸了,不服气,又炸了另外一只手。两只手都没了,乖乖,屎揩不成了,悲哀啊。

我说:自杀性爆炸,自杀便自杀,为何要带上别人?

张老说:你这孩子装糊涂吧?你以为纯粹是自杀吗?你以为他们的敌人是那些乘客吗?

我说:他们是报复社会吗?

张老说:是啊。你看《新闻联播》播的那些自杀性爆炸,如果引爆者强大到可以管理别人,就不会采取这种手段。采取这种手段的唯一理由就是,我扳手劲扳不过你,打架打不过你,所以要靠炸弹来突破。就像人和墙,我对墙提要求,墙根本不回答,我殴打墙,墙还手都不会,但是一上火药,墙和你的区别就消失了。对那些人来说,墙也许只缺一个角,但这个角足以让整面墙都意识到。昨天的爆炸案也是这样, 全国都知道了,整个社会也知道了。如果凶手有什么遗书,就很明显了,大家就会好好看他写了什么,听他说了什么。而平时,他们说话谁听?

我说:会不会有人仅仅为自杀而使用炸药?

张老说:特殊人可能会,一般人不会。我觉得用炸药还是想说出点什么,这炸药就是扩音器,就是讲话前剧烈的干咳。就是提醒大家,注意听我说,我不满。

1998 年 2 月 15 日晚

张老晚饭没吃,仙遁了,据说华北有个炸药车间出事,死的人比这边还多。我把他辛辛苦苦地捋顺了,可自己却还是空落落的。我想找点事情,忽然又找不到。这样,墙钟的秒针,像是[illegible]刀,一刀一刀划向我的心脏。

我听到一个声音说:非问清楚不可了,非如此不可了。

我又听到嘟、嘟、嘟的声音,我好像觉得这声音是在嘲笑我。我知道媛媛是在以故意不接的方式,让我误以为她在上厕所、开会。我想你干吗不直接挂断呢?我脾气犟了,一次次按重拨,我想就是吵,也要把你吵死。这样恶狠狠好一番,猛不料媛媛的声音过来了,我措手不及。

媛媛说:你干什么啊?

我说:不干什么,就是想你,担心你。

媛媛说:你喝多了吧?

媛媛又说:有事吗?没的话我挂了啊,还要开会呢。

我说:当然有。

媛媛说:什么事?

我说:这么久了,你就不能打个电话吗?

媛媛说:你还好意思说,有女的给男的打电话吗?

我说:是啊,我是男的,我打给你,但是哪次你又和我好好说话呢?

媛媛说:什么又是不好好说话呢?

我说:这样就是。

媛媛说:你不知道人家忙吗?

我本想说“你是不是有了别的男人”,说不出口,挂了,老子也还你一个嘟嘟嘟。然后我用手捏显示屏,捏到“中国移动”四字变歪,变彩,变没了,便把它丢到地上,用脚踩,踩烂了,又一脚踢到墙角。我受不了你这现代怪兽的折磨了,你让恋爱变成每三分钟一次的狐疑、求证、拷打,你杀死孟姜女范喜良了。

晚上回家,妈妈见气色不对,问我,我说不出口,倒在床上翻来覆去。妈妈端来猪心桂圆汤,说:趁热吃了,别生气,女人有的是。

我说:不是那回事。

妈妈说:我不管是怎么回事,你是我儿子,你给我吃掉,身体要紧。

妈妈又说:我一早就看出不是什么好东西了。

我说:别说了。

妈妈气愤地出门,找张姨、王姨说去了,声音大到一条街都听得到,比如她老娘是卖糕点的,一天没几角钱利润,年终奖都没有,到哪里找这么好的女婿；又比如为了国庆结婚，挺好的房子又装修一遍，花了好几万，好几万不是钱啊；又比如过年过节，又是茅台酒又是铁观音，自家都喝不起，都孝敬给她了，现在好了，孝敬出潘金莲了。

我推开窗户，大喝：妈，别说了。

王姨、张姨赶紧把我妈推回屋。妈妈好似不服气，又加一句，就是那样，本来就是那样。

那夜，我看到媛媛挂在衣柜里的拳头大内裤，便想到她紧窄的腰身和阴部，如今躺在另一个男人身下，扭摆，呻吟，挛缩，便过去扯它，扯不破，又撕，撕不裂，又揉，揉成团，塞垃圾桶去了。然后我斗志昂扬地四处清理媛媛的东西，口红，本子，浴帽，去了花花绿绿一堆。我好似又看到媛媛在躬身收拾，收拾完了，扬长而去。

我的心像是被刨过，空荡荡。

夜晚有些清冷的月色泻于床，我睁着眼，想自己浮游在没着落的半空，为雨淋，为风吹，为雷电穿过，便再也控制不住，滚下泪来。

我想肯定有这样的对话——

我说：我以后再不打电话了。

媛媛说：好吧。

我说：再不骚扰你了。

媛媛说：好吧。

我说：分手吧。

媛媛说：好吧。

我想媛媛一直是在等我，等我忍受不了折磨，先提出分手。

这几乎是她最后的仁慈和良心了。

1998年2月16日

次日上午，我往办公室赶，穿过几十号法医，迷迷糊糊看到胳膊、大腿、皮块、骨头、内脏、肠子，像半熟的卤制品滴着黑色的血，走来走去，像是支离破碎的我走来走去。我已经死了，我是在阴间。

中午开会，墙上贴满了15张素描遗像。

副大队长说是省厅神笔马良根据拼接好的尸体还原出的，12号、13号尸体因爆炸过度，只能还原一点点。我撑起眼睛看了看，那两张面孔好似一大一小两只鸡蛋。副大队长说：兄弟们，现在你们要做的是把群众放进来，让他们领人，谁领到这两具尸体，谁就是嫌疑犯的家属。

我踉跄走到尸体边，点好辟邪的香烟，忽听天上跑下一片嘈杂的海。不一会儿，面孔扭曲、欲哭无泪的男女老少便如急浪驰来，淹过一具尸体，又淹过另一具尸体。不知是谁抢到先手，找准一具，哇地哭将起来，这哭声原是和呕吐一般，很快传染开来。我便想爸爸了，爸爸听说我掉到湖里去了，像飓风吹刮的树，像醉汉，跌跌撞撞跑过来，一下没跑好，竟然摔倒在地。我看到了，跑过人群去扯他衣角，他看了一眼我，不相信，又看了一眼，哇地大哭起来。

我却是也要哭了，便不再看他们。

如此喧闹很久，像是有个抽水马桶，把喧闹又抽走了，大家跪在地上默默烧纸，收拾尸骨，只有前天碰到的粉底女人，还在念叨：他爸你享福了，享大福了。我知她老公恰如张老所言，到死还在亲嘴，我知她难以自处。后来，几个浓眉黑眼的发廊妹被带过来，交头接耳指着一具女尸说：就是她。粉底女人忽然站起，扑上去掐，掐得个个落荒而逃。粉底女人见手间什么也没有,便跺脚大骂:众人养的,婊子养的,鸡,鸡。

我跟着默念:鸡,鸡。

粉底女人消停后,我看了眼天空,忽被惨淡的光镇压了,忽然寂寞、寒冷。我闭上眼,想睡过去,仿佛睡过去了,事情就会自己过去。等我醒来,也恰是这样,夕阳、群众、13具尸体都消失了。而两只鸡蛋样的12号、13号尸体,还在面前一动不动躺着。我打起精神,重新审视他们,像审视没有谜底的谜面。我看到他们躺在飞速流逝的光阴里,急剧萎缩,失去皮肉,然后骨头也风化了,被风吹走,他们飘走时,挑衅地大笑。

媛媛跟着在空中挑衅地大笑。

我想,如果我即刻死掉,一定死不瞑目,便忽然理解起去年那个杀人的精神病来。就因为朋友说了一个关于他前妻的谜语,他逐渐失态,竟至疯了,尔后在精神病院遍访高人,仍不得其解,竟又逾墙来找朋友,朋友给了谜底,但他觉得是假的,便杀了朋友两刀。当时听来,心下有五字,“总之很恐怖”,现在却忽知他的愤怒了。

回到家后,我干呕了好一会儿,半点不想吃,倒在床上,妈妈过来说,吃点吧。

我说:说了不吃。

妈妈擦着围裙讪讪而去,没过多久,又推门进来,我懒得理她,偏头装睡。又过了一阵,妈妈斗胆进来,庄重地说:老二,我也不知该说不该说,你就想到一点,家里什么都好,细水长流,留得青山在,不怕没柴烧。

我说:你说什么呢?

妈妈说:媛媛和她科长好了。

我说:你说什么呢?

妈妈说:我问到了,最近她和她科长去长沙出差了。

我说:出差不代表什么。

妈妈说:唯愿什么事没有。但是做父母的不喜欢这样的媳妇,你莫跟她来往了,不值得。

我挥了挥手。

妈妈说:你答应我,心里想开点。

我说:没事的,他也是喝我洗脚水,我早就不喜欢她了,正好。

可妈妈一走,压抑的火苗便在心间腾起,顷刻便将皮囊内的一切烧了个遍。我好像被什么推着,跃床而起,走来走去,将妈妈整理好的媛媛物品一一掀下来。有枚花瓶养着枯萎的玫瑰,掉下时竟然没碎,我提起一砸,它才清脆地碎了。然后,我又被越烧越大的火推到客厅里去了,我拿指尖拍打着电话上的数字,一连拍错三回,才算拍过去了。

电话一通,我劈头就喊:别他妈又有事,长沙很好玩吧?出你的差去吧。

媛媛说:出差怎么了?

我说:你明明说开会。

媛媛说:对啊,出差就是为了开会。

我说:装什么糊涂,分手吧。

媛媛说:好吧。

我说:你来把你的东西取走吧。

媛媛说:不要了。

我说:是你的东西,你自己取走,否则我扔了。

媛媛说:扔吧。

我说:那你把我的东西还给我。

媛媛说:好吧。

我说:你还是烧了吧。

媛媛说:好吧。

我说:别好吧了,你记着,过年时我去你家,给了你两千块。

媛媛说:我还给你。

我说:当然要还。

媛媛说:今天你是不是疯了?

我说:你他妈才疯了,自己心知肚明。

媛媛说:我没法跟你说。

然后电话挂了,媛媛消失了,就好似在街头吵架,对面突然蒸发了,我看着自己遍体鳞伤,起起伏伏,大败而归,忽然泪流满面。

那咸东西流过嘴角时,好似导火索一般,把自尊又燃起来了。我重整旗鼓,拿手指敲电话,敲过去一次被挂一次,最后终于接通了,人却衰竭得只剩嘶嘶声,什么也喊不出来。

许久,我才听到媛媛说:早点休息吧。

我将话筒砸到桌上,转身走了,我想媛媛你给我记着。走到窗户处时,又听到楼下妈妈和张姨、王姨在大声说话。王姨说:早看出来了,上次那边亲戚就告诉我了,说是天天坐车,手里还捧999朵玫瑰花呢。张姨说:我也早知道了,说是当着街就十指紧扣。叫老二莫生气,惹进门才麻烦呢。

我推开窗疯了似喊:张姨、王姨,你们早知道了,怎么不告诉我?

妈妈恼怒地看了眼我,见我神色不对,马上进屋。妈妈擦了擦我脸上的泪痕，说：气是生不完的，自己身体要紧。你答应妈，别难过了，别为女人生气。

妈妈又说：两个阿姨也是欢喜，你说你娶这样的女人进屋，一街的邻居都不喜欢。以后说话别那么直接了，她们也是怕媛媛以后做你媳妇了，得罪她了，所以过去不说。现在做不成了，不就说了？

我听不下去，转身进房，妈妈好似要跟进来，我把门反锁了。妈妈敲了几下门，我大声说“没事”，敲门声才扭扭捏捏地消停了。

我拉灭灯火，可是刀枪棍棒还是一起亮锵锵杀到眼前来，我便取酒来一口口地喝，喝得热气一截截涌起来，整个人便前后左右在空中翻滚起来。

我在倒转的空中看到四壁坚硬的墙，我想是拿这个墙没有办法了。我要是组织同事或者联防队员去打这对狗男女，他们就会掏出创可贴、红药水和云南白药，说自己和小偷带止痛片一样，早知道要挨打的，打完就没事了。我要是说你们真贱，他们就会说，是啊，我们真贱，贱得不行，七八代都很贱。我要是说把你们关起来，他们又会说我们多少还是懂得点法律的，这样吧，我们是良民，申请个拘留，十五天后咱们算两清了。

我想我他妈是和自己说相声，我他妈是什么气也出不了。

我提了枪，勒好裤带，呼哧呼哧地拉开房门，穿过客厅，又掏钥匙去开防盗门。转了几圈，晃当当响了，还是没开，我便踢。妈妈忽然穿着睡衣，赤着脚过来了。

妈妈说：你要去干什么？

我说：有点事。

妈妈说:你不能出门。

我说:你管不了。

我说:滚。

妈妈忽然拉开我,双手张到防盗门上,说:我不滚,今天你出不了这个门。

我喷着酒气,把妈妈拉到一边,扔到一边,继续扭钥匙。可是门总算开时,妈妈又喊起来:老二,你看着。

我回头一看,她手上抱着我爸爸。

我说:你想多了,媛媛不是还在长沙吗?

妈妈说:那你做什么去?

我说:我去散散心。

妈妈说:我陪你去。

我不耐烦地说:还是回吧,都回吧。

我把爸爸的遗像摆好在客厅时,发现他还是很严肃,到死都不会笑。

1998 年 2 月 17 日

次日,妈妈陪我打车到大队门口,我进门后又出来,看到一辆公交车冒着烟跑了,妈妈不见了,才脚步轻飘,脸色发红,恍如隔世地走向办公室。我想到同事,就好像他们正一个个地在开怀大笑,我想你们给可怜的人积一点德,不要过来意味深长地拍肩膀。可是到了,却发现他们早已掉入自己的深渊,烟抽几口,就掷地上,用脚搓来搓去。

从医院回来的说:医院里 23 个伤者,3 个快死了,6 个暂时脱离危险,剩余 14 个什么也讲不出来。司机伤得不重,头发却一下白了。医院掉下茶缸,他就尿床,声嘶力竭地要求转院。售票员正面受冲击,毁了容,医生怀疑精神失常,建议不要惊扰。还有些伤员虽然神志清醒,却提供不了什么线索。有一个甚至还说:就是你们坐车,也不会研究别人呀。

从炸药厂回来的说:本省的产销储渠道,说是每笔账都对得上,每件炸药都说得清去处,而且炸药外包装和爆炸案也不匹配。从做题目角度说,这是灾难,这意味着省里这个可控范围被排除了,嫌疑犯可能来自漠河,也可能来自海南,只要属于广阔的 960 万平方公里,就都有可能。如果从尸体外观作大胆联想,来自蒙古、东南亚也不是不可能呢。

从停尸间回来的说:认尸的群众陆陆续续来了二十好几个,我们像陪领导参观一样,陪他们走到水晶棺材边。他们歪着头,眯着眼,趴下身子,细细参观尸体,参观完了,一会儿说是,一会儿说不是,磨蹭很久,才羞涩地说,有 80%的可能不是。其中一位最伤人了,哭得梨花带雨,让我们以为找到尸主了,结果他接到传呼,就笑起来,说:你们看,没死,通了信呢。

从派出所搞社调回来的说:社会调查那么容易搞么?本是可遇不可求之事,哪个派出所,哪个片区偶然找到线索,就破了,现在你投一百人一千人去做,投一百万一千万去做,做回来还是个零,这不是叫人下大海捞冰棍、到珠峰捉狐狸吗?

大家都说:妈的。

副大队长脸黑着进来,众人立刻噤声。副大队长一个个看,一个个瞅,瞅得眉毛竖起来,眼睛凸起来,胸腔一起一伏,我们便知,那股从部长嘴里缓缓生出,又在厅长、局长那里扇了几扇的怒火,终于要通过副大队长的嘴巴发泄到我们身上了。

空气宁静。

副大队长顿了顿，什么也没说，竟然走了。正当大家松弛下来时，他又折回来，让我哈气。我哈了口气，然后看到他整个脸聚成一团，接着从团团里伸出两颗大牙齿来。

副大队长喊道：你还好意思花天酒地。

我犟着头不回答。

副大队长又来揪我衣领，问：说，喝了多少？跟谁喝的？

我说：一个人喝的。

副大队长拍起我脑袋来，说：放你妈的屁，都什么时候了，你他妈是不是不想干了？

我说：是。

副大队长说：你再说一遍试试。

我大声地说：是。

大家忽然反应到什么，将我拥出门外，问我怎么了。我晃着一窝的泪水，什么也说不出来。中队长低声交代：别多想了，回家休息一两天，避避这烟鬼的风头，过几天他手头没烟了，又会到你抽屉里找的。

我匆忙点头，要走掉。忽然中队长又来拔我的枪，我说怎么啦。

中队长说：我先帮你存起来。

中队长又说：你别多想，我手下的人谁也开不掉。

我鞠了一躬，在他们错愕的眼光中，头也不回地走了。穿越大门时，好似穿越的是气候分界线，好似整个人忽然扎进茫茫冷水中，竟然想这就是冗长而惶恐的余生。我不知道要走到哪里去，只是脚步要走，左脚走了,右脚就要跟上去。东消失了,西消失了,南消失了,跟着北也消失了,雨开始宽阔而无限制地统治起世间来。

那些男人,女人,老人,小孩,在摇晃的树枝和踢踢踏踏的遮阳篷下,迈着大惊小怪、有惊无险的脚步,充满信心地朝前游弋,各回各家,只有我像怪物,在伸手拥抱这密密麻麻的惩罚,好像寒冷、痛苦、病痛和死亡才是快乐的本源。

好像高尔基在说:让暴风雨来得更猛烈些吧。

我也在说:让暴风雨来得更猛烈些吧。

我三年追来的女人,三天报废了。

我不可能再看到伞一般豁然打开的笑容,不可能再看到珠玉一般明澈的眼神,不可能将敬畏的身体置放在她的体香旁边,不可能从她微皱的眉头和扭摆的身躯体察到自远方而来的挛缩。那挛缩像浪花、像烟火,水乳交融,恩爱偕老。可是现在,她像是提着铲子把我体力的她生生挖走了。

我忽然如赌徒溃败,忽然像人只剩半边,空荡荡,血淋淋。我晃了好几下脑袋,还是这样,几天前还应有尽有,现在却被剥夺得一干二净。

后来,我勉强朝着电信大楼走去,在路过水淋淋的栅栏后,我看到修车铺旁边有一家没关门的小卖部,小卖部有一条谈判的线路。

我拨了媛媛的电话。

我说:我承受不住了。

我说:对不起,是我多心。

我说:原谅我吧。

媛媛薄薄的嘴唇在我的想象中开启了,锋利而决绝的牙齿像是早已准备好。

媛媛说:分手是你说的,你说分就分,说好就好。你以为我是什么?

我说:是我不好。

媛媛说:对不起。我不想再担惊受怕了,钱已汇了,你注意查收。

我说:我不想要你的钱,我只是生气找不到出气的。

媛媛说:是你的钱,不是我的钱,你的钱,我还给你。

我说:好吧,还吧,我也接不到了。

我说:我活不下去了。

媛媛静默了很久。

我说:我活不下去了。

媛媛说:对不起。

我说:我想见见你。

媛媛说:对不起。

我说:我他妈想见见你,我他妈活不下去了。

可是电话挂了,那最后几个字从话筒里弹出来,愣生生挂我嘴上,像根冰棍。老板目瞪口呆地看着我,我也看了下自己,雨水已将绿色制服涂染成黑色。

我凄惶地一笑,好像自己赤条条。我说:没见过警察这样吧?

老板不安地摇摇头。

我说:现在见着了。

我又说:我爸爸跟我说过了,宁叫天下人负我,不叫我负天下人。

老板说:你这是什么话,你工作那么好,还有面子。

我走也不回地走了,我想他一定对着我的背影深吸凉气,一定叫他的老婆出来看这人间奇迹。他说要报警,他老婆就揪他耳朵说,你真多事,一点记性都不长。

我苦笑着继续往浑噩的方向走,好似泪水从脸庞经过,一颗颗悲壮地砸开在眼前的路面上。我想我的活路就在你了,我在等待你伸出手,你伸出手轻轻一勾,我就像死狗看到骨头,阳光万道,益寿延年。

可是我的手机呢?我的手机不是早就丢了吗?我刚刚不是还在小卖部打公用电话吗?

我忽然又在人间多留了些时日。开始时,我准备等半个小时,可是我觉得这样的恐慌还不至于在人的内心生成。我想一小时足够了,一小时,媛媛在不停地说服自己,没事的,没事的,可是终于说服不了自己。她开始拼命打手机,打不通又往我家打,她一听到我妈的声音就说:阿姨,对不起,阿姨你快点帮我找回老二。阿姨,你快点。

一个半小时后,我脱下警服,颤抖着走进另一间小卖部。

我对妈妈说:媛媛来电话了吗?

妈妈说:没来。

我说:那你查查来电记录吧。

妈妈说:没有。你没事吧?不加班的话早点回,外边下了大雨。

我说:没事。

我放下电话,心间一叹,如今是死绝了。

我朝着一间废弃的大楼走去,楼道黑暗,好似地狱弯弯曲曲的入口。在最后一层,我拉了很久的铁闩,以为拉不开,那冰冷的东西忽往旁边一冲,竟将虎口夹出血来。我惨叫一声,好似看到屈辱层层叠叠涌上来。

拉开门后，狂风斜雨浇杀过来，我咬着牙齿，心想真是好死的时节。

啪的一下，啪，这个一米七三的身躯就将扑倒于坚硬的地面，雨水像清洗一只开瓢的西瓜，清洗着冒着热气的头颅，那本来还有点构造的东西，便很快模糊了，囫囵了，便不成样子了。第一个人看到地上这章鱼似的尸身后，手舞足蹈地大叫，接着来了很多人，他们也不打伞，也不加衣，就那样恐惧而好奇地看着警察拉警戒线，就那样等待媛媛。他们在媛媛跌跌撞撞来时，让开了一条路。他们心里说，就是这个可怕的女人，狐狸精，害死了这个男人。他们心里想说的反映到他们的眼睛上，他们这样火辣辣地盯着媛媛。媛媛抖索着瘦弱的背，背上了沉重的十字架。

此后，她的背慢慢驼了，她没地方可去了，单位是火辣辣的眼光，街道也是，世间尽是。她从此披头散发，噩梦缠身。

这样想，我好似平衡了很多，便趴在栏杆上静候天神的命令。我看到密集的雨自身边路过，直冲下去，整个世界哗哗地响起来，然后又慢慢看到妈妈在下边伸着脖子，往这边望，她找寻了很久，忽然撞上我的眼睛了。我心间忽有闪电，竟是一下看到那眼窝里空洞洞地绝望了，便怔了起来，许久又知她是根本看不到我的，她只能无能地俯身，去收拾我的尸骨，像收拾一堆柴火，她对旁边的人说，走开。

我看到她背起编织袋，对人说，走开。然后像个疯女子消失在路面了。

我便知自己没勇气去死，我原本就怕死，我只是自怜。

可这时我的身躯忽被大地这块磁铁紧紧拉吸，栏杆好似撑持不住，要翻滚下去。我伸手猛推一把，那上边的一部分便分裂出来，像灭火器一样飞了下去。

接下来轮到我了。可是那里边生锈的钢筋又咬牙生生挺住了，我慢慢从那死亡的半空爬退回来。忍着呼吸把全部身躯退回到楼面后，我才踏实了，才知心脏像惊马般跳起来，才知呼吸像喷气般闯出来。我躺在那里，闻了很久，直到确信雨、树、尘土和万物的味道清晰地跑回鼻孔，才安心了。可是不久，我又神经质地爬起来，我害怕这楼面是斜的，我如今又要滑落下去。

骇然地站了几分钟，我去小心推别的栏杆，竟发现它们慢慢像摇篮一样，晃了起来。我便吓破胆，跳着跑了。

1998 年 2 月 18 日凌晨及以后的一段日子

我像一条落水狗回来后，看到一个矮小的影子晃荡着，一会儿摸我的脑门，一会儿啧啧叹息，一会儿要去熬姜水，一会儿又要下去买药。

我定睛看了几眼，总觉得她是另外一个世界的。

我说:你是我妈吗?

妈妈说:我是你妈你都不认得了?

我说:你不是我妈。

妈妈说:老二，你是怎么了?

我把“老二”听得真切，便知到家了，便忽然放松下来，几乎在倒在沙发的同时，如释重负地合上眼皮。如是睡了一会儿，觉得身上盖了好厚的被子，脚上盖了好厚的毯子，又被扶起来喝了好大一碗苦药，嘴角流了好些，不管不顾，又沉沉睡去了。这一睡进去，便好似进了一个雾世界，怎么走也走不到尽头，却总是有不长眼睛的恶人，忽然张牙舞爪地撞过来，我惊悚地连退几步，又总是被他们狞笑着撞上。他们撞上，像干枯的纸，碎落一地。后来我又看到半空中挂满脆嫩欲滴的雪梨，我跳起来够，够不着，我想大喊：梨，梨，梨。喉咙却是被掐住了一般，半点声音也吼不出。我感觉自己就要被掐死了，最后一次破口大喊，那封锁忽然就松了，喊声竟如惊雷，将我吓醒过来。

我看了很久，不知道自己在哪里。想起来找水喝，竟是没有丝毫力气了。抬头看了窗户，忽见天色已近微明，雨大概停了，可是风还在用拳头一下下擂着玻璃，偶然的远处，还有玻璃忽然掉下碎掉的声音。我转头看了眼妈妈的卧室，门开着，人却不知去哪里了。我忽然被彻骨的孤独包围起来，便缩紧在被窝，哄自己睡起来。

这样迷迷糊糊睡了一阵，隐隐听到远处有人在喊：老二回来啊。

另一个人跟着附和：回来了唉。

我心想是梦，可是又害怕这声音慢慢走到别地方去了，便巴着耳朵听，便听到那声音曲曲折折，忽然东忽然西，没个稳定的方向，便想那是别人家的，便焦躁起来，绞痛起来，两腿竟蹬起被子来。如是伤心，忽又听到那声音猛然在门口大声响起来，我听到妈妈在开防盗门，在一步步走上楼梯，便觉鬼魅般的世界一寸寸褪去，禁不住欢喜起来。

可是我的脸皮抽动着，却就是打不开眼皮。直到妈妈的手摸上我的额头，说：老二回来啊。我才忽然睁开眼皮，一看到妈妈，我便安宁了。

我说：妈，你们去哪里了？

妈妈和张姨一惊，接着灿烂地笑起来。

妈妈说：老二，我们给你叫魂去了。

我说：好生生地，搞迷信干什么？

妈妈说：怎么迷信？你小时发烧，都是我叫回来的。

张姨说:你妈想你肯定是看过爆炸案的尸体,失了魂,就去叫了。

张姨又说:是一步步走着去叫的啊。

我心下一算,这大桥到我家,是十里路。

我说:你说你年纪比我大,我不担心你,你倒担心我起来了。

妈妈说:我就是这样,谁叫你是我儿子呢。你 60 岁了,我 90 岁了,你还是我儿子。

此时,忽听防盗门又咣当当响了,却是王姨端着热气腾腾的米粥和茶叶蛋进来了。

妈妈说:辛苦王姨了。

王姨说:醒了? 醒了就好,快给老范作个揖,老范保佑了。

妈妈一想正是,便匆匆跑到爸爸遗像那里,鞠了三个大躬,说:多谢范老子了。

我不顾她们说烫,狼吞虎咽,喝完米粥,忽然又说:妈,我以后再也不理媛媛了,她就是来求我,我也不理了。

几位妇女听了,欢欣鼓舞,抢着说:这就好,就应该这样,以后就这样报复她。

我心想这只不过是说给你们听听,她怎么可能来理我呢。我又想,你们也就是这么听听,你们就巴不得我平安百岁。

未几日,我休养生息,到得单位,发现桌上果有张两千元的汇款单,扭捏几下,还是撕了,然后像赌气的工人,投入到工作当中。别人弄好的材料,再弄一遍,别人问过的人,再问一遍,如是几番,才知用力过猛,便慢慢正常了。

我叮嘱自己:人家是阿紫,你不是游坦之。

我起先以为副大队长会给我点小鞋穿，可是这烟鬼倒很直接地给我一句话:快去买九包烟来。

我说干吗不买一条呢。他说:一条就算行贿了。

后来,我们因为别的案件下郊县,路过大桥,忽然感怀起来,就停在那里看了看,我看到那里天蓝云皓,山清水秀,烧黑的车辆已然不见,护栏也像从来没有损坏一样,立在那里。仔细找了很久,才在路心找到一个锅盖大的坑和众多麻点大的小孔,但它们已然阻挡不住一辆辆车,吼叫着,生机勃勃地爬上来,开过去。

我想,车一辆辆开过去是个好比喻,就像日子一天天开过去,新闻一天天开过去。我们起初不能接受羞辱,习惯又好了,好比一个人被锯了手,起初想自杀,等到学会用一只手吃饭、如厕、做爱了,便知带着缺失生活了。我们从没有实现过破案率100%。

老百姓也是这样,第一次看耶路撒冷爆炸时,心疼得不行,看多了,今天看到30个人没了,明天看到40个人没了,就麻木了,就只看到一个数字了,仿佛炸飞的不是肉,是数字,是12345。我们这里也这样,这些日的大规模停水事件,骚扰了半个城市的日常生活,这样,那十几具尸体便被忘记了好些。十几具是什么,是三百万人口的几分之几?是不能复生的他们重要还是活着的我们重要?我们没水，不能喝不能吃不能洗澡,渴死啦,臭死啦。

我更是这样,我原来还咬着牙齿等媛媛和我联系,哭丧着恳求我原谅,等了一阵子,又觉得要主动和媛媛见次面,了了心愿,可手头总有事。我就盘算,是事情重要,还是媛媛重要,结果是事情重要。后来听到张姨和王姨讲媛媛,是越讲越恶心,比如媛媛租了间房子,怕是被包养了,怕是每天干活,干得惊天动地,臭名远扬。我问自己,你心里难过吗?我便让张姨再讲一遍。张姨又说了一遍,我还是不生气。等到气候变了,街上女子衣服越穿越少,粉藕般的手和白玉般的胸露着,一晃一晃,我下身竟然说硬就硬,最后硬如一条铁杵。

我忽然忧伤起来。这世上原是没有忠诚的。

2

1998 年 5 月 14 日

光阴荏苒,当媛媛把钱从四公里外重新汇来时,“情人节爆炸案”已像“杨乃武和小白菜”是历史旧案了。我手捏新买的两千元摩托罗拉,把报纸盖脸上,脚架桌上,怀念路上偶遇的女人。当时我从公交车下来,她恰好袅袅走上去了。我回头一看,她已经消失在一堆俗人中了。

我想着两只危险的高跟鞋,像支撑一尊即将摔倒的瓷器,支撑着修长的腿、细嫩的腰和呼之欲出的胸脯,心下便麻酥酥碎了。这时,我听到门忽被推开,摘下报纸,便看到一个头发乱如鸟巢的酱黑男子,举着皮包,挺着眼屎,呜呀呀地闯了进来。我拍着桌子说:干吗?

来者说:来领奖。

我说:领什么奖?

来者说:爆炸案啊,我破了爆炸案。

我心说民间福尔摩斯比民间科学家还多,便极不情愿地示意坐,要他把东西给我看,可他却捂死皮包,说一看就漏气了。他说:从 2 月 14 日算起,我开展独立调查已有 90 天,以一天 8 个工时计算,我出工 720

个小时,以一个工时10元计算,你们应支付我7200元;另外,我去大桥,一天来回车费是20元,三个月是1800元;还有,为了更好获取证据,我购买索尼相机一台,价格是3400元,购买胶卷60卷,价格是3000元,都有发票。这样加来,是15400元。你们如果要看,除支付5万元的悬赏金,还需支付15400元的劳务费,总计是65400元。

我想你要说相声,我就捧个哏,便问:你叫什么呀?

来者说:周三可。

这么一说,我就明白了,嘴角竟压不住笑。周三可原也算本城有名的闲人,人传他从不理胡子头发,从不扣裤扣子,从来夹着一个温州产的假皮包,从来掏出很多名片。如果你不懂法,他会掏出律师名片,并且真的给你出庭,问被告时,他会像港片律师一样扶着墨镜说:现在我所有问你的问题,你只需回答Yes or no,understand?如果你家有人出车祸,他会掏出调查公司的名片,信誓旦旦地说他握有现场证据,能证明是司机闯红灯还是你家人闯红灯,是车轧死了你家人还是你家人轧死了车;如果你活在某个闹市区,他会掏出报社通讯员的名片,名片上写"家事、国事、风流事,事事关心",动员你向他举报线索,一经采用,好处费20大洋到50大洋不等,而他在向报社记者报料时,至少拿100。就是这样一人,可笑,可恨,可爱。

我说:谁知是不是宝贝呢?我们的狼狗去几百遍了,也没搜出来。

周三可急辩道:怎么不是呢?我一块石头一块石头地翻,翻了三个月,你看这里都翻脱皮了,你以为我诳你?跟你说,找到后我那个战栗,我怕被人扒了,被人抢了,就一次次背上边的信息,背好了,记住了,才安心了,才想到要回家休息,冷静冷静。可是在家刚待一分钟,我又怕夜长梦多,便打车来了。我一上车就说,往刑侦大队开,请直接往刑侦大队开。

我说:说这些做什么呢,看看就知道了。

周三可说:不能看。

我说:怎么不能看?

周三可说:你看了不认账怎么办?

我说:你把警察当什么了?

周三可说:我不管,你要看,就立字据。

我便扯下材料纸,装作要写,周三可说不行,说非要带刑侦大队字头的那种文件纸,我便又扯了一张那纸来。我说:写什么啊?

周三可说:证明。兹证明,如市民周宏广所提供证据身份证一张,为“情人节爆炸案”破案线索,即支付悬赏金人民币 65400 元。

我说:这事我得请示领导。

周三可说:好,我就等领导呢,跟你这些人没法说。

副大队长过来后,说:好,就这样写,不漏财,找人去盖个大队章子。快给我看看。

周三可大受鼓舞,从包里倒出塑料袋,从塑料袋里又倒出纸包,里三层外三层揭开后,拿出一张残缺的身份证,上边写着:姓名,周力苟;民族,汉。头像和其余部分被烧毁严重,看不出是哪里人,多大年纪。缺损边沿有烧焦后结的痂,和爆炸案贴题。

我拿过死伤名单要核对,谁知周三可也从包里抽出一份来。周三可说:我核过了,死伤 38 位,有名有姓的 36 位,这张身份证的名字不在 36 位之列,我断定是凶手。

副大队长说:谁知是不是你随便找张身份证烧的呢?

周三可抢过身份证,说:我到北京交公安部去。

副大队长忙说:别啊。老二,快倒茶。

周三可饮毕茶,又捡桌上的中华抽,抽几口,小心掐灭,夹在耳朵上,然后像主人一样,把刑侦大队前后左右看了看,瞅了瞅,方才兴致很高地走了。

我看他颠儿颠儿地模样,就想他找到身份证时,一定对着江上飞起的鸟儿大喊:发达了,老子发达了。就想他回去后,一定把字据小心压在箱底下,然后和老婆做三次爱,向居委会表三次功,劝棋友喝三趟酒,不醉不归。半夜又爬起来,撬起木箱,看字据,数 65400 的位数,确信不是 6540,才肯去睡了。

如此,便是洞房花烛夜、金榜题名时、他乡遇故知、久旱逢甘霖,也不如了。

1998 年 5 月 17 日

我们在本地查户口,查不出周力苟。通过省厅向下发协查通报,也没有回音。正要向公安部打报告全国协查时, 江岸派出所的人打电话来,说在幸福旅社住宿登记簿上找到了这个名字。

我们风驰电掣赶往幸福旅社,吉普车忽然超了 9 路电车,我们想,是了。

在住宿登记簿上看到周力苟的住宿记录,竟是 2 月 13 日登记入住的,又是了。我们对着名字念,苟,一丝不苟的苟,忽觉瘀塞的血管被打通,整个人神清气爽起来,风趣多情起来,几乎想电话找到周三可,邀请他过来亲一口。

感谢这可爱的神仙，让我们直达谜底，我们只要按照住宿登记簿上写的，把车开到邻省文宁县吉祥乡周家铺村六组就可以了。享年28岁的周力苟，其生前将一览无余地摊开在我们面前。

黄昏时，我们饮庆功酒，竞相谈起世间的神奇来。比如周三可如果不笃信沙滩上有遗物，不像疯子一样持之以恒地去找，我们便不知道周力苟这个名字；比如服务员要是非常敬业，每天把房间翻来覆去地打扫，我们便不会在三个月后还在床垫夹层找到一根42厘米长的导火索——这导火索干什么用？当然是引爆炸药啊；比如老板当时不多句嘴，周力苟便不会把同伙名字也登上去，你也知道，两人住宿旅社一般只登记一个人名字的。可是周力苟填好名字、身份证号码和家庭住址后，老板忽然说，你把同住的也登上去，周力苟便又在旁边一笔一画注了“汪庆红同住”五字。

更神奇的是，老板竟对2月14日凌晨保有记忆。能有记忆，又是因为走肾。平日他走肾，来去鳏寡孤独，那日却猛见一男子伏墙嗷嗷地哭，好似还不单是嘴巴在哭，胸腔、大腿也在哭，身躯抖得怕人。老板等他尽兴了，问怎么啦，那人便转过涕泪四溢的脸来，老板看清了，阔阔的，眉眼大，痘痕多，本是个彪悍的种，却又是周力苟了。周力苟看着老板时，好似没看，好似活在另外一个世界，旋即鬼魅般飘回305房间。老板抖完尿回去，恰好路过那房间，又听到里头传出声音：别哭啦，哭什么哭。老板说，那声音穿墙过壁，高尖入耳，令人印象深刻。

老板说完，便叹息这么大一电视，这么一笔悬赏金，天天播，怎么就视而不见呢。

我说：还好意思说，炸药都住进店了。

那夜，我假装自己是周力苟，住进幸福旅社305房间，试图寻找一点可能的心理信息。我看到四壁是柔和的淡黄色，好似篝火的光映在美女皮肤上，温暖而愉悦。天花板中间则挂着一盏画中常见的古式吊灯，而墙壁上还真有幅硕大的画，是安格尔的《泉》，女人在山涧全裸，坦然露着红色的乳头和有弧度的腰部，因为右臂弯过来扶水罐的缘故，腋窝对着观者，却没有一根扫兴的腋毛。双腿夹着的私处也如此，虽有阴毛少许，也是驯服地收拢于腹下的交际线，仿佛书法里的一笔斜钩。

我想女人那里都是飞扬跋扈，险象环生，我想旅社都挂安格尔，粗俗肥腻，可这里怎么这么干净这么纯洁呢？我贴耳于墙，试图听到隔壁职业的叫床声，始终没听到。拉开玻璃窗后，也没有想象中的垃圾场，倒是徐徐扑过来的江风让人忽然感怀。如是伫立，我寂寞，竟是想死的心都有了，竟想要给世间挂念的人打个电话，如此想来想去，竟又只有媛媛一个答案。我想说你不用担心我骚扰了，我想你念你，也只是自己想自己念了，我会好好过的。总之像个总结陈词，像个遗书，可是却又不记得媛媛的号码了，绞尽脑汁记了半晌，只记得138三个数字，竟是抓心。

我重新往远处看，远处挂了硕大的月球，照耀着底下一间间淡黄色的度假旅社。这些旅社像昼行夜伏的甲壳虫，排着长长的队伍，排过青翠的龟寿山，一路排到桥边。桥上，珠元宝作顶的桥堡正对着墨黑色的水，一下下闪着归来的红色光芒。我静心听，又听到水流的慈声，和轮船牧牛般的叫唤，一时得山水楼台、天堂圣界之灵，无话可说。

我觉得周力苟、汪庆红也是这样。

2月13日下午四点，周力苟和汪庆红登记入住，关上门，忧伤了一会,痛哭了一会,推窗看到这世间的天堂,觉得被告慰了,便安静了。2月14日上午九点,他们离开旅社,一头扎进最后的人间。我想他们一定好好吃了早饭,附近有几家不错的早餐店,卖热气腾腾的皮蛋瘦肉粥,那粥通过他们饥饿的喉管后,暖了他们的胃,让他们流下幸福的眼泪,他们觉得自己是个饱死鬼。吃完后,他们背着10公斤重的包,走到胜春北路公交站,或者胜春南路公交站,反正都不远,他们挤在一伙哈欠连连的人当中上了9路电车,走啊走,走到倒数第二排,看到一个位置,周力苟坐上去,汪庆红则拉着吊环。然后,他们看到电车路过一间间德国风格的房子、一棵棵制造氧气的树木和一阵阵清新的晨风,晃晃悠悠爬上了引桥。引桥长达300米,电车踩足油门,发出老将军式的剧烈呻吟,他们或许自小就崇拜这种大汽车的吼叫,心情豪迈起来,他们又看了眼蓝色的天穹,和折射到车窗的晨光,觉得够了,点点头,掩护着拉开拉链,一个抱着包,痛苦地闭上眼,一个反方向蹲下,镇静地点着导火索。在炸药接触火苗的十万分之一秒内,炸药体积变大几万倍,瞬间产生几十万个大气压,好似打翻人间和天堂的界限,穿透不幸与幸福的铁门,将他们炸离了这个世界。跟随他们一起到达天庭的是嫖娼的、扒窃的、上班的、回家的、想事的、做梦的,他们带着愤怒的灵魂,揪着二人的衣领,吵嚷着要回家,但是上帝说不用回去了,这里霞光万道,到处是棉花朵似的云彩,这里不用吃饭不用如厕,不用愤怒不用忧伤,不用担心工资、房子、老婆、孩子、疾病、火灾、欺压和下一顿饭,这里岁岁平安。

我找到张老的电话,拨了过去,张老同意了我这个判断。

张老说,他第一次上大桥,就被美抓住了。他想引桥让路面形成了好看的弧度,好似上行尽头是虚无,是天堂,是归宿。

张老又说,想不开的人都有一个归宿观。

张老还说,1980年北京站那起爆炸案就是如此,89人死伤,不过是为了一个知青作别。这知青去山西万荣插队,想靠当兵回京,不料复员时组织又把他分到运城拖拉机厂了。从地图上看,万荣和运城距北京一样远,努力来努力去,一公里便宜也没占到,知青便埋下大委屈,等到未婚妻嫁人,他便出离愤怒了,终日是想,所谓北京,所谓天安门,所谓前门豆汁,此生便是他乡了。知青探亲离京时,看到北京站弥勒佛式的身躯,想到他大肚能容天下不能容之事,却容不下他,便觉得被嘲讽了。此时,广播里又冒出中年女子不容置疑的声音,那声音是在催促他上车,抓紧上车。他便哗哗掉下泪来,像是被驱使着往安检口走去,走了十来步,又觉得这北京站止厅长得像个字,最后他说:不是个“门”吗?前日此门出,昨日此门归,今日又逐出此门了。他便点了炸药。后来,人们看到遗书,说:地方虽不理想,但终究是个归宿。

张老说:其实在引爆时,他可能觉得没有比这更理想的。周力苟他们也一样,可能计划在桥中间炸,或者过了桥再炸,但他们在上坡时猛然看到天堂,便下手了。

我说:也有人不择地方的,也有人随便找个楼就要跳的。

张老说:那当然,急火攻心,就管不了那么多。

我说:张老您还好吗?

张老说:我很好,酒肉穿肠过,佛祖心中留。哈哈。

1998年5月18日—5月19日

次日一早,我带好牙膏牙刷、换洗内裤,赶到刑侦大队,准备出发去文宁县。车出大门时，那心情好似禁区内忽有空门，就等补一脚了。可是接下来，我就心惊胆战地看到街对面走过来一个女鬼，她穿着粗笨的红呢子裙，涂抹着鲜艳的口红，打着浓重的白霜，试图掩盖住丑陋的伤痕，却是掩饰不了。

我好似看到两边的楼一幢幢倒下，灰尘竟是漫天。

这时，同事说：那不是你家媛媛吗？

我说：瞎说，媛媛穿衣服这么难看吗？

车辆路过她时，我将身子侧了侧，遮住同事目光。我看到她头发凌乱，眼睛浮肿，鼻子和嘴巴苦着，神情畏惧地望了车子几眼，露出什么也望不到的怅憾来。我想这就是媛媛你么？我还好跟车出来了，你要是到大队找我，岂非丢死我的人了。我不解，自己怎会和这么丑、这么寒碜、这么没品位的女人谈三年恋爱，还要死要活的，中了邪么？入了魔么？你瞧你穿的什么啊，做迎宾小姐啊。

可是车一开远，我又伤感了，究竟是有个地方回不去了，是有个女人回不去了，究竟是摧毁了。

我又想她可能有事找我，便像老师备课一般背起台词来。如是等待，手机竟是没有反应，而车已经跃上高速公路，将指示牌一块块弃下，将清澈的路面像履带一样拖起来，我便困了，止不住瞌睡起来。如是行一百里，司机忽拉一声警报，我便睁眼看到前方一辆卧铺车匆促打方向，然后又耸一下肩膀，停路边了。我们的车嗖地飞过时，我好似感觉那扫视过来的乘客，个个是周力苟，个个是汪庆红，他们在艰难等待汽车修好，好去我们省，好去 2 月 14 日，而我们这辆马力十足的三菱吉普，则朝着他们省，朝着 2 月 14 日以前，一路狂奔。

我想到他们二人在卧铺车停下后，担心车顶放着的编织袋。

汪庆红说：路上颠簸，爆炸了怎么办呢？

周力苟说：炸药这东西文静得很，你锤它砸它它都没脾气，你点它才麻烦。

汪庆红说：要是别人扔的烟头吹到车顶呢？

周力苟说：风会把它吹走。即使吹不走，火也小了，想烧透编织袋，没那么容易。

汪庆红说：司机和售票员没发现吧？

周力苟说：发现了还不说？

汪庆红说：可现在停车了呀。

周力苟说：停车也没见他们跑啊，他们知道有炸药，还不跑？傻乎乎拿钳子干吗呢？

汪庆红说：万一发现了呢，要扭送到公安局啊。

周力苟说：送吧送吧，人总有一死，要死卵朝天。

汪庆红说：你这么说，我就好受了，我还以为是我逼你死呢。

我这样想，又觉不妥，因为旅社老板所说的周力苟，原是可怜软弱的。这样想还有个麻烦，就是周力苟有形象，而汪庆红没有形象。神笔马良根据旅社老板的讲述，补充补充，算是画出了周力苟，而汪庆红作为13号尸体，却始终没画出来。神笔马良说：他的头顶、鼻骨和面颊骨全破坏了，像被牛踩了几十脚。

后来天逐渐黑下来，路难走。也许我们还走错了，下高速，过省道，竟跑河里去了，车轮在河里转圈，甩了我们一身泥浆，我们骂司机，司机说地图上就是这样的啊。爬过河，又是山，那山路似纠缠于柱的铁丝，窄而薄,车灯一会照向惊愕突兀的山壁,一会照向虚渺,总好像要将我们摔到太空去,我们实在害怕,便让车停在阔地,搬大石固好轮胎,睡车里了。清晨醒来,我发现文宁县城就在眼下,摆着公园、烈士陵园和大大小小的楼房,像个破盒子。

我兴奋不已,却不料又走了半个上午。

后来去吉祥乡则索性没有柏油的意思,有时小心开很久,还得倒车,因为对面装猪的车没有倒车功能。到了民居改建成的吉祥派出所,文宁县公安局副局长勒令吃土鸡,如是酒行三巡,我们着急,副局长说,人都死了,急什么?

我们复核派出所户口档案,发现周力苟确有此人,却无照片,内勤说补办身份证时缺相片,撕下了。我想,管他呢,找到周力苟家就可以了,就有数了。这样到了傍晚,我们坐摩托,屁股都抖散了,才走到周家铺村六组,却发现传说中的周力苟脸变瘦,痘变没,驼着背在屋内抽烟呢。

我说:你是周力苟?

周力苟说:我是周力苟。

我们跑了七百多里,跋山涉水,像哥伦布穿洲过海,冒千辛万苦,想看死人,结果死人健在。我不死心,问:你说身份证两年前掉了,知道掉给谁吗?

周力苟说:娘啊,我也想知道呢。

我真想抽他。

回来后,那副局长安抚说,还有汪庆红呢,汪庆红可以查嘛。

但是我的双手已然空空,心里也是这样,我们原盼以周力苟带出汪庆红,现在却只剩汪庆红这光溜溜的名字了。这名字,一无民族,二无生日,三无住址,往哪里查?而且庆红庆红,全国庆红多矣,鬼知是哪个庆红。

此时,手机响了,来电是本省的。我心想是媛媛的,却不料里边喷出来的是个急切的男音,我是周三可啊,我是周三可。

我没好气地回道:干吗?

周三可说:我问钱,钱是不是可以发了?

我说:别想了,你那身份证没用。

周三可说:哦。

1998 年 5 月 19 日—5 月 27 日

回文宁县城后,我们用一周时间,查到该县有 12 个人叫汪庆红,全部健在。我一个个地召见,一个个地问:去过隔壁省吗?去过长江大桥吗?掉没掉身份证?他们晃着大小不一的头,答:没有,没有,没有。我继续说:这样吧,你发发声,发高点,发尖点。这些老头、小孩、年轻人,努力配合,学鸡叫,唱《青藏高原》,但我始终听不出有多高尖入耳,又多不高尖入耳。我糊涂了,糊涂得不行。人都死了,怎么会给你唱歌呢?但大家觉得是大事,唱唱无妨,唱唱就清白了。

更糊涂的是,周力苟的身份证掉在县城,可能是本县人捡了,可是查遍本县,也没听说一个五大三粗的活人失踪。如果是外地人捡到,就要全国协查,或许能查出三五十万的失踪人口。汪庆红更可怕,他要真的是汪庆红,文宁县查不出。以文宁县有 12 个估算,全国恐怕得有三四万个吧。万一是假冒的汪庆红呢,怎么办?又得让这三四万个汪庆红回忆身份证都借给谁了。万一是掉了,又怎知是掉给谁呢?又或者,那13号尸体本来就做了个假身份证呢,怎么查呢?大海里的冰棍看来是要化完了。

我们鞠躬作揖,托付他们帮我们慢慢排查,便灰溜溜地上车回家,上路前,问有没有别的路可走,他们说,没有,就只这条山道,保重。吉普车抬腿上山,蹬腿过河,在省道上撒开腿子跑,跑了半天,好不容易上了高速,我们便去加油站加油。这时,文宁县公安局副局长忽又来电,说又有一个汪庆红来自首了。

我说:你们问清楚了吗?

副局长说:没过细问,你们快回吧。

我心想你们问完了再打电话也好,别让我们又来听大活人唱《青藏高原》了。但是既然有求于人,你能怎样?

我们的吉普疲惫地停进文宁县公安局后, 一个穿污秽白工作服的男子跪爬过来。我一下车,他就说:我该死,我真该死。

我说:你是汪庆红吗?

那人说:是。我不是那个红字,我的虹是气贯长虹的虹。

我说:你不是嘛。

汪庆虹说:我从小到大都用这个虹桥的虹,户口本上也是这个,但是身份证上又是祖国河山一片红的红。

我心想,户口上叫虹,身份证又叫红,这事情多着,侯耀文侯跃文、闫肃阎肃我也分不清楚了,便又问:你的身份证是不是掉了?

汪庆虹说:没有,我的借给别人了。

我忽然一振,说:借给谁了?

汪庆虹说:吴军。

我说:吴军是谁?

汪庆虹说:以前我们食品厂的工人。

我说:吴军声音尖不尖?

汪庆虹说:尖。

我说:怎么个尖法?

汪庆虹说:像是鸟儿叫。

我急掏手机拨打幸福旅社,接通后说了些就把手机给汪庆虹,让他和老板单独沟通,两人嗯啊哦,一会儿学鸟叫,一会儿学“别哭啦,哭什么哭”,说是“只可意会不可言传”,竟是达成一致了。

我一旁听得几乎热泪盈眶,心想,果然是山重水复疑无路,柳暗花明又一村,果然是踏破铁鞋无觅处,得来全不费功夫。

我问:吴军什么时候离开文宁的?

汪庆虹说:不知道,他后来去了东街友丰旅社做事。

我问:你什么时候借他身份证的?

汪庆虹说:去年 8 月借的,当时我们在食品厂共事,吴军说身份证在澡堂掉了,我便抽他一耳光,说你个婊子样,赔钱。吴军嘴恶,要咬我,可是我们本地人多,硬是要过来他 20 元。吴军没过多久就被厂里开除了。

我问:怎么开除了?

汪庆虹说:原因可以问厂里的每一个人,就是他喜欢唱戏,入了迷,有天以为是自己一人揉面,偷偷在车间画鬓角,描口红,咿咿呀呀唱起来,唱完又揉面,揉得汗如雨滴。当时有工友回来,看一妖怪在揉面,便吓坏了，便恶心了，便跑去报告厂长了。厂长心说这是搞卫生防疫检查呢，提一百块钱甩脸了，滚，滚，滚。吴军便气鼓鼓滚了。

我说：他是个什么样的人？

汪庆虹说：脸瘦，眼窝深陷，目珠却吓人，牙齿稍稍突出。很多人识他，却不知他来自何方。人问，就说黄山卖过画，嵩山练过武，庐山写过诗，唐山学过戏，号四大山人。

后来，食品厂的厂长被叫过来，说的情况也差不多。

厂长说：吴军被开除时，用爪子抓我袖子，说父母早亡，命运多舛，食饭不易，生活困顿，你不爱才也爱人啊。我觉得不是那回事，挥手掸他，他又暴怒地说，别以为你是主宰，我犯什么错啊，你今天说清楚，不说清楚我告去。我说，告去，告去。他却仍抓我衣服，不是抓了，是揪，我就着人把他扔出去了。这人来路不对，进厂也没登记身份证，是我们不对，我检讨。

1998 年 5 月 27 日晚

友丰旅社有四层，嵌在文宁县城东街一瓷砖民房里，进去后能见几张木桌，后头摆了观音像，掌上托红灯泡，闪一下灭一下。我们走入时，拍着巴掌喊人，心想出来的千万不要是吴军，我们就剩这条孤线了。

出来的却是个七十来岁的老人，胡子花白，道骨仙风。他一看到我们身上穿制服，便说：你们是找四大山人吧，走很久了。

我说：你怎知我们找他？

老人说：这等人物总会死的，死了就有人找了。

我心想是了，云开雾散了，可是又奇怪，便问：此话怎讲？

老人说:四大山人是去年十二月初七(1998 年 1 月 5 日)来的,初九那天便和罗汉闹事情,当时四大山人把菜刀斫在桌上,你看这里有痕吧,结果罗汉把他扔街上了,四大山人瘦,一下扔到街心了,但他站起来和人打,打几回合,变挡,挡几回合,又变受了。四大山人不求饶,只说打吧打吧,打死拉倒。罗汉们不打了,四大山人又找砖头拍自己了,眼见拍出汪汪的血了,罗汉个个拦,却是拦不住,便溜了。后来还是何大智出来救命,何大智说,力气这么大,掰都掰不开。

我说:何大智是谁?

老人说:脸大如盆的东西。

我急忙拿出 12 号尸体画像,老人说,正是,这师傅画得好,和四大山人画的一般好。

我欲要问何大智,却是见老人兀自又说吴军去了,便由着他了。

老人说:四大山人和我有同好,就是唱戏,我们这里唱黄梅戏,他唱京戏,说是会唱虞姬。我听他摆过一次,他原是带戏服的,也带妆品的,唱起来还真是那么回事,高尖入耳,但拖得太长,听不懂唱什么。我问哪里学的,他说是拜名师梅葆玖学的。他还会画画,他走后我收拾,就有一张他的画,画了个女人披头散发,眼神刚烈,很是个人物,旁边还配了诗呢。我问画画又找谁学的呢,他说是拜名师齐白石学的。我说你大小是人物,待在这里可惜了,他说才这东西就是用来可惜的。正月十四(1998 年 2 月 10 日)那天,天没亮他就不打招呼走了,不但他走了,何大智也走了。

我问:两人关系好吗?

老人说:好,还当着观音菩萨结义呢,说是不求同生但求同死。那天还摆酒请我做中,说工资不用发了,充酒钱。我后来还是发了。

我问:何大智你知是哪里人吗?

老人说:富强啊,富强是出人的地方,出了几个姓刘的大官,也出了何大智这个假把式。

我说:怎么个假把式法?

老人说:四大山人打架,他躲到厨房;罗汉们走了,他又提刀出来。你不知道他长多高,长多壮吧,就是这么一个壮汉,贪生怕死。我就不知道,四大山人这等人物怎么交上他。

我问:他们住哪里呢?

老人说:四大山人是外地人,没地住,就在四楼杂物间和何大智搭铺。

我问:四大山人是哪里人?

老人说:他没说。他写了诗,就是画上配的,说来本无根,去本无痕。

我说:诗在吗?

老人起身从观音像下取出一张纸来。我一看,那诗写着:来本无根,去本无痕,你本无身,我本无形,就在美丽地结束不美丽的生命。我忽一闪念,所谓美丽地,不就是那段上天的引桥呢?

我说:死意早定啊。

老人说:是啊,当时只作戏诗,现在看来是死了。

我说:是死了。

老人默然,也不问怎么死了。

我又问:他们还留下什么吗?

老人跺跺脚,说雨鞋是四大山人留下的,他穿着,表个纪念。老人又带我们上杂物间,我们翻了很久,在一张床铺下翻出一个香烟盒,在另一张床铺下翻出两张身份证,一个名叫艾保国,一个名叫涂重航。我问,这是四大山人的床铺吗?老人说是。

我心说,这人到底叫什么呢?

1998年5月28日

在友丰旅社调查半夜后,没调查出更多信息,我们在文宁县公安局查到何大智的家庭住址后,第二日便往富强乡高坑小组赶了。

过富强乡政府后,上山两小时,到了羊肠小径顶端,方看到高坑小组。那里原是山顶凹下的一块地,蒸气从湿润的土地生起,聚于屋顶,一动不动。我们进村后,也只听到一两声鸡鸣,家家户户开门,露着阴暗的年画,午饭没人收拾,尿布是湿的,不见人踪。

同行的富强乡政法干部摇醒小组长刘遵礼后,整个村落才跟着醒过来。刘遵礼晃了晃大而浊的眼球,看清我们的制服,惊慌不已,忙喊媳妇倒茶。那媳妇揭了开水瓶,发现没热气,噤若寒蝉地请示要不要烧点,我们说不麻烦了。

去何大智家时,一群小孩跟在后边,刘遵礼斥了一声,他们便像鸟儿飞没了,那些大人则推开窗,敬畏地窥探,我们回头,他们就拉上窗。到达何大智家后,我们发现堂内摆着两个遗像,一个是男老人,一个是女老人,刘遵礼说这是刘春枝的父母,两年前先后故了。刘遵礼喊春枝春枝,一个丹凤眼、柳梢眉,颇有些姿色的妇女便从内屋走出来。她也惊慌,不知出了什么事。

我说:你是何大智妻子吧?何大智可能不在人世了。

刘春枝看了眼刘遵礼，又看了眼我们，软瘫于地。一旁妇女去拉，却是越拉越躁。众人意欲拖她上床，她的手指又抠在地上，抠出道道槽印。我们很尴尬，不好追问，便四散去找村里的人。

刘遵礼说：何大智是三年前倒插门的，是外姓，但我们不见外，水库分鱼不短他，祠堂也领他进。何大智人老实，能吃亏，刘春枝父母故了后，他们夫妻越发恩爱和睦，有句黄梅戏怎么唱的？你耕田来我织布，就是这样的。我想不出他有什么想不开的，他在县城打工，或许在那边有问题吧。

我走到谷场，发现有个妇女收衣，便上去问，她羞涩地笑笑，一连跟我说听不懂。我想也是，她说的我还听不懂呢。我走了，她又喊：关系很好的，男耕田来女织布。喊完不好意思地笑了，我也笑了。后来我见一个老头坐在门前，欲要问，老头已转身进屋，只撂下一句：我不晓得，莫找我。

我们一行问出的东西差不多，要么是不晓得，要么是夫妻很好，树上的鸟儿成双对。我说这里人都爱听黄梅戏吗？政法干部说是呀，几十年只作兴严凤英。

刘春枝安顿后，抽搭搭地说了一些情况。何大智是去年底从县城回来的，过年（1998 年 1 月 27 日）那日，他们中午在高坑吃饭，拜祠堂，晚上就去何山和父母、弟弟过年了，在那里住到正月初二（1998 年 1 月 29 日），刘春枝回高坑了，何大智去母舅表叔那里拜年，直到正月十一（1998 年 2 月 7 日）才回来，第二天就走了，说是和义兄打工去了。

刘春枝说：大智在家时挑粪砍树，打工时送钱回家。我总是说别打工了，在家种田也能活，他不听，说我没好吃的没好穿的。现在他死了，房梁倒了。

刘春枝擤了下鼻涕，又说：要说坏肯定是坏在他义兄手上了。我听说他义兄在县城打架，往死里打，肯定不是好人。

刘春枝给我看了结婚证，我一看那上头的何大智，像被电触了，因为他的眼闭着，只留条小缝，他死时竟也如此。张老当时说，他害怕。

我们离开高坑时，刘遵礼出来送，我记得他握手很用力，都能感受到手窝湿热的气息。走了十几步，我回头望，却发现他不见了，全村人也不见了，只有蒸气悬浮在屋顶。

1998年5月29日上午

次日，我们从富强乡政府出发，又走到了何山小组。我们看到何大智父母家原是个矮屋，土砖被雨水冲刷，囫囵不清，旁边有根黑木顶着，以防倒塌。小组长找了一会，便把何父、何母和何弟找回来了。何父皱纹密布，像是蜘蛛在脸上纵横拉网，何母嘴唇下扣，一看就知嘴恶，何弟则痴呆，老大不小的，挂着口水，以为我们有糖。

我说了情况后，何母大嚎大叫，何父赶忙推开她。何父眼里既无悲伤，也无诧异，只有麻木，何父鞠躬，说：给国家添麻烦了。

何父说没什么可说的，人都死了，何母则抢辩：怎么没说的，人不能这样死了。何父想拦，看她站在我们里边，便失望地拿着小锄头和小篮子出了门。何母说：死东西挖药去了。

没人阻拦了，何母就说得欢起来，到最后手都说抖了。

何母说：我儿死，我早知道，刘家人也早知道了，他们装不知道吧？小学订了报纸呢，说长江大桥爆炸了，我儿出门前跟刘春枝说了，他过不下去了，要去炸长江大桥，炸得全国都知道。现在你们来了，谢天谢地，有公理了。

何母说：都是刘春枝这妖精害的，我儿那么欢喜她，照顾她，可是她把钱管了，不给他吃好的，好的都给老乌龟刘遵礼吃了。刘遵礼和她扒灰呢，扒了多年，全村都晓得。我们也是穷，穷才娶这样的浪荡货，还倒插门。我们原以为结婚了，大家就收敛了，谁知刘遵礼还去，被发现了还打我儿。我儿太老实了，后来刘遵礼竟然不顾廉耻，和刘春枝睡到一床，叫我儿去煮面。我心想，你煮就煮啊，放老鼠药毒死他们。我儿每次回来，我都让他翻衣服，我看到背上总是条条紫痕，都是打的，造孽啊。我儿后来被逼着去打工，说是碍着眼睛了。你说我儿有活路没有？没有。他受了委屈，他也有脾气啊。今年过年，刘春枝来了，我们做好肉好菜，她一脸不耐烦，不下筷子，磨到初二就回去了，来拜年的亲戚还说你们媳妇呢，我不好说，我能说她赶回去和刘遵礼那个老乌龟戳瘪么？我就不知道，人怎么有那么多瘪要戳？

何母说：初四(1998 年 1 月 31 日)那天，我儿拜年回来，喝得醉醺醺的，我恼了，揪他耳朵说，你一个七尺男儿，连老婆都管不住，顶卵用。我儿犟，说别说了，别说了，知道了。却是磨到正月十一才回到高坑，十二就打工去了。现在看来不是打工，是炸桥。你说他不炸桥炸什么，他戴那么大一顶绿帽子，就要炸桥。

我说：他怎么不炸高坑呢？

何母说：他敢？我们这里谁敢？刘家光一个老三，就能把人吃了。我们这里都怕刘家人，刘家人上头有大官，欺人太甚。你们公安来了，你们是公道，你们管管这些扒灰佬。你知刘遵礼这个老乌龟扒出什么名声吗？他跑到人家窗下吹口哨，把人家男人吹出来了。人家男人生气了，趁刘遵礼到乡里开会，把老婆带到会场，说，你不是喜欢吗？给你。你知刘遵礼说什么吗？刘遵礼大手一挥，说，我得了。你说这样的人该不该毙？你们拿枪打那个刘遵礼，打那个狐狸精，打死她，我看她求饶不求饶，后悔不后悔，几百年妇道全被她败了。你们要是不干，我去干，我一定拿针扎她，拿火烧她，拿锄头戳她，戳死她这烂瘪。

1998 年 5 月 29 日下午至夜

当日下午，我们重回高坑，没见着刘春枝，说去县城了，也没见着刘遵礼，说走亲戚去了，十天半月回不来。同行的政法干部恶了，问：去哪个亲戚家了，地址告诉我。刘遵礼老婆支支吾吾，政法干部便揪衣领喊：你倒是说呀。

刘遵礼老婆挣脱开后，跑到谷场大叫“公安打人了”，然后翻倒在地，抽搐双腿，吐出很多唾沫来。我们跑出时，人们已像洪水冒出来，他们男女老少，提棍持锄，举刀舞斧，黑压压一片，围了过来。他们问怎样了，刘遵礼老婆便干呕，说不行了。他们便大声鼓噪，几个不怕死的老头便拿竹棍敲我们，未几，刘遵礼单独从一间屋内杀出，他老远就挺着鸡蛋大的眼球喊：谁打我老婆？然后接过菜刀，看了一眼，剁向政法干部，如是十几刀，政法干部捂着右臂，说痛也痛也，却不见有血冒出。

我脑袋一片空白，任人推来推去，胡乱地说几句“冷静点”，但人们已没法冷静，因为政法干部把菜刀夺走了。政法干部挥舞菜刀，叫嚷着跑了，当地民警说声快跑，也跑了。这阵势便只剩我了，我想跑，又想人们看我背影，盯我警服呢，他们一定说警察屁滚尿流，一定笑岔了气。我只能暗自加快脚步。

那边厢，政法干部跑到羊肠小径上后，自觉安全了，便舞刀大喊：刘遵礼，你别猖狂，你的罪证在这里。

他这么喊，后头村民便赶几步，把死要面子的我逮住了。

我被抬起后，像睡在摇篮，看到天穹，很蓝，很深邃，很安静，像枚瓷器，辉煌欲碎，接着，又听到暴雨般的声音，那些声音说要处死我，我便滚下两行泪来。他们抬了几十步后，猛然将我放下，我立于大地，脑袋一阵眩晕，然后便清晰地看到对面苍翠的山坡、湿黄的石头和清新的树，鸟儿正踩在晃悠悠的树枝上点头。

我不知道身在何方，所在何时，要干什么，要说什么，我僵直身体，等待山脚一汉子取出柴枪，丈量好步子，疯狂往这里跑来。我看到肌肉在他胸腹上下滚动，空气越来越满，张力越来越大，像是有大事发生。枪尖在太阳底下忽然闪出灿光，我又知道，那大事原来是刺穿一袋面粉，我的腹部将像面粉一样，发出噗的一声。我心门一急，狂念：妈妈，妈妈。

我想去摸枪，却发现双臂已被架住，挣脱不了。更何况那支枪，在来文宁前我嫌麻烦又托公家保管了。我便像头即将挨宰的兽，全身抽搐，焦躁不安，忽而又见亮光一闪，全身安静下来，粉黛不施的媛媛走到面前，拉住我的手，要我和她一起从隧道走过去。我看到那不远处的洞口闪耀着刺眼的强光，便抓紧了媛媛的手。

我看到她歪过头来，对着我毫无芥蒂、灿烂地笑着。

眼见宏大的光明将吞没我们，一声嘶喝却又将我惊回现实。我睁开眼，看到像列车一样奔行的壮汉正在恐怖地紧急刹车，我想他的脚趾搓在地上，全部扭伤了，脚掌也蹭出大片的皮肉。我看到他把柴枪插到土里，痛苦地说：哥，哥，你这是怎么啦？

刘遵礼瞪了一眼，说：老三，你是不是想我死啊？

我听得此话，忽然疏放了血液，竟觉世界如此可亲，如此活力。我觉得刚才应该失禁了，低头一看，却是没有。暗自提了提阴根，仍是没什么尿意。我其实早该想到，刘遵礼原也是怕事的，否则不会拿着刀背对着政法干部砍十几刀。我"咳"地叹息一声，甚至想去调解他们兄弟，怎奈刘遵礼又死死盯着我，好像要恢复一只老虎原有的尊严。

我躲闪开目光，却不料他又拉我胳膊，让我看他。我看得心慌，那里还是两只浑浊而恐怖的大眼球。

刘遵礼忽而说：铐上我吧。

我说：为什么？

刘遵礼说：我破坏人家夫妻感情，破坏我知不犯法。但人家把长江大桥炸了，我就肯定犯法了。

我说：你有没有打何大智？

刘遵礼说：没有，我只偷他老婆。

我说：没打就没事。

刘遵礼说：果然没事？

我说：没事。

刘遵礼说：不是因为你在我手里，才这样说吧？

我说：你放了我，我也会说没事。

我怕他不放心，又说：本来就没事。

刘遵礼大笑起来，笑完哭，哭完对众人说，以后有人来问，就别说你耕田来我织布了，就说我偷人，偷就偷了，没事。众人如遭大赦，跟着笑起来,刘遵礼的老婆也幸福地笑了。

那夜,我非得吃刘遵礼最好的腊肉,饮刘遵礼最好的藏酒,才得以离开高坑。刘遵礼打电筒把我送过羊肠小路后,说:你说话算数吗?我说:算数。他才算是安心地回了。

一个人走到村部后,我算是轻松了些,便解开裤扣拉尿,哗哗泡松好大一块地,我觉得快完了,那液体仍然如柱狂奔,我便想以前从媛媛家回来,都要紧张地在土墙边拉一泡尿,我想媛媛有一天要是问我有多爱她,我就会带她到那里,轻轻把泡松的土墙推倒。

在村部小卖部,同伙拿菜刀磨柜台,气势汹汹,我忽而也气势汹汹,我想你刘遵礼至少是袭警啊。一个多小时后,十几个当地民警赶来,大家鼓噪着上路,要去扳平,却不料带头的接了一个电话,又丧气地命令我们不要去。

从山路往下走后,我朝上看了看月亮,月亮就挂在树枝上,硕大无朋,就像要掉下来一样,很恐怖。可是我总是止不住往上看,我怕,就是我还活着。上了车后,听到机器哼叫的声音,我便知路面被一丈丈抛下。

我是再也不来这地方了。

1998 年 6 月 2 日

在文宁县去了几趟矿山,往高坑刘遵礼那里又打了几个电话后,我们得到一点信息,但得不到更多,便收兵回本省了。6 月 2 日,刑侦大队发出协查吴军的通告,我受命整理破案报告。

我能写出的纲要是:2 月 7 日,原爆破手何大智声称帮高坑水库买炸鱼用品,从文宁县某铜矿保管员处私购硝铵炸药 10 公斤,当日回家,向妻子刘春枝说:我不和你过了,我要去炸人,春运火车挤,我就炸汽车,我要炸长江大桥的汽车。2月10日,何大智与吴军离开友丰旅社,乘卧铺车抵达本省。2月14日,两人离开幸福旅社,搭乘9路电车,在长江大桥引爆炸药。

我能推测出的爆炸因由是"爱情恐怖主义"。写报告前,我打通了张老的电话,说了一些情况,张老听说我要请教,不痛不快地说:我是最后一次帮你了。

我说:1月31日,何母对儿子何大智说,你没个卵用。此时何大智的自尊心已毁至谷底,他一定想到自己的无能,想到小孩子都说他戴绿帽,阳痿,便受不了,便要和心肠素狠的妻子赌个博,赌注就是炸汽车。为了使一切看来像真的,为了彻底吓倒对方,他特意搞来10公斤炸药。2月7日他向刘春枝摊牌,说了要自杀的意思,不单是自己要死,很多人也要陪着死。这是场情感赌博,赌赢了,刘春枝会害怕,会恳求他不要这么做,老实巴交的他就会原谅她,好好待她,和她一起好好生活;赌输就没想到,赌徒好像从来不会想到输。结果刘春枝恰恰表现得无动于衷,这样何大智就被逼上悬崖了。

张老说:面子这东西在乡村是这样,对一贯有的人来说,算不得什么,对没有的,却特别重要。

我说:嗯。刘春枝说,你快点去炸啊。何大智就束手无策了,就傻眼了,就只能昏昏沉沉提着炸药走了。他总不能四肢健全地跑回来,告诉众亲朋,我没炸。可惜刘春枝不懂这个处境,等她懂了,就晚了。2月11日,刘春枝托人往县城带信,说,我对不起你,你不要做对不起社会的事情。这信晚来了一天,那边何大智等啊等,等了两三天,已经万念俱灰,已经离开文宁县城了。此时只有桥塌了，或者电车罢工了，才能给何大智台阶下。何大智估计也惶恐，当天凌晨，他伏在厕所墙上哭过。

张老说:是，两个引爆人中间，有一个是明显害怕的。

我说:何大智越靠近我们省，人生之路就越少，越觉自己是被冲动绑架了。可是他又能想到，自己在绝情绝义的美人那里什么也得不到，便不如死了。接着，他又会想到，恰恰没有比搞一场爆炸案更能报复刘春枝的了。他想全国潮水般的口水将浇向刘春枝，让她自责、惊慌、恐惧，夜夜做噩梦，终生背十字架。这时，他或许又是快意恩仇的上帝，在主持，在审判，这也许是软弱的他坚持到最后的原因。

张老说:等等，我觉得自杀也能达到同样效果，自杀照样能把指责引向刘春枝。

我说:他说出炸桥的话了，收不回了。

张老说:那他当初为什么不说“我要自杀”呢，我觉得蹊跷。

我说:您讲过，弱者迷恋爆炸效果。何大智一定权衡过炸十人和炸一人的效果，当然是前者更富于证明性。我想何大智一定渴望扬眉吐气，渴望自己最后一把不输给刘遵礼。事实也是，刘遵礼被他这一举动镇压了。

张老说:有漏洞。我再假设，为什么不炸他老婆的村子呢?

我说:何大智起先只想用威胁炸人来赌博。何大智说要炸老婆的本家，怎么挽回?更何况那高坑是个恶地，人凶得不得了，大家听说何大智要炸他们，还不把他打死，何大智不会这么傻。

张老说:他要死，为何拖个人陪呢?

我说:您说的是吴军，吴军不知是哪里人，但极度厌世，原是待死之人。我这里有他的遗书,上面画了女人,写了诗,说,来本无根,去本无痕,你本无身,我本无形,就在美丽地结束不美丽的生命。我判断他是失恋之人,奢望自毁。

张老说:一首破诗。

我说:他叫四大山人,会画画、写诗、唱戏、武打。他老板说他艺术不错,我觉得至少是有文化的了。一个有文化的人在县城旅社擦桌子洗碗,说明自弃。很多人不就喜欢这样吗?你说我一表人才,前途无量,好,我报废给你看。你不爱我,我就报废,我越报废越超然,越报废越清高。我觉得挑在情人节这天升天,是吴军的主意。何大智没文化,定然想不到。

张老说:对,有点文化的人就这样,特喜欢看《读者文摘》,特重视情人节啊圣诞节啊母亲节什么的。

我说:我老觉得这是一场由失恋导致的恐怖行为。何大智想对傲慢的刘春枝发出恼怒信号,吴军想对心中的女神发出自毁宣言,两个人凑一起,互相影响,就成行了。何大智可能有点不坚决,早有死意的吴军则裹挟着他前进。

张老说:直觉上我感觉不对,你就可能吧,假设吧,编吧,反正这类案件破不破都一样,破了也挽回不了什么。

我心想,您老怎么这么轻慢,我自己都差点成炮灰了,你还争辩什么,你失过恋么?

我说:谢谢张老。

张老却是说:别和老头见怪了,再见。

我说:再见。

张老说:再见。

1998年6月5日—6月10日

整理好材料后,我交给副大队长,副大队长签字“可”,又交给大队长,大队长签字“可”,大队长从局长那里回来后,叫我们去行管科领点钱,准备赴京汇报。在行管科那里办手续时,我顺便问了下周三可的悬赏金,人家却说他对着镜子把脖子割了,血溅三尺,死了。

我说:你确定是周三可吗?

那姑娘说:是啊,怎么不是?

我想这65400元,我们应该再给他添上4600元才是,可是添再多都没用了。

下午我拿着批示去行管科支另外一笔钱,会计姑娘又急忙说,没死呢,周三可中午猴急着赶来了,把悬赏金一文不少地取走了,还一张张地看,怕是有假钱。

我说:我说呢。

6月5日,我们坐飞机赴京汇报情况,公安部表达了疑虑,但还是承认了破案结论。我订票准备从北京站回,忽然想到那北京站的门,便想到张老,便和副大队长说要不要去探望探望他。副大队长当然同意,我打张老电话,却发现始终只有一个女士在说,您所拨打的电话暂时无法接通。我又把电话拨到公安部刑侦局,负责接待我们的人说:张其翼同志死了。

怎么可能?

但人家就是这样说的。

我忽觉被一盆水兜头浇下，跌坐于椅，半晌不能言语。那边好似知道什么，又说：实验炸药时不小心牺牲了。

我回头对副大队长说：张老弄炸药不小心把自己炸死了。

副大队长一惊，忽而说：怪人啊，会划水的被水呛死了。

次日，我们买好又大又阔的花圈，唏嘘着赶往八宝山，原以为那里哭声震天，可是一走进追悼会现场，却发现只松松散散摆了七八只花圈，稀稀落落站了十几个人。张老坐在遗像里，嘴唇紧扣，眼神凌厉，将所有人拒之门外。旁边有惨白的对联一副，写：鞠躬尽瘁死而后已，功勋卓著思无可追。

横批是：烈士千古。

我们向着骨灰盒鞠完躬后，才知没有一个家属过来扶接、握手。我们便退到一旁，听一个戴眼镜的警监严肃地走到堂前念悼词，他面无表情，念了诸如舍小家顾大家、莫大的损失等词，正要念“永垂不朽”时，话筒突然没声音了，他拨了拨，声音又刺响起来，他想也差不多说完了，便鞠上一躬，在别人的招呼下走了。然后大家呼啦啦走了，手机此起彼伏响个不停。我回头看了眼，张老还是那样拒人千里之外地看着，甚是凄寒。

在外边，我们问了个相熟的部里人，他叹息道：张老是鳏夫，又没朋友，可怜得很。

那人又说：张老一直住在老宿舍，不开窗帘，深居简出，说是专门研制一种针对人体的炸弹，也研究出来了，很少分量，能在极短时间内，根据骨骼结构和肌肉分布情况，对人体实施摧毁力极强的定向爆破。张老在遗书里说，科学外表看像个美丽的女子，本质却又是邪恶的，你越知道这东西不能研制,可又越禁不住它的诱惑。东西没做出来时,张老还正常,还来上班,做出来了,就完了,就在家里走来走去,不知道怎么办,因为世上没有活人可以供他实验,拿到猪羊身上实验又不具有针对性,他心一狠,便把自己当实验品了。张老在遗书里公布了炸药配置方法,希望能给我们一点提前量,就是未来有人这样爆炸时,可以做到心里有数。我们看了几遍,代码太多,看不懂,又觉得邪恶,便烧了。

我问:张老是如何把自己炸掉的呢?

那人说:2号晚上,老宿舍发出砰的声响后,邻居就报案了。出警的人赶到后,推开门,发现房间很干净,接着又推开卫生间,发现牙刷、毛巾和水管也完好无损,水龙头和莲蓬头还在哗哗地喷水,只有天花板和角落还涂抹了一点肉酱。按照遗书上的说法,张老应该是在天顶、脖颈、胸脯、后背、腹部、膝盖和脚面安装了七枚液弹,把自己炸粉碎了,可是又没有伤害到别的东西。你看追悼会上有骨灰盒,其实盒子是空的,他的尸骨都让水冲走,冲到下水道去了。

我忽然悲怆起来,忽然想到张老最后一句话是说给我的。他说:再见。我说:再见。他又说:再见。我想他是在特意向这愚蠢人世的代表挥手,他说,傻孩子,我要去天堂寻找聪明的伙伴了,不陪你们玩了。

我们回去时,看到北京站正厅果然是个门字,门下穿赤橙黄绿青蓝紫各色衣服的人,提着大包小包,你推我撞,熙熙攘攘,各有方向,各有目的,各有事情,只是不见张老其人,我便省张老万世孤独。

归来后,我越念及张老,越觉自己是偷走了奖赏,因为我并没找到让何大智、吴军达成死亡默契的切实证据。当日他们结拜有言“但求同死”,但也只是宣誓而已,很难相信,刘春枝给何大智造成的痛苦,会感染到吴军,反过来亦是。我和朋友聊及此事,朋友却说,即使你的结论是错误的,那也是目前最靠近真相的结论了。

我心下不安,却也只好如此了,在我的智力范围内,这已是殚精竭虑了。

忙完一切,回到家,忽见着白发一路长进妈妈的头发,便说:妈,你老了。

妈妈说:哪里老了?我没有变化啊。倒是你瘦很多了。你看,你瘦得腮骨都出来了。

我说:没有吧。

妈妈说:我老是惦记你不结婚,新谈朋友了吗?

我说:没呢,不是忙案子吗?

妈妈说:媛媛就莫要了,以后就是找你也莫要了。

我说:她可能找我吗?

妈妈说:我就是提醒下你。

到巷口,拜见王姨,王姨露出欣喜的门牙,心疼地说:老二回来啦,瘦了不少。然后拉我进门,小声说:老二你出气了。媛媛的事不知怎么被发现了,科长老婆跑到单位,狂抓媛媛的脸,闹得很大。起初大家以为闹一下就算了,谁知那妇女足足去闹了大半个月,一直闹到媛媛不敢上班,科长在单位也作了检讨,可是夫人还是不依不饶,竟又天天到纪委上班,把纪委上烦了,便把科长免了。科长回头就和夫人离婚了,一出民政局,他就找媛媛,说是总算可以结婚了,可媛媛不知怎么回事,以前对他挺好,这下却不答应。这科长就拿刀出来唬人,媛媛还是不答应,至今还没解决呢。

张姨恰好进来,说:嫒嫒是势利小人,官免了,就不跟人家了。

我说:我妈怎不跟我说?

王姨说:你妈嗤了三声,大概是要保持蔑视的姿态。

我想到我妈,心下忽然凄凉,我爸去后十几年,都是她做饭我吃,我今日也要做顿饭她吃。这么想便起身去买菜了。路过菜市场,看到公共厕所,以前那里坐着纹绿眉毛的阿姨,死气沉沉,群蝇毕至,现在却仙气袅袅,芳香扑鼻,门口也换成个低头看书的男子,穿西服,打领带,摩丝头光光的。

我望了那厕所门楣一眼,有红福字倒挂着,旁边又有长条红纸一方,写"开张大吉",我想这是个什么世界。

1998年6月14日

"情人节爆炸案"过去整整四个月,我被副大队长、大队长、副局长先后找去谈话,被告知提了个中队教导员,享受副科待遇。我回来时,背着手在新办公室内走过来走过去,总觉得墙上少了幅画。挂《劝世歌》好似太俗,挂《泉》又太暴露,挂《清明上河图》或许贴题,想想,还是自己动手把《人民警察之歌》的宣传画挂了上去。如是,忽来了个实习警员,拿着材料要我签字,我看都没看就签了。那小孩要走,我又招手叫了回来,把签名看了一遍。

我心想,范教导啊范教导,你也该练练字了。

下班时,我小心锁好办公室,竟是有些不肯走,总算转身时,忽又见面前站了一个衣衫褴褛、浑身发臭、皱纹纵横驱驰的老头。老头看到我就松开板车,趴在地上磕头,我心想这是谁把他放进来了,转而又觉自己站得太高了,便蹲下说:老伯请起。

老头抬起头,喷出一嘴口臭,说:我认得你,你是好干部。

我说:你说仔细点。

老头又说:我认得你,你去过我们文宁县。

我这才惊醒过来,来者却是文宁县富强乡何山小组的何文暹,却是死者何大智的父亲。当日我们去找他,他自顾采药去了,好似麻木,如今怎的又赶来了。

我说:你来干吗呢?

何文暹说:我来拖我儿尸体。

我骇然摊开双手,说:只有一把灰,怕是火葬场处理了。

何文暹的眼皮忽然上下眨起来,不久,便眨出好几颗黄豆大的泪水,接着又痴了,好似脊椎被人击断了。我看得心下不忍,便进了办公室,找到火葬场电话拨过去,问了竟然有人值班,便按了下遥控器,那边吉普车怪叫了两声。

我出来后对何文暹说:老伯,我带你去火葬场。

何文暹就又复活了,站起来去拖板车。我说:不用拖,就放在这里。他好像没听懂,不舍得放下,我又大声说:放在这里,没人偷的。何文暹才小心把板车拖到一边。

我开着车载着何文暹往郊外疾驰时,用余光瞟了下他,却是发现他也不瞅矗立的高楼大厦,也不看飞转的灯红酒绿,就是缩着身子扑簌扑簌掉泪,好似我以前送过的一个走失儿童。

到了火葬场后,值班员把何大智的骨灰盒搂了出来,何文暹看了很久看不懂,我说:就是这个,你儿子就在这里。何文暹便去找机关,找了半天找不出来，我一拨，那盒子便开了，何文暹解开小袋一看，果然是些灰，双手竟哆嗦起来，好似一时得了帕金森综合征。我正要扶，他又放天哭起来，那眼泪一颗颗滚，像石头一颗颗滚。我知是真悲伤，便让值班的弄些饭食来，那人端来冷饭后，何文暹用手抓了几把，塞下去，把喉咙噎住了。咽了几口，咽不下去，便呕出来。有些米饭掉到地上，他便用手一粒一粒捉起来，捉完了又用袖子擦地，说：麻烦了。

转而他又说：是我害死你了啊。

我心想这是怎么了，见值班的好似也为难，便把何文暹扶回车上，把他拉走了。这一路，他就是把头一下下撞在骨灰盒上，说：是我害死你了啊。

我说：老伯别难过，不能怪你。

何文暹起初没在意，我又劝了几番后，他忽说：怎么不怪我？就是怪我啊。

到大队后，我把车停在板车旁边，进去打电话给门卫，要他准备点饮水食物，然后把何文暹请到沙发上，任他哭泣。这样哭完了，何文暹好像洗了个脸一般，竟是往我办公室四处惶恐地望。我说，老伯别难过，你有什么可以跟我说。

何文暹看了眼我，我直视着他，点点头，他便放松下来。

何文暹说：我儿是被我逼死的。95 年热天，我儿在铜矿不做了，回家待着。我问怎么不做，他说开除了。后来我才知不是被开除的，是自己溜回来的，溜回来是因小学有个秦老师，他就是想和秦老师鬼混。有一天，我赶牛从小学后边过，猛然看到我儿和秦老师光身子躺床上，亲嘴，互相摸下身，便受不了了，便拿锄头进去，一锄头打中秦老师屁股，那里响了一下。我儿傻了,赤身跪地上,说敲死我吧。我便找来教鞭,狠命抽我儿,抽得胸前背后条条紫痕。我说,不知羞的东西,没爹娘教的东西。

何文暹说:第二日秦老师一瘸一拐走了,再没回来,人们只当调走了。我儿神不守舍,我便绑住他,我们家的问,我就说他偷了东西。后来看来要饿死我儿了,我们家的就要自杀,我看看也不行,放了他。后来我听说高坑刘春枝要倒插门,就找了媒人。我记得我儿为这事哭了一日,不过最后还是同意了。我就是想让他正常点,但他矫正不过来,后来竟要炸大桥,这也是我害的,我做得太绝了。

何文暹的话很难听懂,可我却是越听越开朗,身上竟热血翻腾。至此,我才知道,何文暹正是那秘密的瓶盖。我想做个笔录,写好了时间地点,忽又觉得不必。我把笔抛下,说:老伯别伤心了,我给你安排个住的地方吧。

何文暹忙站起来说:不麻烦了,你是好干部,不麻烦了。

我问:那你住在哪里?

何文暹没听懂,只是鞠了一躬,捧着骨灰盒走出去。我跟着出来,已看到他把小盒子用粗绳绑在硕大的板车上。我说:你要走吗?

何文暹说:我从来没跟人说过,我有罪的。

我正思量着要挽留一二,忽而又闻到那口腔里的积垢味道,便管住了自己。门卫送水和面包过来后,我把它们塞给何文暹,想想又加了两百元钱。我说:别难过了。

然后我看着何文暹拖着板车,念念有词地走了,他先念五个字,接着念四个字,接着又念五个字,接着又念四个字。我听不太懂这方言,便不费力猜了。我慢慢看着,看着他像团黑泥消失了,感觉不可知的世界一块块清晰起来。

刘春枝为什么偷人？

因为何大智不过夫妻生活；

何大智为什么打工？

因为想逃避与刘春枝在一起的尴尬；

何大智为什么绝望？

因为何文暹拆散了他和秦老师，虽然何文暹保守秘密，但来自父亲强有力的判决，令何大智自觉是被塞来塞去的物品；

何大智为什么告诉刘春枝要炸人？

他要找这个名义；

吴军声音为什么高尖入耳？

这个自然是；

吴军为什么喜欢演旦角，为什么描口红，画鬓角？

他努力使自己本质如此；

吴军为什么愤恨厂长？

厂长刺伤了他对本质的自我认识，羞辱了他内心最美好的一部分；

吴军为什么和罗汉狂殴？

罗汉们调戏他，说他龅牙妓女，定然是个同性恋，不小心揭示了他；

吴军为什么弄那么多身份证，并隐瞒出生地？

想避开人们对其准确的指认和指责；

吴军为什么写那样的诗？

他对环境绝望，对自己绝望。

吴军为什么要画一个披头散发的女子？

那女子去除长发后，竟然就是吴军；

他们为何结义？

实是拜堂；

他们的不自由各在何处？

何的不自由来自何文暹，何文暹发现吴军何大智的事后，将何大智赶回到刘家，刘春枝构成新的不自由；吴的不自由来自罗汉和街道的敏感，以及自己的敏感。吴军觉得无处可逃；

他们何以选择死亡？

在自由不自由间，只有死亡过渡。当不自由难以忍受，而自由又遥不可及时，死亡取代自由，成为美好想象。

何以又选择自杀性爆炸？

是要用整个世界来摆平他们的委屈，愤怒和可怜。

接下来，我的思维便飘荡在两间旅社，我想我像上帝一样，看到了他们最后的时光。

在友丰旅社杂物房，我先是看到一张孤零零的床，何大智坐那里看星星，他是掉落的一颗；后来又多了一张床，吴军坐那里看星星，也是掉落的一颗。两颗星对视一眼，好像你终归是这个世界的，是陌生的，无话可说。

几天后，一张床躺着血流不止的伤者吴军，另一张床空着。何大智敷药，包扎，喂汤，像女人照顾男人一样照顾男人。何大智眼泪哗哗地说别和罗汉较劲，你就当他们是猪，不要和猪较劲，吴军说没什么的。

又几天后，一张床躺着两人，或者另一张床躺着两人。吴军对何大智耳语，我每次听孟庭苇都起鸡皮疙瘩。她唱，两个人的寒冷靠在一起，就是微温。是否每一位快乐过的红颜,最后都是你,伤心的妹妹。

又一日,一张床只躺着吴军一人,吴军盖着戏服酣睡,地上是擦拭过精液的卫生纸,何文暹推门进来,见到这个,悲怆而恶心。何文暹在店前等到买菜回来的何大智后,什么也没说,提着他就走,人们骚动起来,说这个父亲很愤怒。吴军也推开窗看,看得眼泪流出来,心想再没缘分了。而何大智像那个运城县的知青,在看到县城的琉璃瓦、水泥路越来越远,而中巴车的尾气和乡下油菜花又越来越大时,被溺死的情绪包围。他对何文暹说,信不信我杀了你?何文暹找到司机用的摇杆,递给他,说,你现在敲死我吧。

几天后,吴军在一张床上辗转反侧,何大智忽归来,两人喜极而泣,又哀伤不已。沉默很久后,吴军说:我们去死吧。何大智说,好。吴军说,去长江大桥死吧,风景壮美。何大智说,好。两人依依别过。

又一日,吴军在一张床上发呆,何大智疲惫地进来,将炸药塞入床下。

又一日,两张床都空了,只留下一个揉皱的香烟盒、一双雨鞋、一首诗和两张身份证。

吴军和何大智在凌晨五点漆黑的县城街道手拉手走,又冷又饿,后来,饿得没重量了,便飞。吴军说:用力点,上边就是光明了。何大智就用力扑打翅膀。吴军说:看到阳光了吗?何大智说:看到了,太刺眼了。

两人飞落幸福旅社后,吃好,住好,像王子,像公主,像世界末日。只不过何大智终归要害怕一下,便跑到厕所哭,他哭世界无容人处,无立锥地。而吴军早是无可念之人,他大声呵斥何大智:别哭啦,哭什么哭?何大智便像恐惧的孩子,停止抽泣。

吴军问:听说过有人被车撞死吗?

何大智答:听说过。

吴军问:听说过有人得癌症死了吗?

何大智答:听说过。

吴军问:听说过有人打仗打死了吗?

何大智答:听说过。

吴军问:听说过有人走路被杀死了吗?

何大智答:听说过。

吴军说:人都有一死。不是这样死了,就是那样死了。

吴军问:死了能带走粮食和人民币吗?

何大智答:带不走。

吴军问:活 30 岁是活吗?

何大智答:是活。

吴军问:活 60 岁是活吗?

何大智答:是活。

吴军说:是造孽。

何大智说:嗯。

吴军问:你爹骂你,你开心吗?

何大智说:不开心。

吴军问:你老婆爬在你身上,你开心吗?

何大智说:不开心。

吴军问:罗汉们轮番取笑你,你开心吗?

何大智说:不开心。

吴军问:工厂老板随便开除你,你开心吗?

何大智说:不开心。

吴军问:像老鼠一样躲躲藏藏开心吗?

何大智说:不开心。

吴军问:这些是什么呢?

何大智摇头。

吴军说:这些是活着,你还想活吗?

何大智说:不想活。

吴军说:你是爆破手,知道爆炸后的感受吗?

何大智说:不知道。

吴军说:像打针,像蜜蜂蜇一下,很快,快到感受不到任何痛苦。

何大智说:嗯。

吴军说:不要怕,我陪你死。

何大智说:嗯。

吴军说:别嗯了,看着我,孩子,就这样看着我。跟我说,我爱你。

何大智说:我爱你。

吴军说:大声点。

何大智大声地说:我爱你。

1998年6月14日夜

我这样激烈地想了很久,竟是像一个写完小说、作完曲的人一样,以为自己拥有了一个世界,要急于告诉一个妙人。可是又突然发觉,自己恰恰是这个秘密的信托人。

许久，远天隐隐传来打雷声，我才想到另外一件事。

我打电话给妈妈说不回家了。

我说：妈，你给我叫次魂吧。

妈妈说：你这孩子怎么了？

我说：你就叫吧，我想听。

妈妈好似有些害羞，说：老二回来啊。

妈妈又自答：回来了唉。

我数了下，第一句是五个字，第二句是四个字。心下忽然翻江倒海，挂了电话，关上办公室，就去开车了。

我把车往大桥开时，时速是 80 码，跑了一刻钟。忽而想，这样跑上高速，跑上省道，跑到山路，跑到河里，竟是要一个日夜。如是人走，七百里几可算是长征了。我跑得心急了，又想人家太老，走不了这么快，便打慢速度，一边走一边看。看了一会儿，就要用雨刮了，却是像一头扎入雾海，什么也看不清楚了。

这样鬼迷心窍地走走停停，又兜转过来寻，却是寻不着了。我就想，何文暹一定拖着板车去哪个隐蔽地躲着了。心下便叹息起来。我想自己是送不成了。明天一早，太阳出来，何文暹就会抖擞精神，念念有词，拖着孤零零的骨灰盒往故乡走。

我让警灯无声地亮着，拉开车门，坐在那里慢慢抽烟，好似看到爸爸在几里外的雨天骑着自行车往家赶。雨淅淅沥沥地下了一阵后，便斜着浇灌起来，夜路上有了庞大的水花，起了浓厚的水雾，人的眼皮便挣不开。我看到爸爸肩膀左一晃，右一晃，勉强骑到了一个转弯处，他想雨太他妈大了，路太他妈遥远了，怎么骑也骑不动，然后又大概听到了一种好听的声音，便仔细听起来，等他听明白了时，那轮胎在水面上劈波斩浪的声音已经奔到眼前，他头也没抬，便被撞飞起来，好似地球是老天，老天是地球，这样转了许久，眩晕了许久，终才像一袋面粉，无声地扑落于路旁的草丛，接着圆轱辘变成方轱辘的自行车又咔的一声撞到树上，把我爸爸吓坏了。我爸爸匆忙看看自己，整个人好好的，就是里边像拆散了一样。

那天我在家忍着瞌睡做作业，想不做又害怕，暗自偷了几个懒，将就做完了，便马上钻床上去睡了，而妈妈则把热好的菜愤怒地倒回锅里，嘴角狠毒地骂爸爸，说范老子你有种，半小时不回，一个小时也不回，一小时不回，两个小时也不回。后来又有些担心，可是拉开窗户，雨便飘洒进来，浇了一身。妈妈便宽慰自己，男人也要打打牌的，也要应酬的，家里没电话，带个信回来也好，不带是太看不起女人了。看不起就看不起。

妈妈便也把自己哄睡着了。

第二天一早，妈妈醒来，一直眼皮狂跳，看范老子还没回，很有些预感，便急急出门，刚一出去，便声嘶力竭地喊起来，那声音就好似要把天空生生撕开一般。我还在床上就心脏狂跳，踉踉跄跄赶出来后，看到我爸爸身体蜡白，衣服滴水，像个皱巴巴的东西，爬在门口一动不动。我知道他辛辛苦苦爬回来，是要看我作业做好了没有，没有做好就揍我。

后来我就自由了。

1998 年 6 月 23 日

我的教导员瘾还没过足，便接到通知，去龟寿山一个会议中心参加警衔晋升培训班。起初几天,都是大老爷们在一起,没甚意思,我便独自散步,走上山顶,便看到江岸区的度假旅社区了。我想幸福旅社就在其中,何大智推开窗户,又回头叫吴军:你看,那里有个人。

吴军看了几次,看明白了,说:世界好大,那么远的人都能看到。

最后一天,中心忽然涌来一批要到银行上岗的女青年,个个脆嫩欲滴,看得我是眼花缭乱,就想在这里培训到老。是夜,我们办毕业舞会,这些妹妹果然满身飘香地赶来,我从一旁走过去,禁不住就要开开屏。机会直到好晚才出现,主持人说年轻有为的范教导员可是再世陈百强,我便搓着手,扭捏着上台了,正低头吹麦克风,忽见对面的门开了,一个脸打白霜、身穿红呢裙的女鬼飘进来。我立刻僵住,想管住脸上的炭火,却是管不住。

我想这些人通通消失了就好,可是他们却齐齐整整地拍巴掌,用期待领袖的眼神焦渴地期待着我。我便不知如何自处,后来有人走过来,拿走麦克风,又拍拍我的肩膀,结果把我喉咙里的一句话忽然拍出。我说:我从来没有像现在这样不幸过。

我闭上眼也能看见他们惊呆了,在我大踏步走向门口后,那背部也一定像磁铁,将那些惊呆的目光吸过来。然后,女鬼也跟着走出去了,大家都明白了。

出门后,我先是听到皮鞋声在楼梯间蹬蹬作响,接着便听到红色高跟鞋在后头紧紧跟着,心下竟是悚然。转到二楼,我抽钥匙打开门,想关上门,却见那张惨白的脸畏缩地卡在那里,我便弃门坐到床上。

她进来后,磨蹭很久,才鼓起勇气,授权自己坐在椅上。

我说:孟媛媛,有话请讲。

媛媛摇摇头。

我说:那好,我说。我告诉你,分手后我天天在等你打电话。

媛媛说:我打了,打不通。

我说:你不会打我家啊?

媛媛说:我怕。

我说:我左等右等等不来,就发恶誓,说再不理你了,你求我,我也不理了。

媛媛说:对不起。

我说:你回去吧。

媛媛坐着不肯动,好似椅子是最后的阵地。

我看了眼手表,说:你睡床吧,我找别地睡。

我都起身走到门口了,媛媛忽然走来,巴住我胳膊,说:是不是一点机会都没有了?

我没说话,媛媛的眼泪却流了我一手。

我说:你睡吧,我看着你睡。

媛媛说:我不睡。

我说:让你睡,你就睡。

媛媛说:你说句话吧,说了我睡。

我说:说什么?

媛媛说:孩子,我原谅你。

我说:孩子,我原谅你。

媛媛凄惶地笑了一下,说:你说了我就高兴些,就满足了。

我心间隐隐碎了,便避开她去洗澡了。总算洗完出来,忽见媛媛赤身躺在床上，嘴间又添了浓烈的口红，像个小丑，可眼泪还是晃荡在眼窝。

我说：你平日也不化妆，干吗现在画这么难看？

媛媛说：书上说，化妆是对人尊重。

我说：你尊重别人去吧。

媛媛说：我只想尊重你。

我好似要说点什么，却是压住不说，只是掀上被子盖她。媛媛眼泪忽又淌出来，竟是将刚化好的妆冲垮了。媛媛说：你是不是嫌弃我了？

我没说话。

媛媛便紧紧抓着被子，慢慢哆嗦起来，许久又说：我知道是要被你嫌弃死的，你让我在这里住一夜吧。

我说：你住吧。

媛媛又哭起来，好似眼睛是个水袋，一挤就挤出很大一摊来。我没话说了，一个人走到窗前，拉开窗户对着江景发呆。许久了，竟又觉得被抱住了，挣脱不开。媛媛说：对不起。我伤害你了。

我说：你没伤害我。

媛媛说：我伤害了。

媛媛又说：我妈妈嫁人了，搬人家去住了，这边的房子也要卖掉。

我说：爱卖卖去。

刚一说完，便酸楚起来，猛想到女人一生所需，仅只一房，房子还在装修时，她就过来规划了，这里摆个书柜，那里摆个妆台，这里粉刷成黄色，那里配个孩子睡的摇椅，南柯一梦，如今是无家可归，各自孤零了。

此时媛媛松下手来，伤心地去穿衣服。

我便滚下泪来，好似终于是肉身撕裂了，一时想自己也有太多不是，自己何德何能，竟至让人如此讨好？

我便大声吼道：你干什么？

媛媛说：我走。

我说：天这么黑，没车了，你走哪里去？

后来的一天

光阴似箭，我却是不敢和妈妈提及复合之事。忽而一日，趁着高兴，便说了，妈妈筷子掉地上了，整个人傻坐着，许久才知去抹眼泪。妈妈说：你和范老子一样心软。

妈妈说：我日后命苦了。

我劝了好几番，竟是劝不返，便想着去给她做顿饭。去到菜场，阳光明媚，忽见那公厕周围多了很多小摊小贩，还有老头下棋，小学生做作业，竟是热闹非凡，细一看，瓷砖墙上又多了片红纸，上书“有史以来”，心下便乐了，心想再不去，对不起这人的想象力。

我拉完出来，那正在捧书苦读的男子正好抬头，我大叫：周三可。

周三可起立，虔诚递来中华，又递来一张名片，又掏出 zippo 点火。

我说：不错啊，是经理了。你看什么书呢？

周三可说：《MBA 工商管理》。

我心下奇了，说：传说你不是自杀了吗？

周三可说：哎呀，老弟，说起来都因为你。你看这里，疤子好长一条。送死那天，是一日四衰。我先给记者报料，说淹了车，结果记者来了后反而骂我，你为什么不打 110、120？你没见淹死人吗？我哪知人没救出来，通讯员的资格就这样生生被取消了。接着，我走路又看到好多人抽奖，说是奖票越来越少，轿车还没领走，便去银行取钱来买，买了两千多，歇手抽烟，结果别人交两块，把轿车摸走了。我这个叹，就去兑足彩，谁知卖彩的说，不用来了，不开了。我想也是，赌博这东西国家能让它久办吗？心便碎了，还说把500万均分给老婆、父母、孩子，分个鬼。后来才知道，不是不开，是意大利一个修女还是教皇死了，意甲停赛，奖开不出来了，你说气人不？走投无路了，我就想还有65400块在你手，就打电话，谁知你劈头来句，没用，身份证没用。我就忽然被泼下一盆凉水，湿漉漉的，清醒得不得了，回去后就找刀割自己，还好我懒，平日不磨刀，刀钝了，割了几分钟，便把自己割活了。

我说：活下来就好。

周三可说：可不是，刚从医院回来，就听说你们班师，跑去问，竟问到奖金，我便喜煞。手里全部是现金，拿起来又和砖头没区别，我就叫自己冷静，冷静，再冷静，可是不能再吃不能再喝，可是要搞百年大计了，这样就投资厕所来了。

我说：生意好做吗？

周三可说：不好做，你想，来买菜的都是中年妇女，一分钱都要还上半个小时，上厕所付费，超出她们理解范围了。她们都说，周疯子，你不给我钱就算好了。

我说：那你还承包？

周三可说：头几天，我也慌，装镜子，烧檀香，请保洁工三班打扫，搞得和宾馆一样，结果成本上去，客人反而被这阵势吓住了。那时我见人就想拦下，爹爹啊，尿一泡吧，爹爹啊，很便宜的，可是人家怎么会理你？

人家思维早就定性了,人家这是肥料。后来我算是开窍了,拉尿收费是抢劫,人们不干,但如果取之于民用之于民,就有人来了。我想我买了那么多彩票,我就不信别人不买,这样便也摆了个红纸箱,搞抽奖。

我一看,那纸箱上果然写了四个烫金大字:诚信抽奖。

周三可说:此后人们的膀胱果然憋不住了,就过来摸电饭煲、自行车,摸着摸着就以为是自己的了,就爽快地交一块钱,进去拉。拉完一摸,空白,也不恼火,不就一块钱吗?

周三可又说:你还没见过盛况呢,有天下午,奖票越摸越少,奖品还没出现,大家竟然排队过来拉,前边找钱慢了点,后边就吵,说是断子绝孙。拉完呢?就一边系裤带一边出来摸,有的摸过了,没摸到,想想又去拉一次。我说,不能拉就别拉了。你道人家说什么?人家说,你管得着吗?我当然管不着,可还是要本着对人民群众负责的态度,说说的。不过说也无用,后来有个人听说有个日本产的高压锅没摸走,竟然骑车骑八里,专门跑过来了。

我说:怎么摸奖还有诚信摸奖啊?

周三可小声说:你看看旁边的,卖十元三样的、卖外贸衣服的好几家呢。我这边生意好起来,客源多起来,他们就眼红着跟过来,我是开阔之人,我发财你也发财,我的客源带动你,你的客源也就会带动我,这叫共赢。可是他们坏,后来也搞摸奖了,这就不道德了,这就是明摆着进攻我的主业务,我就打电话给城管,城管的车还没到,他们就卷起铺盖灰溜溜跑了。我打诚信牌也就是想向顾客透露这个意思,我这里抽奖是正规的,你看,这么大一厕所,这么豪华一厕所,跑得了和尚跑不了庙,可是他们呢?四处打游击战,你能对他抱半点信心吗?结果后来,他们的奖便摸不出去，做生意基本靠喊了。

我说：你岂不是发大财了？

周三可说：尚可尚可。以前一天接两百不到，往环卫所交份钱都不够，现在一天能接一千多。做人啊，关键是要活下来，活下来，财源滚滚来。

销魂

其一

前六八四年(蔡哀十一年,楚文六年,鲁庄十年)

息妫途经蔡国

《史记·管蔡世家》:“哀侯十一年,初,哀侯娶陈,息侯亦娶陈。息夫人将归,过蔡。”《史记》研究会名誉会长韩兆琦注云:“归,回国省亲。过,经过。”《左传·庄十》记的是:“蔡哀侯娶于陈,息侯亦娶焉。息妫将归,过蔡。”已故语言学家杨伯峻注云:“蔡侯盖先娶,息侯此时始娶。出嫁曰归。过,经过。陈都宛丘,今河南省淮阳县;蔡都在今河南省上蔡县西南,故息妫由陈至息必过蔡。”

若是“归宁”(省亲),则息妫此行是从息国返回陈国。若是“出嫁”,则是从陈国去往息国。陈国在蔡国北,蔡国在息国北(当知息国又在楚国北)。

《史记·管蔡世家》:“蔡侯不敬。”

《左传·庄十》:“蔡侯曰:‘吾姨也。’止而见之,弗宾。”

杨伯峻云“妻之姊妹曰姨”。东汉高诱云“妻之女弟为姨”。“止而见之,弗宾”,依西晋杜预注,“不礼敬也”。杨伯峻认为“此所谓弗宾,盖有轻佻之行”。

其二

同年

息侯怒

《史记·管蔡世家》:“息侯怒。”

《左传·庄十》:“息侯闻之,怒。”

息国的情况在历史上记载不多。《左传·隐十一》曾记:“郑、息有违言,息侯伐郑,郑伯与战于竟(境),息师大败而还。君子是以知息之将亡也:‘不度德,不量力,不亲亲,不征辞(征,审也,明也,问也),不察有罪。犯五不韪,而以伐人,其丧师也,不亦宜乎?’”这是公元前七一二年的事,在妫氏抵息的二十八年前。成语“不自量力”即根据这一史实而来。杨伯峻曰:“息,一作鄎,姬姓之国(所谓不亲亲,即谓息郑同为姬姓国,宜相亲),不知初封于何时何人,息故城当在今河南省息县。清《一统志》引《息县志》,谓有古息里在县治西南十五里,即息侯国。”从史书记载

"息侯"知道息国所封爵位为侯爵。息县今属信阳市管辖。执教于信阳师范学院文学院的闫梦莲根据《左传·隐十一》的记载得出一个判断:"息国在东周初年国力较为强大,并且在诸侯纷争之时想有所表现,并取得一定的话语权,然而它选错了对象。这一仗以息国失败而告终,也使它从此一蹶不振。"(见其论文《息国历史与地理论考》)。

其三

同年

息侯导楚伐蔡

《史记·管蔡世家》:"息侯请楚文王:'来伐我,我求救于蔡,蔡必来,楚因击之,可以有功。'"

《左传·庄十》:"(息侯)使谓楚文王曰,'伐我,吾求救于蔡而伐之。'"

息侯言"蔡必来",理由可能是因为他和蔡侯均为周后裔(姬姓),蔡国首君蔡叔度者,为周武王同母兄弟。同时息侯与蔡哀侯同娶于陈,可算姻亲。而楚为外姓(芈),先人之荣耀不过是服侍周文王(指鬻熊为文王火师),且自认蛮夷,时为周之勍敌。冯梦龙在《东周列国志》里这样演绎息侯的计划及其得逞过程:"(息侯)乃遣使入贡于楚,因密告楚文王曰,'蔡恃中国,不肯纳款。若楚兵加我,我因求救于蔡,蔡君勇而轻,必然亲来相救。我因与楚合兵攻之,献舞(即蔡哀侯)可虏也。既虏献舞,不患蔡不朝贡矣。'楚文王大喜,乃兴兵伐息。息侯求救于蔡,蔡哀侯果起大兵,亲来救息。安营未定,楚伏兵齐起。哀侯不能抵当,急走息城。息侯闭门不纳,乃大败而走。楚兵从后追赶,直至莘野,活虏哀侯归国。息侯大犒楚军,送楚文王出境而返。”

《左传·庄十》:“楚子(楚文王)从之。秋九月,楚败蔡师于莘(今河南省汝南县境内),以蔡侯献舞归。”《史记·管蔡世家》:“楚文王从之,虏蔡哀侯以归。哀侯留九岁,死于楚。”然而在《史记·楚世家》记载的是:“(文王)六年,伐蔡,虏蔡哀侯以归,已而释之。”杨伯峻认为:“此盖太史公所据不同,故所说有异。”

其四

前六八三年(蔡哀十二年,楚文七年,鲁庄十一年)

蔡哀侯诱楚灭息

《左传·庄十四》:“蔡哀侯为莘故,绳(誉也)息妫以语楚子。楚子如息,以食入享(设享礼招待息侯),遂灭息。以息妫归,生堵敖(即庄敖)及成王焉。未言。楚子问之。对曰:‘吾一妇人,而事二夫,纵弗能死,其又奚言?’楚子以蔡侯灭息,遂伐蔡。秋七月,楚入蔡。”

楚军攻入蔡国是鲁庄公十四年(前六八〇年)之事,此时息妫已为楚文王诞二子,可推算息灭国应在此两年前。闫梦莲在其论文《息国历史与地理论考》中引用已故史学家徐旭生在《中国古史的传说时代》一书中得出的结论:“考楚的灭息是因为蔡哀侯败于莘怀恨,那么,应在庄公十年九月以后。到庄公十四年秋天息妫已经生了两个孩子,那么,灭息当在庄公十年冬至十二年间。”闫梦莲因此推断:“息之灭亡当在楚人虏蔡哀侯的次年,即鲁庄公十一年(前六八三年)。”杨伯峻亦曰:“此(指灭息)当是(庄公十四年)前数年之事,此年息妫则已生二子矣。《吕氏春秋·长攻篇》云:‘楚王欲取息与蔡,乃先佯善蔡侯,而与之谋曰:吾欲得息,奈何?蔡侯曰:息夫人,吾妻之姨也。吾请为飨息侯与其妻者,而与王俱,因而袭之。楚王曰:诺。于是与蔡侯以飨礼入于息,因与俱,遂取息。旋舍于蔡,又取蔡。’所叙与《左传》不尽合,难以尽信。然楚子如息,以食入享,则有相近处。”

《左传·哀十七》载,“子古曰:‘……彭仲爽,申俘也,文王以为令尹,实县申、息,朝陈、蔡,封畛于汝。’”杜预注曰:“楚文王灭申、息以为县。”由此我们可知息灭国后的收场。

息侯的结局不明(惟《列女传》作如是讲:“夫人者,息君之夫人也。楚伐息,破之。虏其君,使守门。”)。而息国子民则成为楚国北伐主力。《左传·僖二十五》记:“秋,秦、晋伐鄀。楚斗克、屈御寇以申、息之师戍商密(鄀国都也)。”事在前六三五年,杨伯峻注:“斗克时为楚之申公,屈御寇时为楚之息公,楚之地方长官皆称公。楚国经营中国,常用申、息之师。”

其五

前六八三年—前六八〇年

息妫诞熊艰、熊恽

《左传·庄十四》:“以息妫归,生堵敖及成王焉。”

堵敖,《史记·楚世家》作庄敖(子熊艰立,是为庄敖)。成王,即楚成王,《史记》作熊恽。

其六

前六八〇年(蔡哀十五年,楚文十年,鲁庄十四年)

息妫悒怏

《左传·庄十四》:"(息妫)未言。楚子问之。对曰:'吾一妇人,而事二夫,纵弗能死,其又奚言?'"

对于"未言",杨伯峻注云:"《礼记·丧服四制》云:'礼,斩衰之丧,唯而不对;齐衰之丧,对而不言。'(东汉)郑(玄)注云:'言谓先发口也。'正此言字之义。"

斩衰、齐衰为"五服"中最重的两种丧服。

杜预认为"未言"是"未与王言"。

西汉刘向编撰《列女传》,息君夫人位列"贞顺传",云:"夫人者,息君之夫人也。楚伐息,破之。虏其君,使守门。将妻其夫人,而纳之于宫。楚王出游,夫人遂出见息君,谓之曰:'人生要一死而已,何至自苦。妾无须臾而忘君也,终不以身更贰醮。生离于地上,岂如死归于地下哉。'乃作《诗》曰:'谷(活)则异室,死则同穴。谓予不信,有如皦日。'息君止之,夫人不听,遂自杀,息君亦自杀,同日俱死。楚王贤其夫人,守节有义,乃以诸侯之礼合而葬之。君子谓夫人说(悦)于行善,故序之于诗。颂曰:楚虏息君,纳其适妃,夫人持固,弥久不衰,作诗同穴,思故忘新,遂死不顾,列于贞贤。"

绥化学院副教授高方在其论文《历史原态与文化重写——以息夫人形象迁移为例》中认为:"刘向写成《列女传》,目的在于劝谏皇帝、嫔妃及外戚，息夫人故事从被掳再嫁到守身殉情的形态变化，鲜明地体现了刘向以男权立场宣扬节烈思想的主要意图。”阿坝师专助理研究员王利明在其论文《<列女传>对息妫形象的重构》中云：“在刘向笔下，息妫是烈节贞妇的典范。为了塑造这一形象，《列女传》通过忽略息妫改嫁的事实突出‘终不以身更贰醮’的思想，设计息妫息君‘同日俱死’的情节，塑造‘守节有义’的贞妇形象。”这些观点可供参考。而根据《左传·庄二十八》记载，我们知道在楚文王死后十年，文夫人（息妫）仍安居于宫中。另，也有人认为《列女传》与《左传》所记非一人。已故学者陈子展认为，《列女传》明言适妃与夫人为二，适妃为楚王所纳，盖息妫也（楚虏息君，纳其适妃，夫人持固，弥久不衰）；夫人则行善守义自杀矣。他在《诗经直解·卷六》中还提及，（清）吴骞《拜经楼诗话》谓息妫不归楚而自杀，归楚为息妫之侄娣媵息（随嫁至息）者，（清）陶方琦《汉孳室文钞·息夫人非息妫说》谓息妫归楚，而自杀者为别一息夫人。

后世诗词写息妫者，多立足“未言”。如李白《望夫石》：有恨同湘女，无言类楚妃。王维《息夫人》：看花满眼泪，不共楚王言。杜牧《题桃花夫人庙》：细腰宫里露桃新，脉脉无言几度春。邓汉仪《题息夫人庙》：楚宫慵扫眉黛新，只自无言对暮春。千古艰难惟一死，伤心岂独息夫人。韦庄《庭前桃》：带露似垂湘女泪，无言如伴息妫愁。

息妫，妫姓，或为陈国君之女，或为陈世家大族之女。

其七

同年

楚文王因息妫侵蔡

《左传·庄十四》:“楚子以蔡侯灭息,遂伐蔡。秋七月,入蔡。”

杜预注:“欲以说(悦)息妫。”

杨伯峻注:“获大城焉曰入之,弗地(胜其国邑,不有其地)曰入,此或兼有两义。”

据《史记·管蔡世家》可知,周武王同母兄弟十人,第五为叔度,封于蔡(都城在今河南省上蔡县),因作乱被逐。叔度子胡率德驯善,周成王复封胡于蔡。蔡哀侯是第十三代国君,留(楚)九岁,死于楚(前六七五年),蔡人立其子肸,是为蔡缪侯。缪侯女弟(妹也)嫁齐桓公,荡舟,桓公臭能止,驱蔡女。缪侯改嫁其女弟。齐桓公怒而伐蔡,虏蔡缪侯,后因诸侯求情,释蔡缪侯。又数代,蔡景侯通奸于儿媳,为儿子蔡灵侯弑。公元前五三一年,楚灵王以蔡灵侯弑父,在申地将蔡灵侯诱杀,并灭蔡,以己弟弃疾为蔡公。弃疾即位(楚平王)后,立蔡景侯少子庐为蔡平侯,复蔡国(蔡平侯迁都新蔡,今河南省新蔡县)。后灵侯之孙攻平侯之子而立,是为蔡悼侯。悼侯卒后,弟昭侯立,昭侯因未向楚相献裘,被扣楚国三年。昭侯归国后,请与晋伐楚(《左传·定四》云:蔡侯如晋,以其子元与其大夫之子为质焉,而请伐楚)。后在楚攻蔡的情况下,蔡昭侯又使其子为质于吴,以共伐楚。其结果是与吴王破楚入郢。楚昭王复国后,蔡恐,告急于吴,吴为蔡远,约迁以自近,因此蔡昭侯迁都于州来(即下蔡,今安徽省凤台县)。君位传至第二十五代(侯齐),为楚惠王灭,蔡绝祀。蔡自公元前一〇四五年建国,至前四四七年灭国,历时五百九十八年。

因一时轻佻而招敌入国,《左传》置评之:“君子曰,《商书》所谓‘恶之易(蔓延)也,如火之燎于原,不可乡(向)迩,其犹可扑灭’者,其如蔡哀侯乎。”

其八

前六七五年（蔡哀二十年，楚文十五年，鲁庄十九年）

楚文王、蔡哀侯卒，楚庄敖即位

《史记·楚世家》：“（楚文王）十三年，卒，子熊艰立，是为庄敖。”楚文王十三年即前六七七年。《左传·庄十九》所记楚文王卒年则为前六七五年，云：“（鲁庄）十九年春，楚子御之（御巴人），大败于津。还，鬻拳弗纳。遂伐黄，败黄师于碏陵。还，及湫，有疾。夏六月庚申（十五日）卒，鬻拳葬诸夕室，亦自杀也，而葬于绖皇（文王地宫的前庭）。”杨伯峻认为《史记》的记载恐怕有误。

《史记·管蔡世家》记蔡哀侯在楚留九岁，死。死年即前六七五年。

其九

前六七二年（庄敖三年，鲁庄二十二年）

熊恽弑兄自立，是为楚成王

《史记·楚世家》：“庄敖五年，欲杀其弟熊恽，恽奔随，与随袭弑庄敖代立，是为成王。”

《史记》前文记载，庄敖于楚文王十三年（前六七七年）立，庄敖五年，即前六七二年。若以《左传》计算，庄敖应于楚文王十五年（前六七五年）立，庄敖五年，应为前六七〇年。北大中文系教授李零在《史记》“庄敖五年"处注:"据《左传》文王、成王年数,'五年'应作'三年'。"

其十

前六六六年(楚成六年,鲁庄二十八年)

令尹子元诱息妫遭拒,伐郑

《左传·庄二十八》:"秋,(楚令尹)子元以车六百乘伐郑,入于桔柣之门(远郊之门)。子元、斗御彊、斗梧、耿之不比为旆(旌旗有旒者曰旆,前军也),斗班、王孙游、王孙喜殿(殿后)。众车入自纯门(郑外郭门),及逵市(郑国城外大路之市场)。县门不发(县门,悬门,犹闸门,县门不发谓内城闸门不曾放下,空城计也),楚言而出(楚军讲着郑人不懂的方言,撤退)。子元曰:'郑有人焉。'诸侯救郑,楚师夜遁。郑人将奔桐丘,谍告曰:'楚幕有乌'(杨伯峻注:幕,帐幕,幕无人居,乌鸦止其上,言楚逃矣)。乃止。"

令尹者,据执教于吉林师大的谭黎明的论文《论春秋战国时期的楚国官制》介绍,为楚国宰辅名,集政治、军事、司法、外交等职权于一身,地位仅次于王,多由有王族血统的人担任(谭引用先秦史研究者宋公文在《楚史新探》一书中的统计,春秋战国楚令尹历计四十六人,其中四十二人楚籍,三十九人有王族血统)。

子元系楚武王子,楚文王弟。

子元因何伐郑呢,《左传·庄二十八》记:"楚令尹子元欲蛊(诱也)文夫人(息妫),为馆于其宫侧,而振万焉。夫人闻之,泣曰:'先君以是舞也,习戎备也。今令尹不寻(用也)诸仇雠,而于未亡人之侧,不亦异乎。'

御人以告子元。子元曰:‘妇人不忘袭雠(讐同雠),我反忘之。’”

此事记载于《左传·庄二十八》,却不能确定就是发生于鲁庄二十八年(前六六六年)。只能略作因果之想。先有子元诱引其嫂遭拒,后有其草率侵郑。“振万”,杨伯峻注曰:“《礼记·乐记》记云‘天子夹振之’,注云:‘夹振之者,上与大将夹舞者振铎以为节也。’然则武舞必振铎以为节,故舞万曰振万。万为舞名,包括文舞与武舞。文舞执籥(形状像笛)与翟(雉羽),故亦名籥舞、羽舞,《诗经·北风·简兮》所谓‘公庭万舞,左手执籥,右手秉翟’者是也;武舞执干与戚,故亦名干舞。万舞亦用于宗庙之祭祀。”

令尹所以诱嫂之舞,形式上是武舞。

其十一

前六六四年(楚成八年,鲁庄三十年)

子元被杀

《左传·庄三十》:“楚公子元归自伐郑,而处王宫(杨伯峻注:欲遂蛊文夫人),斗射师(杜预以之为斗廉,大夫)谏,则执而梏之(杨伯峻注:楚伐郑是庄二十八年——前六六六年——之事,此亦当是二十八年事,距今二年)。(庄三十年,即六六四年)秋,申公斗班杀子元。斗穀於菟为令尹,自毁其家,以纾楚国之难。”

对子元被杀,《东周列国志》大有演绎:再说楚子元自伐郑无功,内不自安,篡谋益急,欲先通文夫人,然后行事。适文夫人有小恙,子元假称问安,来至王宫,遂移卧具寝处宫中,三日不出。家甲数百,环列宫外。

大夫斗廉闻之，闯入宫门，直至卧榻，见子元方对镜整鬓，让之曰：“此岂人臣栉沐之所耶？令尹宜速退。”子元曰：“此吾家宫室，与射师何与？”斗廉曰：“王侯之贵，弟兄不得通属，令尹虽介弟，亦人臣也。人臣过阙则下，过庙则趋，咳唾其地，犹为不敬，况寝处乎？且寡夫人密迩于此，男女别嫌，令尹岂未闻耶？”子元大怒曰：“楚国之政，在吾掌握，汝何敢多言？”命左右梏其手，拘于庑下，不放出宫。文夫人使侍人告急于斗伯比之子斗穀於菟，使其入宫靖难。斗穀於菟密奏楚王，约会斗梧、斗御彊及其子斗班，半夜率甲以围王宫，将家甲乱砍，众俱惊散。子元方拥宫人醉寝，梦中惊起，仗剑而出，恰遇斗班亦仗剑而入。子元喝曰：“作乱乃孺子耶？”斗班曰：“我非作乱，特来诛乱者耳。”两下就在宫中争战。不数合，斗御彊、斗梧齐到，子元度不能胜，夺门欲走，被斗班一剑砍下头来。斗穀於菟将斗廉开梏放出，一齐至文夫人寝室之外，稽首问安而退。次早，楚成王熊恽御殿，百官朝见已毕，楚王命灭子元之家，榜其罪状于通衢。

从这以后，斗氏（若敖氏）兴于楚。

其十二

前六三二年（楚成四十年，晋文四年，鲁僖二十八年）

城濮大战，子元之子启助晋胜楚

史书未载文夫人（息妫）卒于何年。不过，当年由蔡哀侯献舞惹下的祸殃，似乎在半个世纪年后仍在发作。即前六三二年爆发的城濮大战。张荫麟《中国史纲》认为：“就在这一战中，楚人北指的兵锋初次被挫，（晋）文公成就了凌驾齐恒的威名，晋国肇始他和楚国八十多年乍断乍续的争斗。”

前五四七年，蔡国大夫声子，一位政治上的掮客或曰牙人，与楚令尹子木进行了一场著名的对话。《国语》与《左传》均有记载。当时，声子沿郑国北去晋国，又南返抵楚。子木接见了他。蔡与晋为姬姓国，蔡与楚为甥舅。子木想从说合晋楚两国的声子口中得到一个问题的答案："晋大夫与楚孰贤。"声子惦记的却是如何让楚召回北逃的大夫：伍举。声子与伍举是世交。翻史书时，我常以为，伍家人素以楚王家人自居，时刻对楚王可能出现的堕坏行为保持警惕与忧虑，以此表达自己的忠心。王室很器重伍家。然而这一次，伍举却因为丈人的畏罪潜逃而不能自证清白，只能跟着跑向郑国，此后还要奔晋（山东大学教授鲍思陶认为：郑小而近，故欲奔晋）。在郑郊，声子遇见伍举，二人铺草而食，声子说你现在可以去辅佐晋侯成就伯业了，伍举却矢志"归骨于楚"，并赠声子乘马，声子答应想办法。

声子对子木的回应是教科书式的。他先说晋卿不如楚，大夫却贤过楚国。析其缘由，这些贤大夫又是楚输送过去的（所谓虽楚有材，不能用也）。声子一共举了四个例子，然后说：今又有甚于此者。（伍举）今在（奔）晋矣。彼若谋害楚国，岂不为患？

子木愀然变色，许诺增伍家禄爵，并请伍举子伍鸣迎父归楚。

声子所举的四个例子，《左传·襄二十六》记载的是：

一、析公——因子仪之乱奔晋——绕角之役（前五八五），晋将遁，被析公劝止——晋战胜楚。声子曰："楚失华夏，则析公之为也。"

二、雍子——因父兄构陷奔晋——彭城之役（前五七三），晋将遁，雍子发命于军："归老幼，反孤疾，二人役，归一人，简兵蒐乘，秣马蓐食，师陈焚次，明日将战。”——楚宵溃。声子曰：“楚失东夷，则雍子之为也。”

三、巫臣——因争夺夏姬奔晋——通吴于晋，教吴叛楚，吴于是袭楚（前五八四）——楚一岁七奔命。声子曰：“（吴）至今为患，则子灵（巫臣）之为也。”

四、贲皇——因若敖族叛奔晋——鄢陵之战（前五七五），晋将遁，被贲皇劝止——楚溃，楚共王失一目。声子曰：“楚失诸侯，则苗贲皇（贲皇奔晋，晋与之苗邑）之为也。”

《国语·楚语上》记载的是：

一、启——因子元之乱奔晋——城濮之战（前六三二），晋将遁，被启劝止——楚溃。声子曰：“大败楚师，则王孙启之为也。”

三、析公——因子仪之乱奔晋——晋人用之。声子曰：“寔谗败楚，使（楚）不规（鲍思陶注：犹有也）东夏，则析公之为也。”

三、雍子——因父兄构陷奔晋——鄢陵之役（前五七五），晋将遁，被雍子劝止——楚师大败。声子曰：“（楚共）王亲面伤，则雍子之为也。”

四、巫臣——因争夺夏姬奔晋——寔通吴晋，导吴伐楚（前五八四）。声子曰：“（吴）至于今为患，则申公巫臣之为也。”

《国语》对启叛楚扶晋这一段的详细叙述是：

（声子）对曰：“昔令尹子元之难，或谮王孙启（启，子元子也）于成王，王弗是，王孙启奔晋，晋人用之。及城濮之役，晋将遁矣，王孙启豫于军事，谓先轸曰：‘是师也，唯子玉欲之，与王心违，故唯东宫与西广寔来。诸侯之从者，叛者半矣，若敖氏离矣，楚师必败，何故去之？’先轸从之，大败楚师，则王孙启之为也。”

这件事《国语》有而《左传》无，翻《左传》《史记》关于城濮之战记载，也未见启的踪迹。而且有一点，声子在游说的过程中，为了引起对方的恐惧，言语中暗藏恐吓，多有夸大其词之处，特别是对谋士作用的夸大。谋士当然有用，但真正能起到声子所说的那么大的作用，在他处记录时必然也会浓墨重彩，情况却并非如此。

汉语写作的搏命远征——阿乙论

胡少卿

汉语的手工艺人

在当下活跃的青年作家中,阿乙的鲜明特征是对于小说作为一种手艺的虔敬,同时他清醒意识到,自己还处于学徒期。阿乙主要师法的对象是19世纪末期以来的现代主义大师们,如卡夫卡、博尔赫斯、加缪、福克纳、陀思妥耶夫斯基;在汉语作家中,他的前辈老师是余华、格非、残雪等20世纪80年代的"先锋派"。阿乙自述:"格非、余华、苏童、马原、孙甘露、北村、残雪等一批先锋作家,至少给我的写作提供了一种示范。我认为我自己是他们写作的一种传递,一种继承。我喜欢他们对品质本身的在乎。在二十世纪八九十年代,有一批这样高质量的年轻作者,真是好啊。"在"先锋"退潮20年后,阿乙重拾形式探索的激情，重新确认“怎么写”的重要性。他把小说看作一件具有独立价值的工艺品，对之深思熟虑，精雕细琢。

因之，阿乙小说的外观首先呈现为准确、精练、考究的语言，这些语言因为经过了慎重的拣选而卓尔不群，成为一种个人创造。如《小镇之花》的开头：“秋天的小镇，天高而阔，每根枝条每颗稻穗清晰地存在于眼前。但是黄昏一到，树木、山冈变得模糊起来，灰蒙蒙的，在它们背后是太阳逐渐微弱呈暗橙色的光芒。对孩子们来说，这是充满遗憾的景色，意味着四肢无用，父母要赶他们回家。”这样的段落，纯然是诗的，同时又绝不滥情，简洁清晰得斩钉截铁。台湾作家骆以军称阿乙是“动词占有者”。阿乙尤其擅长创造性地使用动词，如“他蹲在角落啄吸香烟”(《发光的小红》)，“啄吸”非常传神地抓住了某类人恶狠狠地闷头抽烟的神态；“我授权自己坐在席梦思一角”(《春天》)，“授权”写出了一种情境里一个人的被动、尴尬和小心；“打工的人慢慢归来，在孩子们面前变化出会唱歌的纸、黄金手机以及不会燃烧但是也会吸得冒烟的香烟，这些东西修改了杨村”(《杨村的一则咒语》)，“变化”和“修改”用得既新鲜又精准。在语言方面的经营奠定了阿乙小说的质量基础，使他在语言大面积粗糙、疲沓、松软的当下文苑显得异常突出。台湾版《鸟，看见我了》朱宥勋所作序言说：“阿乙的小说很‘硬’，‘硬’指的不是艰涩难读，而是隐藏在段落字句之间的一股刚劲力道。”阿乙语感的简洁、硬气多少可以使人联想起“鲁迅——余华”这样的线索。

此等作品外观是艰苦劳动的结果。“打磨”“锤炼”“推敲”这些常用于形容诗歌写作的动词用于形容阿乙的小说写作同样适用。在和笔者的访谈中，他提到写作的艰难：一本十几万字的小说，假设每个字是一块砖，用这些砖垒成墙可能比写出它们要容易得多。他总是不吝花费精力去考虑“怎么写”的问题，仿佛一个手艺人总是考虑如何花样翻新。他可贵地保持了一种“学徒”心态，还在孜孜不倦地向前人学习“小说”这门手艺。在评判一件作品时，他选择的是“操作技术”这样的角度。如他对余华小说《现实一种》的评论：“你读第一遍的时候觉得是个天作，第二遍是天作，第三遍是神作，到第四遍的时候你就看出漏洞来了。漏洞在哪儿呢？前面90%，他都是按照完全冷漠、冰冷的视角去写的，到结尾作者开始恋战，舍不得离开这么美好的故事，舍不得结束它。他写那些人来分尸，有的来锯腿，有的来开肠破肚，有的拿走了心，有的拿走了肺。那段写得特别油滑。读了三四遍之后，我觉得这个地方是一个作者不懂得控制结尾，不懂得怎么离开，所以导致这个神作里有个很别扭的问题，就是前面都很克制，后面就油滑了。而且有个合法性的问题，就是一个农妇怎么懂得遗体捐赠这一套东西，而且是代签。这个合理性不够。恋恋不舍最容易带来油滑，语言的油滑，和那种自恋的东西。很多年以后，《兄弟》那部小说，他保留的就是10%的这个油滑，90%的冷静全部不见，这是很危险的。我对自己很警惕。油滑是我看到的一个问题。每个作者都是这样，对自己稍有放纵，你的肮脏、自恋、丑态都会表现出来。”这是从一个作者的写作心态、写作过程所做的观察。这种评说很难出现在专家学者的笔下，完全是小说手艺人之间的交流，非亲历小说写作之难不足以切中肯綮。

阿乙一直没有放弃写作技术方面的实验。最新长篇《早上九点叫醒我》(待出版)中，阿乙一改此前海明威式的简洁，尝试一种绵长细密的新风格，多长句，少标点，随时加入内心旁白。这是向福克纳致敬的结果。在大量关于“小说做法”的研习中，他保持了纯正的文学路数，使自己成为古往今来的小说手艺的传递者。

小说中的“几何”

与手艺人形象相关，阿乙小说讲究故事叙述的方法和整体结构。与前辈残雪、余华云山雾罩的叙述不同，他的小说有很强的故事性，而且故事被放置在一个几何架构中呈现，极具形式感。小说集《鸟，看见我了》的开篇之作《意外杀人事件》是一篇按照“非”字的几何形状结构的小说，讲述六个人从六条小巷走出，在中间的大道上遭遇同一种命运：死亡。这篇小说的工程支柱是“非”字形，两边各三条小巷，中间是一条大街。一个外地人在这条大街上结束了六个本地人的性命。《正义晚餐》则是按照“Y”字形结构的，两个人走在两条不同的路线上，当他们交会时，化学反应发生，一段意想不到的故事上演。另一篇较早期的小短篇《黄昏我们吃红薯》实验的则是倒“Y”字形结构，一对小夫妻燕子和建成赌气，燕子跑到河边自杀，建成被迫跳入水中救人，这时故事开始分岔，出现两种叙述路径：一种是燕子死，一种是建成死，作者在小说中用“硬币的正面”和“硬币的反面”来命名这两种可能。这些精心的设计印证了阿乙的一个说法：“我像做数学题那样做一篇小说。”

阿乙使用最多的结构模型是“俄罗斯套娃”式，先从最外围的表象写起，然后一层一层地揭开，越来越接近事情的真相，最后暴露出故事的核。典型例证如中篇小说《情人节爆炸案》，先从大桥爆炸案的现场写起，接着侦破陷入困境，一张残损的身份证提示线索，据此进行的追查又陷入绝境，一个人的自首再现玄机，终于，确定两个嫌犯身份，追查他们的犯罪原因，一个是厌世一个是因为被戴绿帽。但，这个答案仍然疑点重重。最后，揭示隐藏在最底部的真相：原来作案者是一对受歧视的同性恋。小说仿佛一层层剥开竹笋，一波三折，充满摇曳起伏之姿。中篇小说《巴赫》从一次失踪写起，慢慢剥离出一桩知青返城年代的负心往事，让人感慨时间隧道之沧桑深远，读者在阅读中，也收获了抽丝剥茧的乐趣。《鸟，看见我了》《阁楼》这两篇的架构同样可以归入这一类别，作者总是小心翼翼地把谜底留藏在小说的尾部。

在形式实验方面臻于完善的是一篇叫《小人》的小说，由于包袱隐藏过深，稍不留意即会错过阅读的乐趣。县城会计冯伯韬因输棋杀了棋友何老二，事后查明，冯伯韬被冤枉了，一个刚刚丧夫的女人李喜兰站出来证明，案发时间冯正在和自己偷情。凶手是中学老师陈明義，他一连四天去偷超市茅台酒被抓，后交代他父亲得了尿毒症，他要抢钱所以杀人。陈明義被枪决后按理故事就结束了，但小说结尾突然翻出波澜，因为冯伯韬不肯跟李喜兰结婚，李喜兰哭诉："你这个骗子，你骗了陈明義又来骗我，你这个骗子。"小说至此戛然而止。这句话让人脊背发冷，使前面的故事彻底翻转过来。推想一下，真正的凶手还是冯伯韬，他和陈明義之间有一个交易，即陈明義替他死，而他替陈明義父亲负担医药费，但他背弃了诺言，是真正的"小人"。小说的最后一句话就像魔术师的绳子，一拉，幕布脱落，露出隐藏着的另一栋建筑。留意到了最后一句话的深意，才能明白超市营业员的感叹："只有傻子才会一连四天在同一位置偷最贵的酒。"另一个可供阐发的细节是陈明義名字里的"义"写成繁体的"義"，暗指"我像羊一样无辜"(笔者与作者交流，作者自述无此意，写成繁体主要是强调陈是一个尊崇传统的人)。这篇小说是迄今阿乙小说技巧探索最为圆满的一篇。在早期的一个短篇《一九八八年和一辆雄狮摩托》中，阿乙已经做过类似的尝试。谜底隐藏在结尾的一句话里："那东西只要用老虎钳扭一下就失灵了。"骑着雄狮摩托的威风凛凛的“大哥”的死，其实是“我”有意弄坏了摩托的刹车片所致。这类小说，其乐趣在于如何将掀爆整座大厦的引线尽可能做得隐蔽。

发表于《收获》2013年第一期头版的中篇小说《春天》(发表版与收入小说集的版本不同，此处以小说集版本为准)，是阿乙形式实验的大制作。小说共20节，前面的1—19节是倒着写的，即从时间顺序上来说，应该第19节是开头，第1节是结尾：第19节，名叫春天的姑娘来到“我”家借住；第1节，春天的遗体火化，死因是跳水自杀。作者别出心裁地采取了“逆顶针”的做法，即出现在第2节结尾的句子，出现在第1节的开头，出现在第3节结尾的句子，出现在第2节的开头。以此类推。第1—19节如果倒过来读也是可以的，就是很正常的顺叙。这个倒写的结构里隐藏着一桩精巧的谋杀案和一个老男人黑暗的心灵：春天其实是被住所的男主人谋杀，谋杀策划得天衣无缝，以致警察立即就以自杀结案。小说在第20节呈现了这一谜底。第20节叙述的是春天死前的场景，脱出了倒写的结构。第1—19节和第20节构成的大框架有些畸形，从作者访谈里可以发现，原来这篇小说是栋烂尾楼。据阿乙自述，他原本计划写三部分，第一部分倒着写，用黑暗凄苦的调子，写春天成为城市的陌生人；第二部分顺着写，写春天温暖明丽的过去，并在结尾与第一部分的结尾焊接上；这两部分构成对比。最后一部分是春天的死亡真相。三个部分构成一个蜗牛角的几何形状。小说最终只完成了第一部分(第1—19节)和最后一部分(第20节)，缺少第二部分。这使得小说的结构残缺，而作为一篇着重经营形式的小说，形式方面的残缺显得尤为醒目。

阿乙的形式实验令人耳目一新，不过，从另一方面看，也限制了小说的生长空间。阿乙对于小说形式感的经营,可以看出受到博尔赫斯的影响。博尔赫斯的多篇著名小说都是依据几何图形来展开想象的,如《秘密奇迹》《死亡与罗盘》《小径分岔的花园》。阿乙曾评价博尔赫斯:“像博尔赫斯,每个作品何其精妙,但是他的漏洞就在于他的精妙,就像魔术,你在看完一个魔术的时候,觉得特别精妙,但是你同时会想,这个魔术是没有力量的。”这样的评价同样适用于阿乙自己。在阿乙不少的小说中,讲故事的花活儿掩盖了对生活的“盯视”,形式感喧宾夺主,小说被降低为“讲一个好看的故事”。读者看完故事之后,会被它的精妙所震撼,但看完也就完了,留下的余味比较有限。如小说《阁楼》,非常精巧地叙述了一个女人藏尸阁楼的故事,但,故事和叙述故事的技巧充满了整部小说,留给其他元素生长的空间就变得逼仄。按照阿乙的设想,《阁楼》一篇他本来是想反思“农业户口”和“商品粮户口”的等级制(女人选择了商品粮户口的对象,放弃了农业户口的初恋)。这一和中国历史勾连的重要关节点,在故事中被淹没了,我们甚至连小说女主人公朱丹的性格特征都难以把握,这个女人的面目是模糊的,并没有雕刻成形。在另一个短篇《小镇之花》里,作者再次试图触及“商品粮户口”,依然有隔靴搔痒之憾。某种意义上说,阿乙着重叙述技巧,避开现实、政治、历史,带有避重就轻的意味。

求真意志

“求真意志”是英国作家阿兰·谢里登所撰福柯传记的名字,这四个字也可概括20世纪现代主义文学的一个重要追求。从卡夫卡《变形记》所揭示的亲情的虚伪、脆弱,到加缪《局外人》的遥相应和,从鲁迅

《狂人日记》对社会"吃人"的揭发,到张爱玲《金锁记》对母亲形象的解构、余华《现实一种》对家庭关系的解构,"求真意志"贯穿于整个20世纪的经典写作中。尤其是自20世纪中后期以来,宏大叙事的垮塌,价值体系的崩解,使得"求真意志"成为个人精神生活质量的重要指标。如果说传统的浪漫主义、现实主义文学是一间装修完备、家具齐全的房间,那么现代主义则是一间剥落了一切装饰、只剩下荒凉的主体构架的房间。

作为主要师法现代主义前辈的作家,阿乙呈现的世界也是一个充斥着无意义、荒诞、偶然性的世界。他延续了现代主义文学的两大经典主题:"性"与"死"。这是两个最能推动人去思考人类生活本质的元素。无论是表现"性"还是"死",阿乙都冷酷直接、不留余地。他拒绝为读者制造拯救的幻象,拒绝滥用廉价的温情,而是坚持将血淋淋的真实撕开展示于人世。他充满警惕,不断自问:哪些是不真实的?哪些是煽情的试图取悦读者的东西?哪些并非出自本心?正是在这个意义上,他认为自己的《巴赫》是一篇不好的小说,因为其充满了巴里科《海上钢琴师》式的小资情调。同理,他也认为苏童的《古巴刀》、叶弥的《天鹅绒》、池莉的《有了快感你就喊》靠近了"大众庸俗情感",带有"拉拢读者"的意图。他也以此作为评判标准,觉得马尔克斯的《百年孤独》《霍乱时期的爱情》并非伟大作品,因为"在马尔克斯的每句话下边,都隐藏着邀赏的企图"。写作中带入此类情感成为作品的杂质,需要去除。这种去除矫饰、虚夸、执着于本真的努力,不免使人联想到启功的一首诗:"妄将婉约饰虚夸,句句风情字字花。可惜老夫今骨立,已无余肉为君麻。"(《论词绝句二十首》之一)

以这样严苛的标准反观阿乙自己的写作,在他自认脱离了初级阶段的两本小说集《鸟，看见我了》和《春天在哪里》中，真正完成度比较高的小说并不多。《鸟，看见我了》集中，最失败的一篇当数《两生》(在新版中已经删除)，关于周灵通发达经历的描写陷入主观臆想，显得浮泛空洞。《先知》的叙述框架不错：一个"民间哲学家"写给学术大佬的信没有拆封就被丢弃，被"我"捡获。小说的主要内容即信的内容，"民哲"在信里阐述自己关于"杀时间"的哲学。这一思想性内容稍嫌大众化，是《读者文摘》层级的，实际上降低了"民哲"朱求是的悲剧感。

阿乙对自己写作的败笔有着清醒的自我意识，这构成了他改变的动力。常言道："修辞立其诚"，阿乙的力量就在于其"诚"。对比起小说，随笔集《寡人》更容易进入作者内心，他坦率和毫无保留地敞开心扉，带有一种显而易见的去除矫饰的气质，仿佛卡夫卡随笔在 21 世纪的回响。他的第一本小说集《灰故事》里有两个让人印象深刻的小短篇：《下午出现的魔鬼》《黑夜》。这是通过孩子的视角讲述的童年故事，里面有一种孩子的赤诚。这种赤诚成为阿乙写作中潜在的人格形象，他就是那个说出皇帝其实没穿衣服的孩子。尽管他的发现并不是首创，但他痛彻心扉的叫喊，仍然足够引起同一病症者的注意。

小长篇《下面，我该干些什么》是一次更为彻底的"求真"行动。这是一部勇敢而精致的作品。它写了一个"无理由杀人"的学生。小说里的"我"为了让空虚的时间变得充实，不惜杀掉一个美好的女孩成为逃犯。在最后的审判席上，"我"振振有词："作为一个身体年轻而心灵衰竭的人……我早已不相信一切。很早时我就知道天鹅和诗意没有关系，天鹅为什么总是在飞？因为它和猪一样，要躲避寒冷、寻找食物。我们人也一样……我们追逐食物、抢夺领地、算计资源、受原始的性欲左右。我们在干这些事，但为着羞耻，我们发明了意义，就像发明内裤一样。而这些意义在我们参透之后，并无意义，就连意义这个词本身也无意义。”这种关于“无意义”的宣言并不新鲜，但一旦它和情节、场景、内心情绪结合发酵，却酿造了一种奇特的叙事景观。小说的触发点是2006年的一则社会新闻：一个年轻人杀死自己的同学，没人能找到原因。小说出版后，又不断被类似的社会新闻所佐证(最近的一则是2015年8月9日中国传媒大学女研究生被男同学杀害，嫌犯供述杀人动机时称：“就想找个无辜的人发泄一下。”)悲剧的反复重演使小说具有了某种“元叙事”的意义，也促使我们正视生活中无缘由、无特定动机的那类悲剧。它深刻地关涉到人的幸福感、价值感的建立，从深层次折射了一种时代病症。这种病症因无法被纳入通常的医治体系而被忽略，唯有文学担任了它的诊断人。

阿乙在这部作品中延续了加缪在《西西弗的神话》中发出的追问：人如何度过荒谬的一生？诸神惩罚西西弗每天推石上山，石头又自动滚下，他的命运就是重复的无用功。当西西弗开始认清并正视自己的命运时，这同时意味着一种得救。我们也应该这样来理解阿乙小说中的残酷，正如阿乙所言：“人们只有对自己的内心坦诚，去认清那些本就存在的结局、宿命，才会在绝望中清醒，才能走上自我找寻的道路。”我们的书不应该总是抚慰伤口的“创可贴”，也应该是卡夫卡所言的“破冰斧”：“我们所需要的书，必须能使我们读到时如同经历一场极大的不幸；使我们感到比自己死了最心爱的人还痛苦；使我们如身临自杀边缘，感到因迷失在远离人烟的森林中而彷徨——一本书应该是我们冰冻的心海中的破冰斧。”(卡夫卡致友人波拉克的信，1904年)在直视中生出一种勇气，好比在废墟上也勇于开花。

“中国故事”

就像我们需要从狄更斯的作品中认识19世纪的伦敦，从巴尔扎克的作品中了解19世纪的法国，从鲁迅的作品中阅读辛亥革命，杰出的小说负担有某种为时代提供深层信史的责任。从广义上来说，小说也是一种政治，它需要切入一个时代的心灵史和精神史。阿乙小说在其关涉的时代真实方面也颇有值得关注之处。

二十世纪八十年代的“先锋派”小说往往模糊了时间和地点，对现实政治进行一种表面上的疏离，以强化“纯文学”之“纯”。阿乙的不同之处是，他把时间和地点明确化了，使小说与中国乡村、城镇在世纪之交的真貌发生连接。同样是写无理由杀人，余华《河边的错误》的谜底是凶手是一个疯子，而阿乙《意外杀人事件》里的凶手李继锡则是一个被各种社会势力压迫、拒绝的备受欺凌者，警察的冷漠、推诿是压垮他的最后一根稻草，而六个无辜的生命是在替冰冷的社会治理机构买单。与余华导向虚无的结局不同，这篇小说带有现实批判的指向。阿乙笔下的中国，是一个乡镇警察眼中的中国，这一独特视角提供了新鲜的中国经验。它既不同于土生土长的贾平凹、莫言叙述的农民故事，也不同于张承志、王安忆等从知识者角度俯瞰的乡村。乡镇警察是乡村的巡视者、管理者，他的经验从乡村的治理架构中渗出，比如阿乙写喝农药自杀的农妇，是从实习警察的“验尸”经历开始写的（《敌敌畏》），写乡村的叫魂习俗，是从办案民警的角度，把它当作一个秘密来侦破（《极端年月》结尾处写何大智的父亲），而阿乙的“俄罗斯套娃”模式正是一种侦破思维的文学化再现。在中国历来的文学中，都极度缺乏这种来自特殊职业从业者(如火葬场工人、法医、狱警、乞丐)的观察,作为警察的阿乙具有填补空缺的意义。

阿乙是作家中少见的自身经历也被广泛阅读的人。他勇敢脱离体制内的工作,从小县城出发独自闯世界,期间迷恋小说,后因舆论达人的举荐而慢慢成名,这一经历本身就是励志故事,是“中国梦”的典型。他不仅用小说,也用亲身经历,阐释了转型期中国“小镇青年”的意识形态。他的小说、自述和贾樟柯的县城电影、顾长卫的电影《孔雀》《立春》站在了同一种叙事类别之中:对县城、乡镇世界的描摹。他用两个清晰的几何模型,阐释了关于出走的梦想。一个是“牌桌”。阿乙不止一次在作品中提到如下场景:

退居二线的老同志(北)

主任(西)……………………………………………科员(东)

副主任(南)

这是一张四人围坐的牌桌。“总因为某人手气不好,大家按顺时针方向换位。这样,二十多岁的科员变成三十多岁的副主任,三十多岁的副主任变成四十多岁的主任,四十多岁的主任退居二线,变成五十多岁的老同志。牙齿变黄,皮肉松弛,头顶秃掉,一生走尽,从种子到坟墓。”(阿乙《模范青年》)这张按程序换位的牌桌是一潭死水的按部就班,是无望的县乡生活的象征,也是阿乙小说的主人公试图逃离的生活泥潭。另一个几何模型是水纹状或蛛网状的扩散,阿乙同样不止一次在描述自己的居停轨迹时提到：

洪一（乡）——瑞昌（县）——郑州（省城）——上海（直辖市）——广州（沿海）——北京（首都）——纽约（世界中心）

叙述者称洪一乡是世界的尽头，而他像一段带箭头的矢量线，从起点奔向更广大的世界。牌桌和水纹的两相对照，勾画出这个时代多数乡镇青年的人生轨迹，也呼应了大的历史进程：中国愈益深入的现代化运动。这一关于出走、逃离的意识形态贯穿了阿乙的写作。《意外死亡事件》杀死的是一潭死水般平庸的县城生活，如作者所述，死去的六个人其实是自己的六个侧面。而《情人节爆炸案》的内核，是乡镇同性恋者的无奈，在中国传统力量最强大的区域，同性恋者所承受的社会压力是难以想象的。阿乙笔下的"民间哲学家"朱求是、范如意，和《立春》里的王彩玲一样，都是追梦者，但他们面对的是大城市的评价体系所构筑的铜墙铁壁，最终，只能无望地死去。这些都纯然是中国的、时代的。在技巧之外，在国外大师的文本影响之外，我们在阿乙的小说中也看到了鲜活的"中国故事"。

阿乙讲述的"中国故事"，最具气象的是短篇《杨村的一则咒语》。故事的开头，村妇钟永连怀疑邻居吴海英偷了她的鸡，在争执中赌下残酷的咒语："好，要是你偷了，今年你的儿子死；要是没偷，今年我的儿子死。"第二天，鸡自己走回来了。钟永连偷偷把鸡弄死了。过年的时候，吴海英的儿子国华开着车带着女友从南方回来，同在南方打工的钟永连的儿子国峰则迟迟未归，直到除夕深夜才到家——疲惫地死在自家的床上，打工地的工作环境摧毁了他的身体。维权律师来找钟永连，希望能帮助她索赔，但钟永连拒绝了，她一门心思认定是自己的咒语害死了儿子。这个故事里有一种坚硬的宿命，它强调的不是咒语应验的偶然性,而是一个大时代中带有普遍性的悲剧。小说结尾,作者提到村里传来一首碧昂斯的英文歌。这一处理是符合今日农村光怪陆离的现实的。全球化的符号确曾在中国乡村的天空飘荡,但仅仅只是随风而逝,中国村庄的内核并未因之改变。小说最后一句是“她们就像两块石头那样听着”。两个中国母亲哀悼一个儿子的逝去,这个场面使人想起鲁迅的《药》。《药》的结尾,是两个中国母亲哀悼各自儿子的逝去。《药》揭示了辛亥革命失败的深层根源,即启蒙者与基层民众的彻底隔膜,启蒙者被小丑化,启蒙的力量在深重的传统面前,脆弱、不堪一击。《杨村的一则咒语》延续了《药》的主题。《药》里杀死夏瑜的是专制的政治力量,而这部小说里杀死国峰的是野蛮的资本原始积累。相隔百年,中国的青年仍然在无谓地死去,中国的母亲仍然在流下伤心而不明所以的热泪。在中国广袤的土地上,人们对于生命的认知仍然被超自然的信仰所左右,一百年的启蒙撼不动数千年的阴影,中国文明体仍然处在艰难地从传统到现代的转型之中。这部小说不过六千余字,但具有极大的阐释空间。

阿乙集中描绘县城青年生活状态的是中篇《模范青年》,首发于《人民文学》2011 年第 11 期“非虚构小说”栏目,后出版单行本。和阿根廷小说家马丁内斯的《象棋少年》类似,小说采用平行对比的方式,展示两个县城青年的人生轨迹:“我”自由不羁、外出闯荡,周琪源勤奋克己,死在县城。他终生都在为“出走”做准备,但终于落幕于癌症。或许是受制于“非虚构”的名目,这部小说的结构没有阿乙小说惯常的清晰整饬,而是异常凌乱。小说中的“我”和周琪源可视为“一体两面”。周琪源的死折射了作者对留在县城的负面想象,和对自己选择出走的肯定。它为当下离开乡镇县城奔往“北上广”的青年提供了心理安慰。但其实这是一篇模棱两可的小说。周琪源的县城生活本要迎来曙光，这时他失败于癌症。如果不是受限于“非虚构”，癌症这一情节其实可以调整。因为癌症作为一种偶然的、个体的因素，支撑不了出走的合理性。如果这个偶然因素的投放转向，那么，关于出走的主题诉说，就会更换为另一种腔调：还是死守县城的好。一个留在家乡的人，一个出走的人，这两个人的对比终结于癌症的裁判，有点浪费这个题材和框架了。这样的对比有些私人，缺少和时代普遍性的连接点，它承载不了当下中国城乡既对立又交融互补的复杂情状。

在晚近的写作中，阿乙越来越意识到历史纵深、现实经验对小说的意义。由此，他对福克纳、陀思妥耶夫斯基的推崇超过了对博尔赫斯、卡夫卡的推崇。这种转变意味着从轻灵到厚重、从技巧到力量、从思想的真实到行动的真实的转变。他羡慕陀思妥耶夫斯基的人生经历：“在快被处决时给拉下来”、“被流放”；他甚至童言无忌地说：“我差一个致命的经历。”他的写作野心越来越试图在宏阔的历史视野和丰富的生活经验中确立。在谈到新长篇《早上九点叫醒我》的写作初衷时，他说：“我现在回到出生时的乡村，发现它只剩下一些行将就木的人还住在那儿，外面的人回家乡，一是祭祖，二是作为一具尸体(回去)，把乡村变成墓场。……我认识的很多人，他们的家乡也逐渐不存在了。在那之前，新农村出现了，那是最后的疯狂，建了很多水泥路，大张旗鼓，其实最后发现是大撤退。我的小说就是写，大家都成为城里人，只有一个人在那儿死了，像农村的最后一抹夕阳，象征着最后的农村。”广大农村正在变得空洞，正在消亡，直至变成一座墓场。这正是此时代悄然上演的一种真实，也可谓“三千年未有之大变局”。用笔触记录这种大的时代变迁，是可能诞生史诗性作品的。但从实际操作效果来说，新长篇和作者自述的写作意图之间还有不短的距离。作者呈现的农村仍然是一个稳定的农耕聚居群落，延续着世代不变的葬仪，历史好像没有在这里留下丝毫痕迹。唯一可以辨认出时代标记的是关于土葬、火葬之辨，以及小说末尾的“平坟运动”。小说主人公——村霸宏阳的人生故事单薄至极，似乎负载不了“最后一抹乡村夕阳”的表意重任。这种“没有历史”的窘境很可能与作者是“文革”后出生的一代有关，他们缺少参与重大历史事件的记忆，但这个年龄的人，至少经历过计划生育、打工潮、市场经济冲击、城镇化、新电子产品崛起等新事物，它们理应在小说中打下烙印。恰恰是这些新事物，导致了传统农村的瓦解。作者抑制了这些事物的出现，很可能导源于“先锋派”根深蒂固的“政治洁癖”。20 世纪 80 年代“先锋派”的“远离政治”即是一种对抗的政治，而在今天，这种对抗的必要性已然消失，文学反而需要主动去面对一种广义上的政治。这样说并非否定这部小说的价值，而是说它还很少切入大历史。换言之，这部小说的价值可能需要从别种角度去阐发，而不是从“农村消逝”的角度。

以才气和精巧取胜的作家，在转而呈现大时代的丰富性和复杂性时往往会力不从心。阿乙的前辈余华的长篇小说《兄弟》和《第七天》，其成就不如人意，可能正是受限于这一症结。擅长抒情短诗的海子在写作他所谓的“大诗”时，也遭遇了困境。无论是在小说还是在诗歌领域，史诗性的写作总是吸引着前赴后继的挑战者，因为这座山头是作家才华和贡献最高的较量场。精致语言和强大经验的合一，会诞生真正的大师。阿乙的自我调整、自我校正，尽管前景尚未明朗，但至少是走在了正确的路上。

搏命远征

阿乙在《上海文学》2015 年第 3 期发表的访谈录名为“拿命去经历这个世界”。写作对于阿乙来说，越来越显得生死攸关。他的标的太高(莎士比亚、托尔斯泰、福克纳、陀思妥耶夫斯基)，这意味着他正在进行的是一次搏命远征。写作《早上九点叫醒我》的中途，他自述“整个人崩溃了，没有办法收场，住进了医院”。至今他仍然处于吃药治疗中，药物改变了他的形体，使他从一个英姿勃发的文学青年变成了可笑的胖子。联系这一事件，再来看阿乙的玩笑话：“写出一个好作品，就可以去死了，绝不留恋一天。人活着，就是为了写出一个巨大的作品，让自己满意。”竟也有了悲壮的意味。在养生学流行的当下，能这样宣言的人并不多。

阿乙小说，以及阿乙的生活方式已经构成了某种精神气场。他还在孜孜以求，期待自己的文字比生命更长久。在普遍迷惘、凌乱的时代氛围中，已经有人在行动。敢于梦想，敢于行动，如果说有一种“中国梦”，这大概就是最值得发扬的“中国梦”：无论时世如何变迁，且先干起来。抱怨和谴责是容易的(同时可以轻易获得道德优越感)，坚持和行动是难的。一个民族的上升，仰赖于行动着的理想者。如果一个时代是上升的时代，后人在回望这个时代时，一定会看到地平线上催人奋发的前辈。阿乙会是其中之一吗？

(本文刊发于《创作评谭》2015 年第 5 期，获“2016 创作评谭文艺评论奖”。作者为对外经济贸易大学中文学院老师)

创作年表

2006—2008 年

写作《一件没有侦破的案子》《敌敌畏》《狐仙》《五百万汉字》等短篇小说近 30 篇。

写作中篇小说《情人节爆炸案》,后重写改为《极端年月》。

2008 年由上海三联书店出版短篇集《灰故事》,收录上述作品。

2009—2010 年

写作《小人》《隐士》《先知》等短篇小说 10 篇。

2010 年 9 月由文化艺术出版社出版短篇集《鸟,看见我了》,收录上述作品。

2011 年 11 月

《鸟,看见我了》由百花洲文艺出版社重版。

2005—2011 年

写作《子宫》等随笔若干篇。

2011 年 8 月由重庆大学出版社出版随笔集《寡人》，收录上述作品。

2011 年

写作中篇小说《下面，我该干些什么》。

写作中篇小说《模范青年》。

2012 年

2 月浙江文艺出版社出版小说单行本《下面，我该干些什么》。

6 月海豚出版社出版小说单行本《模范青年》。

2011—2013 年

写作《杨村的一则咒语》《阁楼》等短篇小说九篇。

2013 年由华侨出版社出版短篇小说集《春天在哪里》，收录上述作品。

2014 年 8 月

北京十月文艺出版社重版《鸟，看见我了》。

2012—2015 年

写作《贫瘠之地》等随笔若干篇。

2015 年 8 月由北京十月文艺出版社出版随笔集《阳光猛烈，万物显形》，收录上述作品。

2014—2016 年

写作《肥鸭》《情史失踪者》等短篇八篇。

2016 年 6 月由译林出版社出版短篇集《情史失踪者》,收录上述作品。

2016 年 6 月

《灰故事》由译林出版社重版。

2012—2017 年

写作长篇《早上九点叫醒我》。

2017 年 8 月由译林出版社出版长篇小说《早上九点叫醒我》。